李東詞賦輯

（增补本）

中石题

李东东　编著

中国书籍出版社
宁夏人民出版社

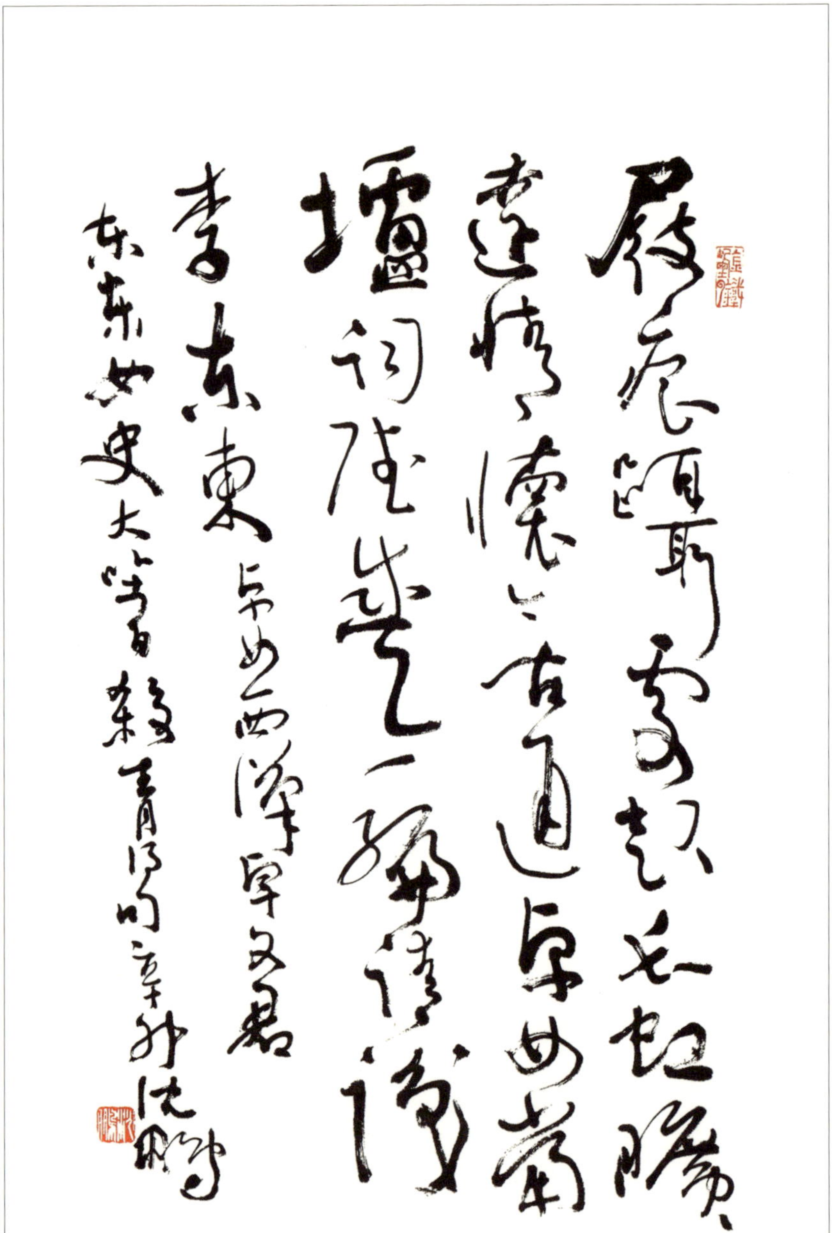

屐痕蹑处起长虹，旷达情怀今古通。卓女当垆词赋盛，一编请识李东东。

东东女史大著杀青得句　辛卯沈鹏

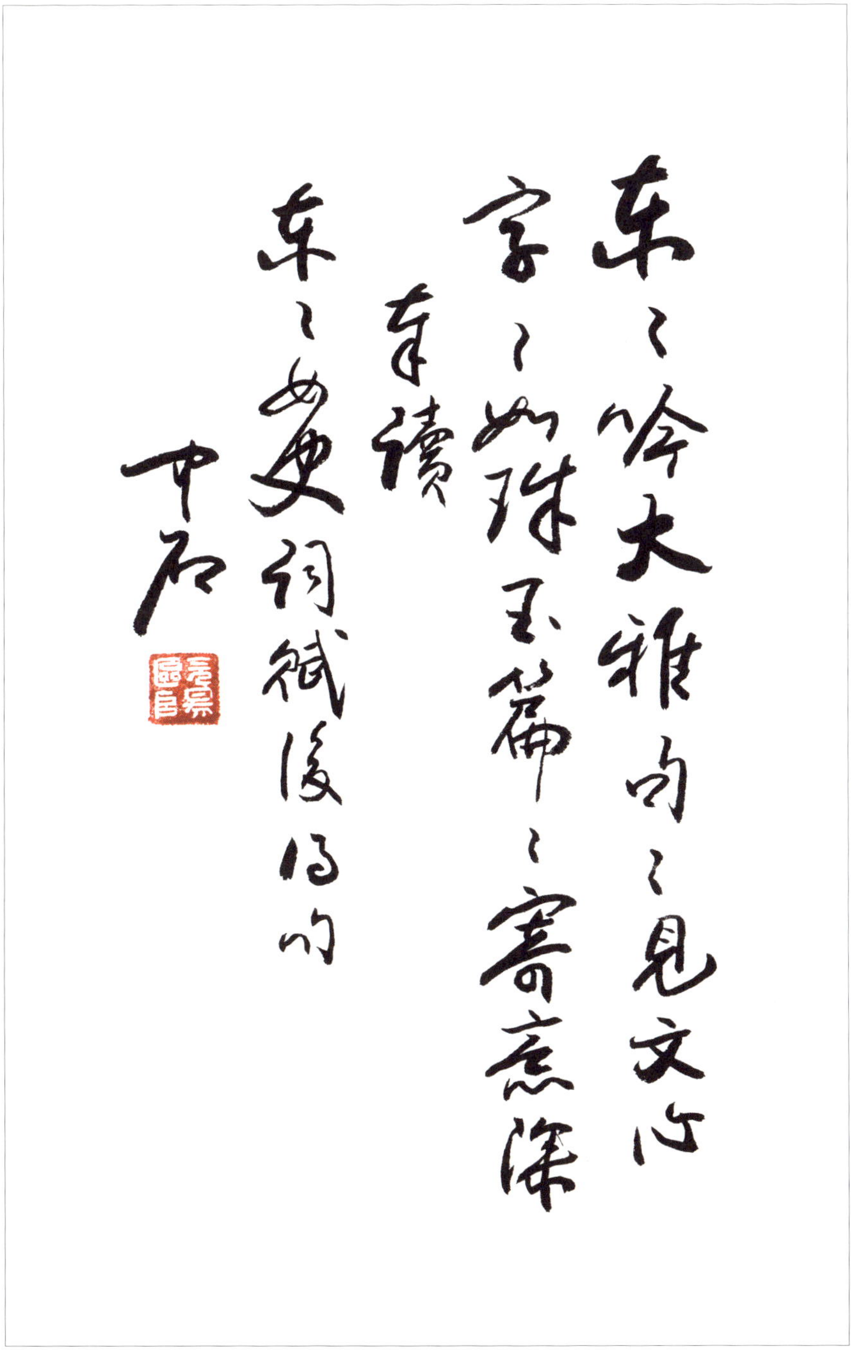

东东吟大雅，句句见文心，字字如珠玉，篇篇寄意深。
章读东东女史词赋后得句　中石

图书在版编目（CIP）数据

李东东词赋辑：增补本 / 李东东编著 .-- 北京：中国书籍出版社，2016.7
ISBN 978-7-5068-5639-3

Ⅰ. ①李… Ⅱ. ①李… Ⅲ. ①诗词—作品集—中国—当代②赋—作品集—中国—当代 Ⅳ. ① I227

中国版本图书馆 CIP 数据核字（2016）第 137653 号

李东东词赋辑（增补本）

李东东　编著

责任编辑　庞　元　杨铠瑞
责任印制　孙马飞　马　芝
装帧设计　武守友
出版发行　中国书籍出版社
地　　址　北京市丰台区三路居路 97 号（邮编：100073）
电　　话　(010)52257143（总编室）　(010)52257140（发行部）
电子邮箱　eo@chinabp.com.cn
经　　销　全国新华书店
印　　刷　北京雅昌艺术印刷有限公司
开　　本　710 毫米 ×1000 毫米　　1/16
字　　数　240 千字
印　　张　20
版　　次　2016 年 8 月第 1 版　2016 年 8 月第 1 次印刷
书　　号　ISBN 978-7-5068-5639-3
定　　价　166.00 元

作者简介

李东东，女，汉族，籍贯河北徐水，建国后生于北京。中国社会科学院研究生院新闻系新闻专业毕业，法学硕士；高级编辑；中国作家协会会员。全国政协第十一届、十二届委员会委员，中国新闻文化促进会理事长。

曾先后在新闻出版单位、地方党委、国务院部委工作。历任经济日报社总编室副主任，特刊部主任；湖南省张家界市委副书记；国家体改委副秘书长；中国改革报社社长兼总编辑；宁夏回族自治区党委常委、宣传部长；新闻出版总署党组成员、副署长。

在紧张繁忙的工作之余，热爱文学创作。十年新闻写作之后，撰写散文和辞赋。1994年在湖南工作时，首次撰写赋文《张家界赋》，此后十余年，陆续撰写《宁夏赋》《中共中央党校小赋》《北戴河赋》《八一赋》《清华赋》《军事外交赋》等辞赋，在社会上广为传诵，有相当的社会知名度与美誉度。

著有《宁夏赋》《五颂宁夏》《远离北京的地方》等专著；主编《今我宁夏》《宁夏羊皮书》《夏地民俗》《宁夏历史名人》和《李庄朝鲜战地日记》《开天辟地的时刻》等书籍和摄影画册。

再版前言

赋体文学兴起于战国时期，盛行在汉魏六朝，岁月迁延，时代濡染，逐渐形成了韵散结合、体物写志、行文铺张扬厉、语言华美瑰丽的特点。原新闻出版总署副署长李东东女士博学多才，独钟词赋，工作之余笔耕不辍，大赋祖国壮美山河，记录时代奋进气息。

丙申夏至，作者与编者一道，将五年前出版的《李东东辞赋辑》增补结集。词赋描摹的主题，从山川秀美的宁夏、张家界、北戴河，到中共中央党校、国家行政学院、清华大学、协和医院等社会机构，从“八一”“玉树”“军事外交”等政治概念和精神理念，到紧随时代脚步的“廉洁奥运”“北斗卫星”“嫦娥工程”等，“旧瓶”装“新酒”，紧扣主旋律。铿锵文字碰撞挥洒出的，是对神州壮丽河山的深深眷恋，对国家改革发展的衷心拥护，对党和人民的无限忠诚。

作为女性，其为文大开大阖，裁山减水，俯仰由己。其意磅礴高远，其旨气势恢宏。新闻文化大家范敬宜这样评价李东东的赋文：“吾闻夫赋之为用，乃述德显功，‘不歌之颂’。……是以其文必极美，其辞必极丽，且因文以寄其志，托理以全其制，非苟尚辞藻而已。……汉魏以降，描摹一方风物之名赋多矣，其尤者如班固《两都》，张衡《两京》，左思《三都》，皆极状都邑之丰饶，人文之荟萃，可谓登峰造极，令后人垂眉敛手。然今东君不蹑前踪，独辟蹊径，敢以一支纤笔，试为扛鼎之作，论史则上下千年，叙事则纵横万里，旁搜远绍，穷幽极微。如此胆识，如此笔力，岂独灵感、至性使然，实为盛世潮流激荡于胸臆，不得不发之于外也，若拘之于骈四骊六，则谬矣。”

本书较前作了大量增补并进行了重组编排，按照文体，分为赋文、诗词曲、散文和附录文章四辑。其间展现了欧阳中石、沈鹏等众多书画名家的墨宝丹青，赋心墨韵，相得益彰。袁行霈、于丹等文人雅士亦对本书寄予深切鼓励与祝愿。在装帧设计上，依旧融合了体现中华文化传统风格的元素，力图通过独特别致的创作，内容与形式完美结合，使读者从中获得多方面的美学享受。

序　一

袁行霈

夫赋者，铺陈之谓，古诗之流也。其为体，兴于楚而盛于汉。京都郊祀，畋猎纪行，铺采摛文，讽喻存焉。魏晋以降，抒情小赋兴起，凡闲居登楼，思旧叹逝，乃至鹪鹩舞鹤，枯树小园，俱可入于毫端。虽乏恢弘之势，亦足俊赏。唐宋以降，诗词勃兴，赋体之作，渐趋式微，然亦不乏佳构也。

窃谓赋之迹在辞在藻；赋之心在义在情。赋有大小，辞有新旧，心则古今一也。今之人不可复得长卿、子云之赋才，然可追长卿、子云之赋心。物换星移，万象更新，赋之复兴，良有以也。

东东女史，于案牍之暇，吟咏不辍。胸怀社稷，情系民生；其心拳拳，其文切切；无靡丽之辞，有儒雅之风；去意浮之患，求旨深之境；诚可谓得赋心者也。今其大作即将付梓，属序于予，遂略赘数语，爰表祝贺之意。辛卯初秋毘陵袁行霈春澍识于法自然斋。

序二　大赋东姐

于　丹

文体这种形式本身是有气质的，很多时候无关于内容，而相关于时代。比如乱世流年可以出曲折小词，但恢宏大赋，自泱泱汉魏始，一定出在盛世。

即使盛世里，爱读赋的居多，能写赋的为少。原因是作赋的分寸极难拿捏，文采须壮美而不靡丽，气象要磅礴而不骄矜。文胜于质则流于浮夸，质重于文而不得风发扬厉。倘若以一介文心，铺排出一个时代的尊严与自信，能耐不在乎骈四骊六的对仗功夫，而在于心量性情的格局。扬雄称“赋家之心，包括宇宙，总览人物”，技巧这种东西，“壮夫不为”。此言一出，写赋的门槛就成了生命气场的试金石。

于今盛世，东姐文赋集结出版，纤纤红颜，凌云健笔，纵横千古深情，跌宕万里气势。于全篇观赏则浑然天成，自在挥洒，于细节把玩如玑珠坠盘，灵秀隽永。尤爱她《八一赋》开篇：“巍巍华夏，历五千载波飞云涌；熠熠神州，经十万阵雨骤风狂。煌煌盛世，看六十年人民中国；莽莽铁军，护十三亿百姓安康。”如此雄浑气概，怎么会令人相信出自一个秀美女子手笔！更兼《清华赋》儒雅蕴藉，用典不露；《北戴河赋》倜傥不群，熔铸沧桑；《玉树参天赋》疾书“壮举震古烁今，大义动地感天”。长歌当哭……掩卷时不由想到：东姐其人，何尝不是一卷大赋！

孟子称善养天地浩然之气，庄子称独与天地精神往来，东姐这番仪态万方的生命气度非经岁月陶冶不能养成。世家出身，新闻事业在于她是一种执守的信仰，北方大漠风烟的历练让她成为柔而不弱的女子，担得起道义，抒得起豪情。文如其人，也许赋这种文体一直冥冥之中在等待着一段相逢。较之于诗，赋更疏朗开放，较之于文，赋更浪漫华美。既不至于拘宥着对仗平仄，也不至于质实素朴到没了节律。赋的妙处，恰恰介乎规矩的遵循与破除之间。

东姐为人，亦是如此。兼有大女人襟怀的长风浩荡与小女人意趣的玲珑天真，有壮志，但不掩深情。汤显祖称“情不知所起，一往而深”，东姐多情，看她奔走山巅水涯间留下的文字，一如杜甫的喟叹：“人生有情泪沾臆，江水江花岂终极。”无尽江山，有限年华，心无垠，身有碍，有憾无悔，每个人的今生都有心事与故事，但只有多情的人敢用全部身心酝酿不朽传奇。

世间看见的是宣传部长李东东，新闻出版总署副署长李东东，而在我眼里，只有一个至情至性的奇女子东东姐。她令人击节的华彩文字不足道出她传奇心性的百分之一，倏忽一个笑影，此中真意，欲辨忘言。

82岁的玛格丽特•杜拉斯从病榻上撑起身体，目光如炬，问了守着她的安德烈亚•扬一句话：“有谁知道我生命的真相呢？如果你知道，那么，请告诉我吧。”三天后，杜拉斯辞世，《真相与传奇》成为她传记的名称。这个世间不少这样以笔为旗的女人，譬如西蒙•波伏娃，比如苏珊•桑塔格。我相信，东姐也是这样一个奇女子。当流光涤荡，洗尽宿命里的迷雾与铅华，真相与传奇，终有一天，也会诠释这个雅爱健笔写大赋的女子。

大赋东姐，兰心蕙质，灿然锦绣，这些，业界乃至世间都有公论。而我作为她的妹妹，只有一个微小的单纯的然而也是执拗的心愿：愿东姐美丽着，健康着，幸福着。

目录

赋文

【第一辑】

张家界赋

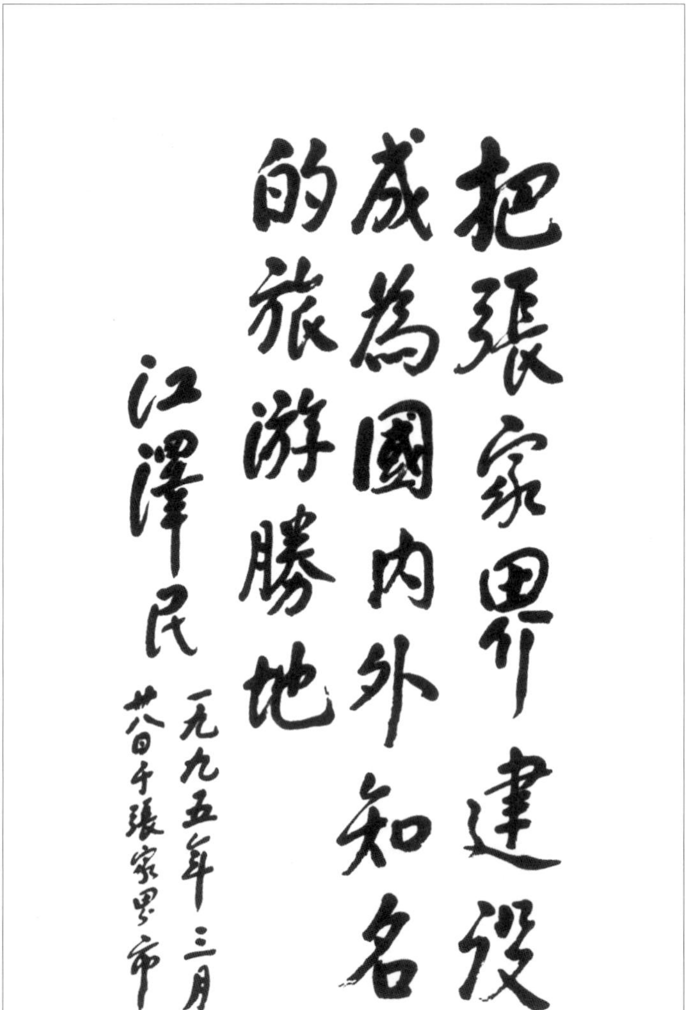
把張家界建設
成為國內外知名
的旅遊勝地
江澤民
一九九五年三月
廿六日于張家界市

张家界赋

——为湖南省大庸市更名张家界市作

张家界，中华第一国家森林公园。位处湘西北，史传汉初名臣张良晚年隐终于斯，故名。

张家界山水冠绝，然昔以地僻鲜为人知。及逢四化建设盛世，初露芳华，名闻中外。春夏秋冬，岁序更替，千万旅人，慕名游历。攀峰林而壮怀，涉溪涧以探幽，置云海间忘情，入岩洞中绝叹。虽无骚客文人墨迹，却有浑然天成野趣。吐纳仙山灵气，返朴归真之余，方知张家界乃武陵山脉中一景，其地域风姿居武陵十之二三，尚有索溪峪、天子山同领风骚；三山毗邻，三足鼎立，是为列入联合国《世界遗产名录》之武陵源风景名胜区。

本文拟赋张家界，非上述名山大川，乃潇湘崛起之新城耳。此市原名大庸，建市五载，何故更名？盖因开放发展之需。

大庸所在湘西北，秦时已置郡县。千年沿革，数度变更，“大庸”二字见诸文字，始于元明。或因山高路险，交通闭塞，武陵旷世奇景，得以存续至今。为保天赐资源，促进旅游发展，令大庸所辖张家界，慈利所辖索溪峪，桑植所辖天子山，不因行政分割而分割，得以山川相连而相连，国家遂于一九八八年建省辖地级大庸市，将分属湘西州、常德市之几县区合而为一。

“三国归晋”，实为善举。然新“国”之命名，或可商榷。大庸名在历史，惜仅湘人熟知。经传媒十载努力，国人皆知张家界而少有知大庸者；洋人多知张家界而鲜有知大庸者。君不见，井冈山英名传扬数十载，世人拜谒井冈而略其位处之罗霄山脉。同此理，大庸当不吝张家界仅为武陵山脉一隅，摒弃“夜郎”心态，借张家界声名远播机遇，以仙山名市，再扩知名度，续引宾客至。

昔大庸今张家界市，实属初创，百业正举。老区桑植尚待脱贫，以慰贺帅在天之灵；地方乡镇工业方兴，着力筹措税收财政；机场通航在即，铁路南北延伸。军政百姓，戮力同心，敞开山门，招商引资，物质精神，此增彼长。君可见，仙山与僻壤并存，旅游共农商齐振。更历春秋五度，新市再现新颜。

甲戌元宵，余自北京挂职大庸。一去古都四千里，置身湘西新天地。四围青山屏障，土家白族比邻。晨闻雄鸡啼，暮有鞭炮响。清明节前，家书北寄，落款尝署“张家界山外大庸市”；谷雨之后，即署“张家界山外张家界市”，不亦乐乎！

（1994 年 4 月 20 日《经济日报》）

【张家界】张家界，湖南省辖地级市，原名大庸市，辖两个市辖区（永定区、武陵源区）、两个县（慈利县、桑植县）。位于湖南西北部，澧水中上游，属武陵山区腹地。张家界因旅游建市，是中国最重要的旅游城市之一，是湘鄂西、湘鄂川黔革命根据地的发源地和中心区域。

张家界（国家森林公园），于 1982 年 9 月成为中国第一个国家森林公园。1992 年，由张家界、索溪峪、天子山等三大景区构成的武陵源自然风景区被联合国教科文组织列入《世界自然遗产名录》；2004 年，被列为中国首批“世界地质公园”；2007 年，被列入中国首批 5A 级景区。

张家界赋

为湖南省大庸市更名张家界市作

● 李东东

张家界，中华第一国家森林公园。位处湘西北，史传汉初名臣张良晚年隐终于斯，故名。

张家界山水冠绝，然昔以地僻鲜为人知。及逢四化建设盛世，初露芳华，名闻中外。春夏秋冬，岁序更替，千万旅人，慕名游历。攀峰林而壮怀，涉溪涧以探幽，置云海间忘情，入岩洞中绝叹。虽无骚客文人墨迹，却有浑然天成野趣。吐纳仙山灵气，返朴归真之余，方知张家界乃武陵山脉中一景，其地域风姿居武陵十之二三，尚有索溪峪、天子山同领风骚；三山毗邻，三足鼎立，是为列入联合国《世界遗产名录》之武陵源风景名胜区。

本文拟赋张家界，非上述名山大川，乃潇湘崛起之新城耳。此市原名大庸，建市五载，何故更名？盖因开放发展之需。

下图为张家界市中心一景：今年5月正式营业的四星级合资饭店祥龙国际酒店与湘鄂川黔省委纪念馆比邻。1934年11月，中国工农红军第二方面军攻克大庸城，成立中华苏维埃共和国湘鄂川黔省革命委员会，任弼时、贺龙、关向应等任主要负责人。

右图为贺龙元帅故乡桑植县土家族青年在唱山歌。

大庸所在湘西北，秦时已置郡县。千年沿革，数度变更，“大庸”二字见诸文字，始于元明。或因山高路险，交通闭塞，武陵旷世奇景，得以存续至今。为保天赐资源，促进旅游发展，令大庸所辖张家界，慈利所辖索溪峪，桑植所辖天子山，不因行政分割而分割，得以山川相连而相连，国家遂于一九八八年建省辖地级大庸市，将分属湘西州、常德市之几县区合而为一。

“三国归晋”，实为善举。然新“国”之命名，或可商榷。大庸名在历史，惜仅湘人熟知。经传媒十载努力，国人皆知张家界而少有知大庸者；洋人多知张家界而鲜有知大庸者。君不见，井冈山英名传扬数十载，世人拜谒井冈而略其位处之罗霄山脉。同此理，大庸当不吝张家界仅为武陵山脉一隅，摒弃“夜郎”心态，借张家界声名远播机遇，以仙山名市，再扩知名度，续引宾客至。

昔大庸今张家界市，实属初创，百业正举。老区桑植尚待脱贫，以慰贺帅在天之灵；地方乡镇工业方兴，着力筹措税收财政；机场通航在即，铁路南北延伸。军政百姓，戮力同心，敞开山门，招商引资，物质精神，此增彼长。君可见，仙山与僻壤并存，旅游共农商齐振。更历春秋五度，新市再现新颜。

甲戌元宵，余自北京挂职大庸。一去故都四千里，置身湘西新天地。四围青山屏障，土家白族比邻。晨闻雄鸡啼，暮有鞭炮响。清明节前，家书北寄，落款尝署“张家界山外大庸市”；谷雨之后，即署“张家界山外张家界市”，不亦乐乎！

1994年4月初，国务院批准1988年建立的湖南省大庸市更名张家界市。本文作者为张家界市委副书记。

——编 者

【“三国归晋”】1988 年 5 月 18 日，国务院批复湖南省大庸市实行市管县体制，即设立地级大庸市。决定原县级大庸市升为地级市，将原常德市的慈利县和湘西土家族苗族自治州的桑植县划归大庸市管辖；市人民政府驻永定区。

大庸市永定、武陵源两区和慈利、桑植两县，使原分属于湘西土家族苗族自治州和常德市的张家界、索溪峪、天子山等核心景区不因行政分割而分割，得以山川相连而相连。

【新“国”命名】1994 年 5 月 10 日，湖南省人民政府发出《关于大庸市更名为张家界市的通知》。通知指出，根据《国务院关于同意湖南省大庸市更名为张家界市的批复》，经省人民政府研究，大庸市更名为张家界市，行政区域不变，市人民政府驻地不变。

以仙山“张家界”名市，使张家界市因旅游事业的空前发展而知名度迅速提高，以中国旅游发展的后劲所在，崛起于湖南西北角。

中国张家界

作者任湖南省张家界市委副书记时，摄于天子山点将台。

1995年3月，江泽民总书记在湖南省张家界市视察工作时，与张家界市委副书记李东东同志亲切握手，合影留念。

1995年秋，作者与贺龙元帅的长女贺捷生将军（左）母女在张家界机场合影留念。

宁夏赋

宁夏赋

宁夏，祖国西北腹地，民族自治区域。地小物博而山河壮美，回汉共处其风情迥异。历史悠远，沐千载风雨；文化蕴藉，有雄才济济。

宁夏得名，始于西夏平定；塞北江南，得益黄河赐予。秦皇一统，设郡北地，斥兵屯垦，兴修水利；汉武两巡，大举移民，引黄相济，成于汉渠。安史乱中，玄宗迁蜀，太子李亨，灵武登基。更有党项英杰元昊，羁縻西北诸部，立国谓大夏，定都兴庆府。夏之国土，凡两万里，东尽黄河，西界玉门，南接萧关，北控大漠。元昊以降十代，并雄宋辽金，几近二百年。大宋征夏，虽遣良将名臣，然以多败少，终未奏凯。至蒙古铁骑横扫，元灭西夏，夏地安宁，遂称宁夏。

今我宁夏，虎踞龙蟠。北有贺兰，南有六盘。长忆岳武穆，驾长车踏破贺兰山阙，壮怀激烈；仰止毛泽东，提雄师攀越六盘峰巅，天高云淡。塞下秋来风景异，宁夏自古征战地。长城万里长，宁夏逾千里。沿边设九镇，两镇在夏地。其关其堡其塞其障，记前人征战惨烈辉煌，书今日考古旅游华章。西吉将台堡，当年红军长征会师地，今朝游人寻访红色旅；银川镇北堡，昔日明将戍边屯兵营，今为遐迩闻名影视城。

今我宁夏，塞北江南。北原染绿，南山雄险。天下黄河富宁夏，祖先遗泽两千年。西北大漠孤烟，春风不度；宁夏草肥水美，稻香果甜。前辈黄河车水，白马拉缰；后人高峡筑坝，临波徜徉。最叹银川平原，独拥大湖千顷，西有贺兰屏障，东赖黄河滋养。阡陌纵横间，白杨参天；河湖湿地中，芦苇成荡。宁夏有五宝，红黄蓝白黑。红为枸杞子，黄为甘草药，蓝为贺兰石，白为滩羊皮，黑为太西煤。近年深度开发，大作增值文章，生态环保产业，思之前途无量。

今我宁夏，地灵人杰。前有俊彦，后有栋梁。廿世纪，抗日英烈抛颅洒血拯民族危亡；新千年，市场卫士肝脑涂地护家园安康。建设者，前赴后继五十春秋，赢来塞上锦天绣地；文化人，各领风骚诗文书画，高歌时代华彩乐章。宁夏虽小不自小，小而要办大文化。君可见，西夏文化神秘，黄河文明古老，回乡风情浓郁，移民观念开放。前有《牧马人》扬鞭奋蹄，后有“三棵树”植根沃壤。君可见，塞北代有才人出，风流不让东南方。戏剧才戴梅花冠，文学又摘鲁迅奖。更有大篷车下乡送戏十八载，襟怀先进文化前进方向。

今我宁夏，奋起登攀。富民兴邦，志存高远。宁夏有其志，建设大银川。上承古人，不废千年夏都盛名；下惠子孙，更筑现代高原湖城。宁夏有其志，改变西海固。西海固世代苍凉农家不舍故土，新思路城市战略拉动乡村致富。放眼宁夏从头越，放眼宁夏路正长。君可见清真寺泱泱数千，风格别样；君可见商住楼拔地而起，遍布城乡。君可闻回乡花儿百年，蜂飞蝶舞；君可闻汉地秦腔千载，激越高亢。宁夏远处江湖心怀庙堂，宁夏偏居内陆眼观八方。深化改革，觉今是而昨非；扩大开放，知来者之可追。更历春秋五度，西部崛起，宁夏腾飞。

（2002 年 9 月 21 日《人民日报》《宁夏日报》）

【宁夏】宁夏位于祖国西北、黄河中上游，是中华文明发祥地之一，素有“塞上江南”美誉。宁夏回族自治区成立于 1958 年，面积 6.64 万平方公里，人口 660 万，是全国最大的回族聚居区。首府银川市。自治区辖 5 个地级市，22 个县、市（区）。

新世纪以来，宁夏经济社会走上了持续快速健康的发展轨道，改革开放向纵深推进，经济稳步增长，结构调整成效初显，城乡面貌显著变化，人民生活水平有了较大改善。

【设郡北地】秦朝在今宁夏南部设北地郡。

【兴庆府】即今银川市。

【贺兰山】岳飞为抒发平定边患壮志而作《满江红》，使贺兰山名扬天下。

【白马拉缰】汉武帝时在今宁夏中卫沙坡头黄河转弯处兴修的一种水利工程，类似四川都江堰。

【市场卫士】宁夏灵武市工商管理干部胡学勤，为维护市场经济秩序，2002 年 6 月在与贩运土炼油的不法分子斗争中，壮烈牺牲。

【西海固】回族聚居的宁夏南部固原市（西海固地区），包括西吉、海原、泾源等八县区，境内沟壑纵横，干旱少雨，土地贫瘠，历来被视为中国最贫困的地区之一。

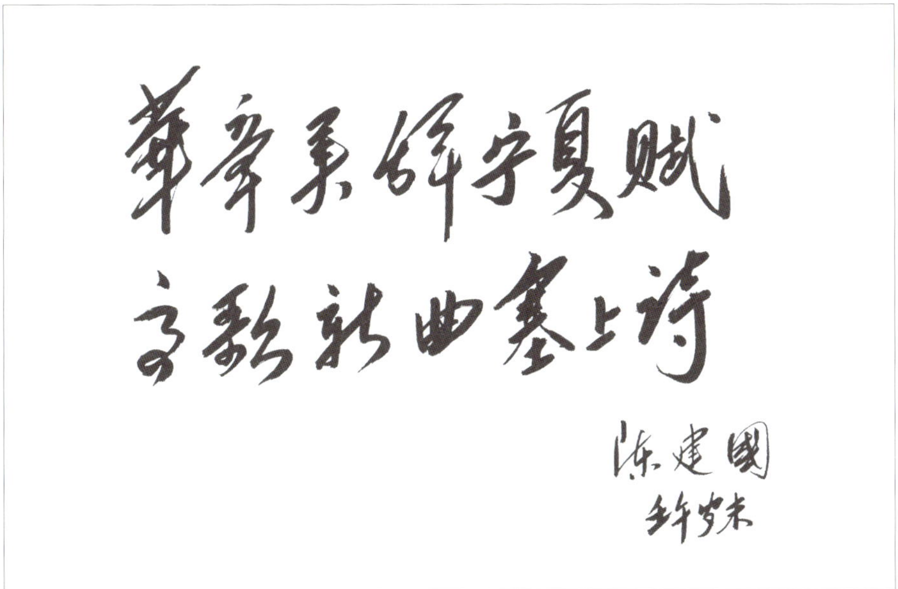

華章美辞宁夏赋
高歌新曲塞上诗
陈建國

2002 年冬，18 位书坛、画坛名家，以《宁夏赋》为题，或泼墨，或书写，颂宁夏山河壮美，展今日塞上新颜，集成《宁夏赋》书画集出版。宁夏党委书记陈建国为之题词：华章美辞宁夏赋，高歌新曲塞上诗。范敬宜先生为书画集作序。

作者镜头中的宁夏春秋。

寧夏祖國西北腹地民族自治區域地小物博而山河壯美四漠共處其風情迴異歷史悠遠沐千載風雨文化蘊藉有雄才濟濟寧夏得名始於西夏平定塞北江南得益黃河賜予秦皇一統設郡北地斥兵屯墾興修水利漢武兩巡大舉移民引黃相濟成於漢渠安史亂中玄宗遷蜀太子李亨靈武登基更有黨項英傑元昊羈縻西北諸部立國謂大夏定都興慶府夏之國土凡兩萬里東盡黃河西界玉門南接蕭關北控大漠元昊以降十代并雄宋遼金幾近二百年大宋征夏雖遣良將名臣然以多敗少終未奏凱至蒙古鐵騎橫掃元滅西夏夏地安寧遂稱寧夏今我寧夏虎踞龍蟠北有賀蘭南有六盤長憶岳武穆駕長車踏破賀蘭山缺壯懷激烈仰止毛澤東提雄師攀越六盤峰巔天高雲淡塞下秋來風景異寧夏自古征戰地長城萬里長寧夏逾千里沿邊設九鎮兩鎮在夏地其關其堡其塞其障記前人征戰慘烈輝煌書今日考古旅游華章西吉將臺堡當年紅軍長征會師地今朝游人尋訪紅色旅銀川鎮北堡昔日明將戍邊屯兵營今為遐邇聞名影視城今我寧夏塞北江南北原染綠南山雄險天下黃河富寧夏祖先遺澤兩千年西北大漠孤烟春風不度寧夏草肥水美稻香果甜前輩黃河車水白馬拉纜後人高峽築壩臨波觀祥景嘆銀川平原獨擁大湖千頃西有賀蘭屏障東賴黃河滋養阡陌縱橫間白陽參天河湖濕地中蘆葦成蕩寧夏有五寶紅黃藍白黑紅為枸杞子黃為甘草藥藍為賀蘭石白為灘羊皮黑為太西煤近年深度開發大作增值文章生態環保產業思之前途無量今我寧夏地靈人傑前有俊彥後有棟樑廿世紀抗日英烈拋頭顱灑血拯民族危亡新千年市場衛士肝腦塗地護家園安康建設者前赴後繼五十春秋贏來塞上錦天繡地文化人各領風騷詩文書畫高歌時代華彩樂章寧夏雖小不自小小而要稱天文化君可見西夏文化神秘黃河文明古老回鄉風情濃鬱移民觀念開放前有牧馬人揚鞭奮蹄後有三棵樹植根沃壤君可見塞北代有才人出風流不讓東南方戲劇才載梅花冠文學又摘魯迅獎更有大篷車下鄉送戲十八載襟懷先進文化前進方向今我寧夏奮起登攀富民興邦志存高遠寧夏有其志建設大銀川上承古人不廢千年夏都盛名下惠子孫更築現代高原湖城寧夏有其志改變西海固西海固世代蒼涼農家不捨故土新思路城市戰略拉動鄉村致富放眼寧夏從頭越放眼寧夏路正長君可見清真寺洪洪數千風格別樣君可見商住樓拔地而起遍佈城鄉君可聞回鄉花兒百年蜂飛蝶舞君可聞漢地秦腔千載激越高亢寧夏遠處江湖心懷廟堂寧夏偏居內陸眼觀八方深化改革覺今是而昨非擴大開放知來者之可追更歷春秋五度西部崛起寧夏騰飛

寧夏賦 李東東撰文 歲在癸未年春日

蕭允中書時年九十歲

蕭允中 书

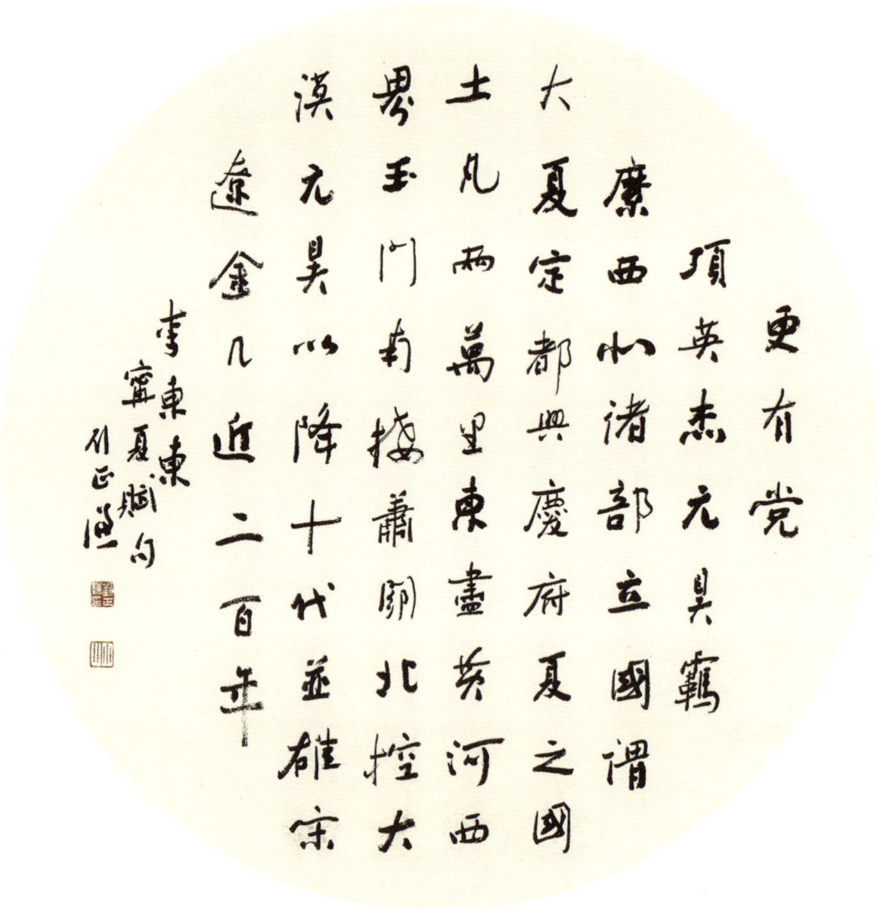
更有党
项英杰元昊羁
縻西州诸部立国谓
大夏定都兴庆府夏之国
土凡两万里东尽黄河西
界玉门南接萧关北控大
漠元昊以降十代并雄宋
辽金凡近二百年
李东东
宁夏赋句
刘正谦

刘正谦　书

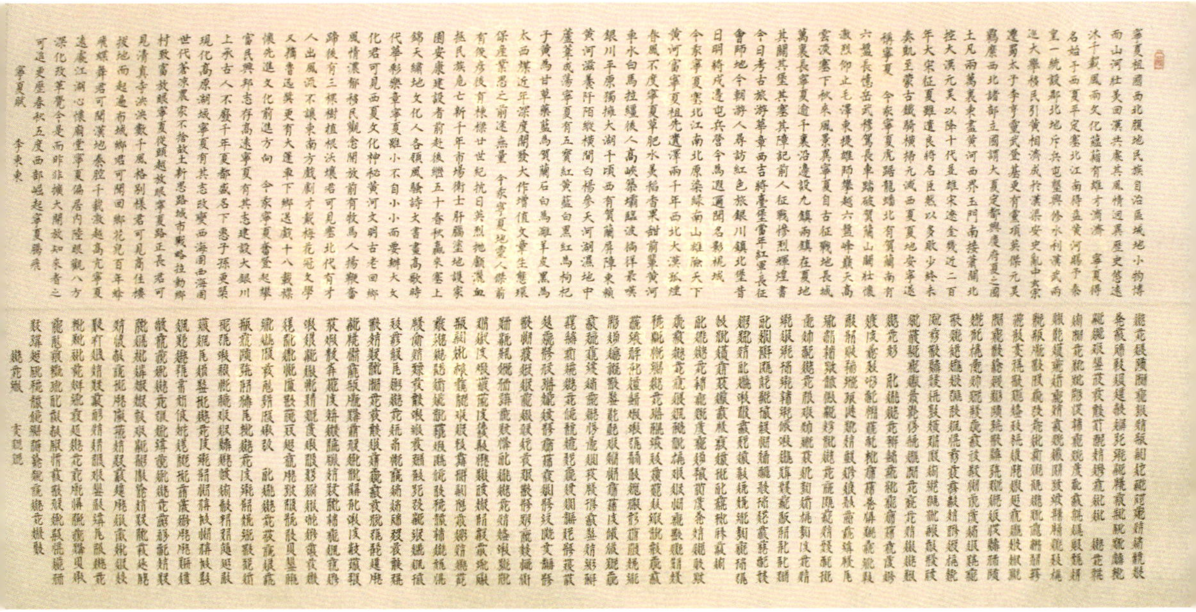

刘魁一 书（汉夏双语）

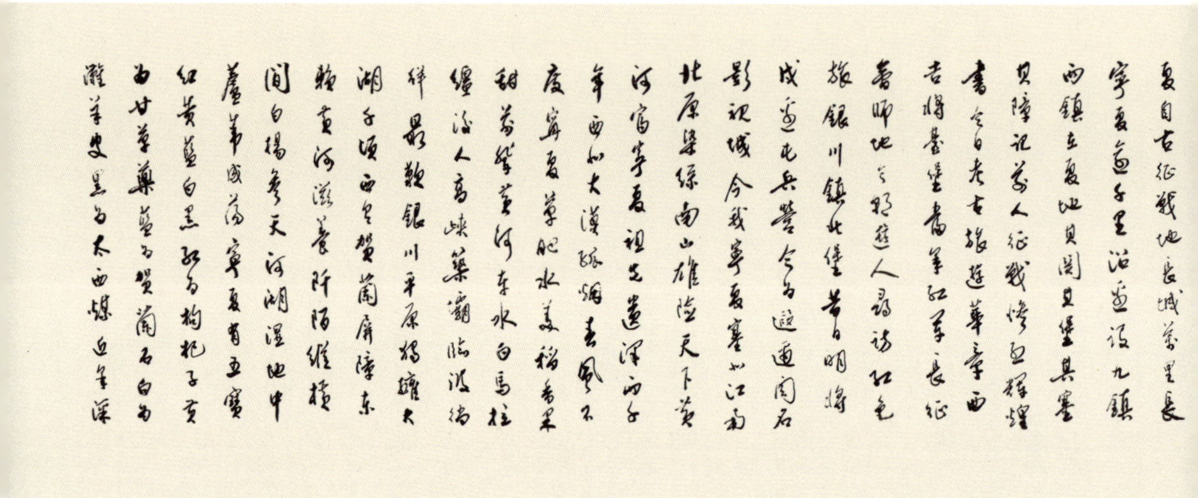

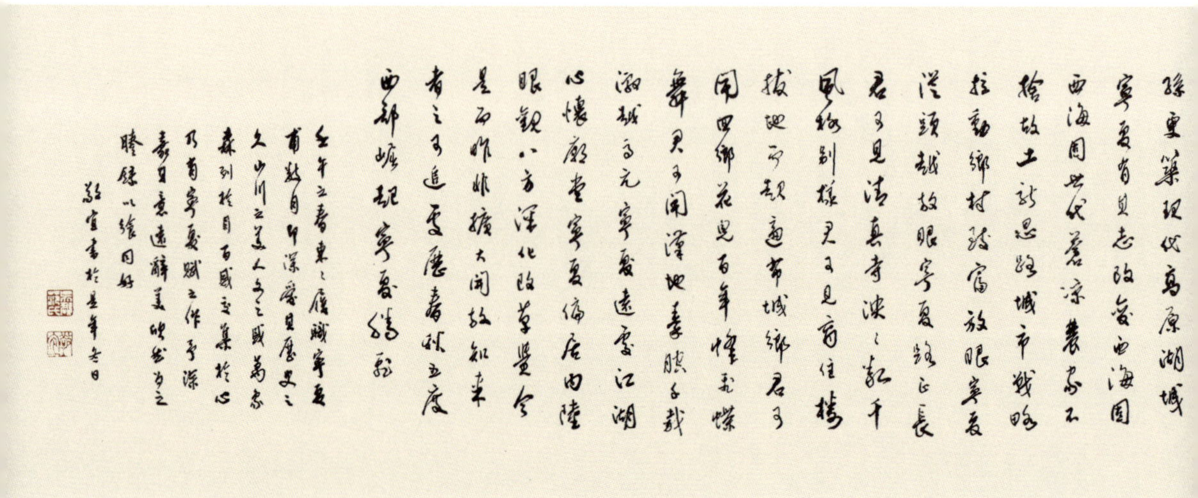

壬午之春，东东履职宁夏，甫数月，即深爱其历史之久、山川之美、人文之盛；万象森列于目，百感交集于心，乃有《宁夏赋》之作。予深嘉其意远辞美，欣然为之誊录，以飨同好。

敬宜书于是年冬日

宁夏赋

宁夏祖国西北腹地民族自治区域地小物博而山河壮美回汉共处其风情迥异历史悠远沐千载风雨文化蕴积有雄才济济宁夏得名始于西夏平定塞上江南得益当河赐予秦皇一统设郡北地斥兵屯垦兴修水利汉武两巡大举移民引黄相济成于汉渠安史乱中肃宗还驾太子李亨灵武登基更有党项英杰元昊聚合西北诸部立国谓大夏定都兴庆府夏之国土凡两万里东尽黄河西界玉门南接萧关北控大漠元昊以降十代并雄宋辽金几近二百年大宋犹忌虽遣良将名臣然以多败少终未奈凯歌蒙古铁骑横扫元灭西夏更地安宁遂称宁夏今我宁夏虎踞龙蟠北有贺兰南有六盘长忆岳武穆驾长车踏破贺兰山阙壮怀激烈仰止元昊东陵

度开发大作将值今宁生态环保产业思之前途无量今我宁夏地灵人杰前有傲秀满目栋梁廿世纪抗日英烈绝世骁强回民旅名之新千年市场卫士肝胆照地护我国安康建设者前赴后继千十春秋赢来塞上锦绣大地文化人才领风骚诗文书画高歌时代华彩乐章宁夏虽小不自小小而寡小藐大文化君可见西夏文化神秘莫测千年古老回乡风情浓郁移民观念开放当是牧马人张贤亮归后有三棵树植根沃壤君可见塞上代有才人出风流不让东南方戏剧才载梅花八对文学文摘鲁迅奖采且大赛东下乡道戏十八载谍怯先进文化为进方向今我宁夏奋起坚持富民兴邦志存高远宁夏前其志远

2009年8月30日，宁夏举行文化体制改革动员大会，六家转制企业挂牌。新闻出版总署副署长李东东应邀参会后，和宁夏自治区党委书记陈建国合影于悦海宾馆。

2006年9月5日，《颂歌唱宁夏》大型演唱会在银川中华回乡文化园激情上演。这一专场演出由中央电视台、中国音乐家协会、宁夏回族自治区党委宣传部、文化厅、宁夏广电总台联合主办，以“奋进的宁夏，美好的宁夏”为主题。

2004年1月17日，宁夏回族自治区党委常委、宣传部长李东东策划组织的“宁夏宣传工作座谈会暨《今我宁夏》大型图书首发式”在北京钓鱼台国宾馆举行，石宗源、范敬宜等十多位领导同志和首都新闻界众多人士出席了会议。

曾杏绯　马建军　画

中共中央党校小赋

中共中央党校小赋

中共中央党校，位在京畿西北。西望玉泉山，南邻颐和园。苑内绿树繁花，湖光山色，有桃源之胜，无金谷之奢。巍巍黉舍，幢帏天成。举办省部班，已十有七载，一年两度，分设春秋。教书百万言，育才逾三千。干城栋梁，多出于斯。癸未惊蛰，冰消柳嫩，三十四期开帷，九十余人向学。列坐其中，如沐春风。

党校姓党，治学有方。潜心经传，涉猎八荒。仰读圣哲典籍，俯察民间休戚。不为教条所锢，惟为发展是图。先生执鞭，释疑解惑，论史上下千年，叙事纵横万里；同窗攻读，焚膏继晷，求证旁搜远绍，问典穷幽极微。讲堂穆穆，论坛侃侃，朝夕思辨，时时间作，教学相长，学学相长。

党校姓党，团结和畅。地北天南，济济一堂。有哲人曰：党外无党，帝王思想；党内无派，千奇百怪。然则此地确党外有党，君可见一众相融无间，肝胆披敞；此地实党内无派，君可闻学友呼吸相接，胸怀坦荡。或切磋，或论辩，或对弈，或角逐。晨昏两度健身，吸天地菁华；每日一卷在手，汲精神食粮。

党校姓党，平民思想。由官而兵，不失方向。休言身居庙堂，位列封疆，至此恂恂学子，求师绛帐。有枢要，有疆吏，有学贤，有将星。无官气，无霸气，无戾气，无娇气。出则同行同止，入则循规蹈矩。暮春非典突袭，最是识人时机，在上运筹帷幄，在下同心戮力。将士在而城垣在，撼山易而撼军难。

立夏将至，辞归在即。拜别师长，情之切切：祈学业与事业齐飞，誓丹心共党旗一色。握别同窗，言之凿凿：昔循实事求是入校，今怀执政为民还乡。

(2003 年 4 月 30 日《人民日报》)

【中共中央党校】中共中央党校创建于 1933 年 3 月 13 日，是轮训和培训中国共产党的高中级领导干部和马克思主义理论干部的最高学府，是中国共产党中央直属的重要部门，是学习、研究、宣传马列主义、毛泽东思想和中国特色社会主义理论体系的重要阵地和干部加强党性锻炼的熔炉，是党的哲学社会科学研究机构。

【桃源】桃花源的省称。中国“桃花源”地名有很多，重庆酉阳、湖南常德、湖北十堰、江苏连云港、安徽黄山、台湾基隆、河南南阳、重庆永川等地都有桃花源，均为风光秀美之地。

【金谷】西晋石崇的别墅，遗址在今洛阳老城东北七里处的金谷洞内。石崇是有名的大富翁，因与贵族王恺争富，修筑了金谷别墅，称“金谷园”。园随地势高低筑台凿池，周围几十里，楼榭亭阁，高下错落，园内屋宇装饰得金碧辉煌，宛如宫殿。

【黉舍】【鳣帏】古指学堂。

【经传】指马列主义、毛泽东思想、邓小平理论和“三个代表”重要思想等基本理论课。

【八荒】指当代世界经济、科技、法律、军事、政治等“五当代”课程。

作者镜头中的党校四季。

中央党校历史上独具特色的学员毕业留影。

2003 年春，中央党校第 34 期省部级干部进修班学习期间适逢非典。北京市通知停止一切集体活动前一天，支部举行联谊晚会，作者所在小组表演集体朗诵《宁夏赋》。

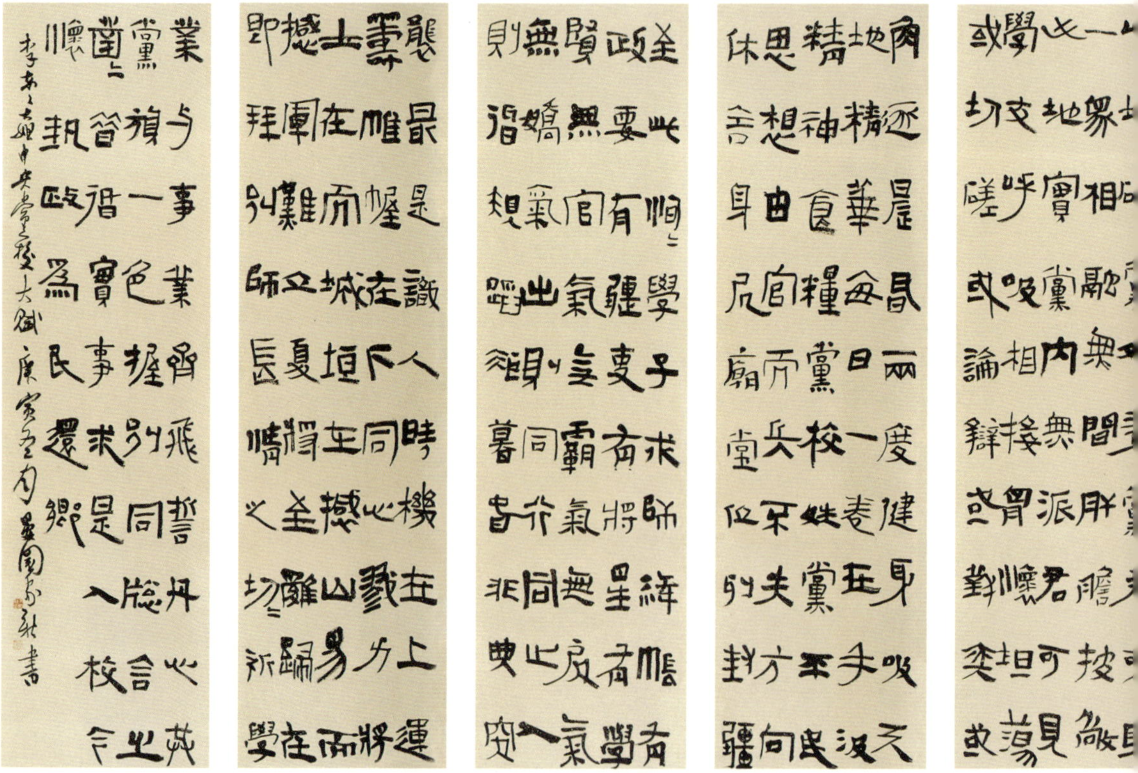

王家新　书

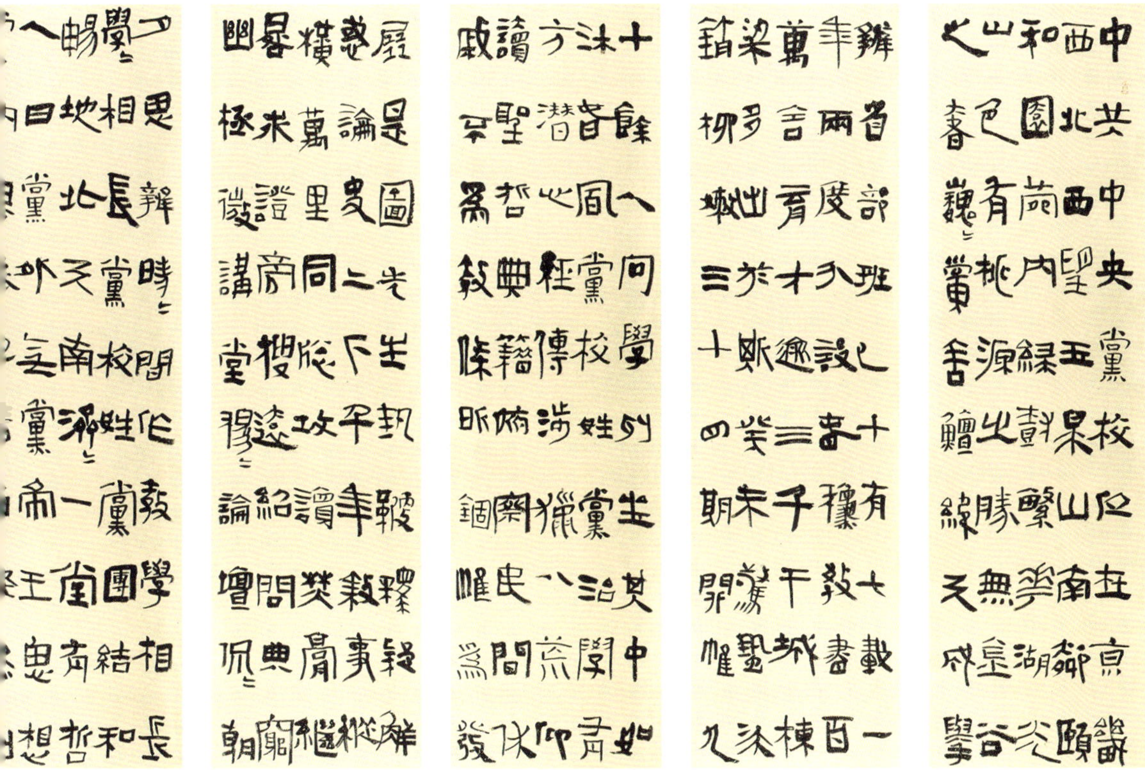

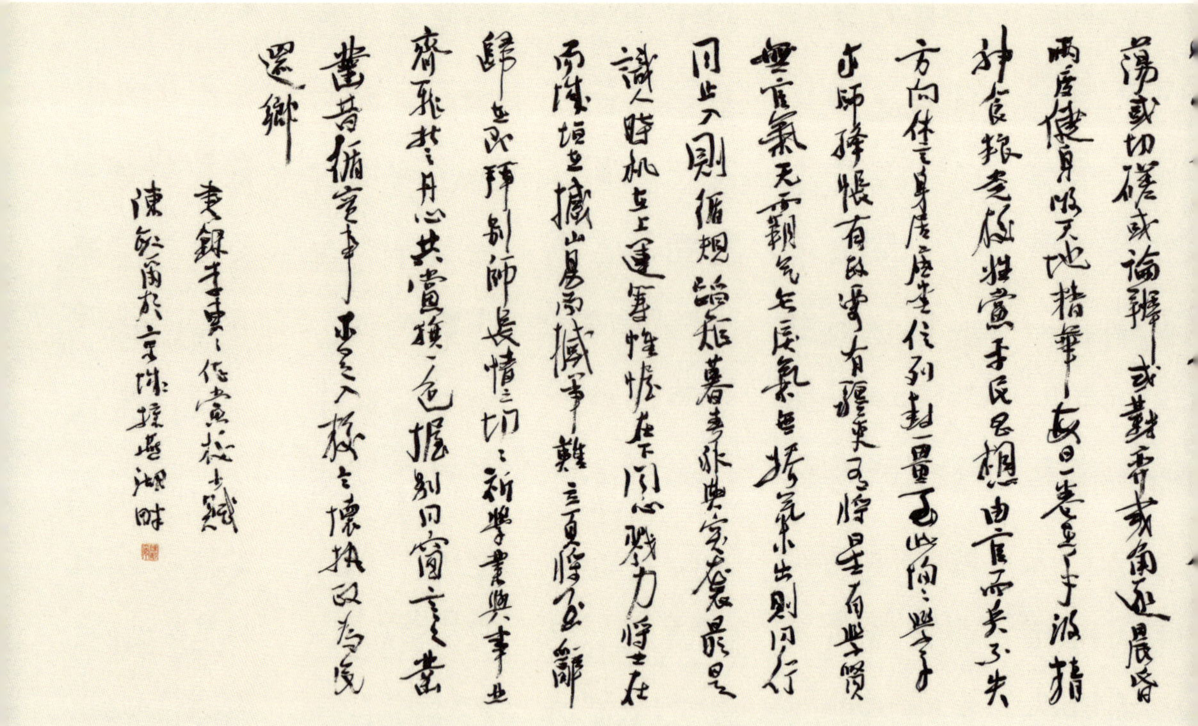

陈敏尔　书

中共中央党校位于京城西北西山玉泉山南
邻颐和园之苑内绿树葱茏湖光山色有桃源之
胜境全校三三有巍巍黉舍钟灵毓秀举办有
部班已十有七载一年两度今设春秋教书
百年育育才逾三十万于栋梁多出于斯葵
未凉楼承河柳嫩三十万题阁雕九十余人向学子
列出其中沐浴春风意于斯处治学有志潜心
经传涉猎人荒仰读至哲典之籍俯察民
间体感不为教条而铜性为发展是图先生执
鞭释疑解惑论史上下千年叙事纵横万里
同窗攻读楼宇背暑求证寄拔远探问典
穷幽探微讲堂杨杨论坛侃侃朝夕思辨
时时间作教学相长学学相长尽在校园和
畅地步步南济济一堂有楼人四走今无实常
玉泉想花田无派手台万怪然园此地确是分

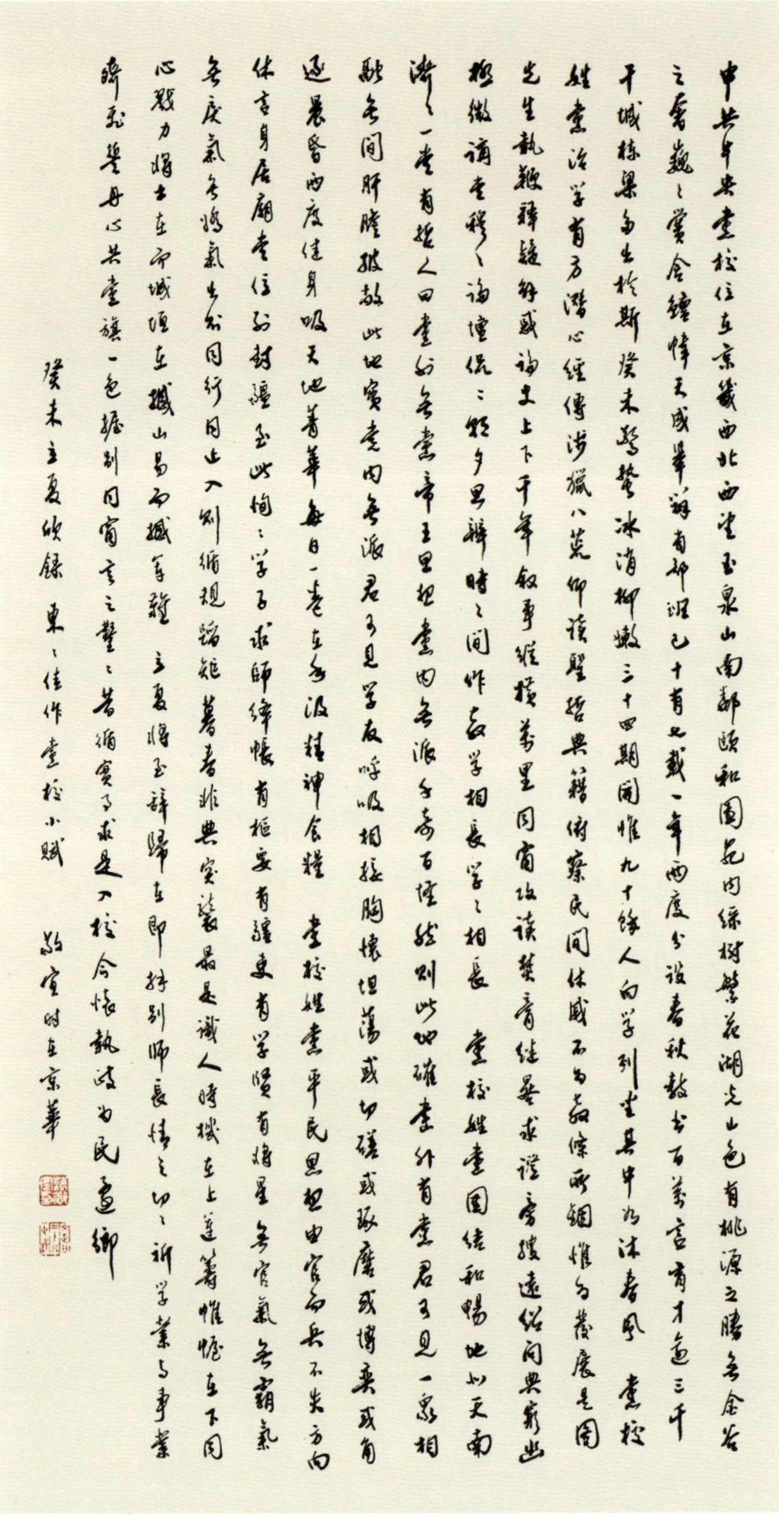
癸未立夏敬录　东东佳作党校小赋
敬宜时在京华

范敬宜　书

国家行政学院小赋

国家行政学院小赋

国家行政学院，创业十又九年。传承前贤薪火，催发桃李万千。仰观宇宙之大，俯察品类之盛。胸怀壮志报国，脚踏实地育才。前有红色传统之圭臬，后有中央党校之典范。

丁亥春深，鳣帏又开，群贤毕至，少长咸集。校园如茵，百花争艳，徐行十步，胜景连连。忽忽月余，出闱在即，山南海北，同窗笑颜。咸谓学院胜景，非止葱茏花木，实有深切内涵。

学院胜景，胜在求真。研读马列经典，务求清源正本。永作人民公仆，科学发展指引。弃哗众取宠之意，立实事求是之心。摒却浮躁，潜心凝神。每日一卷在手，醍醐灌顶，方知学海无涯，舟楫为勤。诚如古人所言："士人三日不读书，即言语无味，面目可憎。"

学院胜景，胜在求新。诚陈言之务去，爱新意之初萌。三尺讲坛，捭阖纵横；荧荧一灯，议论风生。无教条之桎梏，多求是之赤诚。思接千里，情通万家，政策民意，融会贯通。偶有所悟，即奔走相告；若有所失，则虚怀求正。时不过四旬，便胜却十年面壁，千里独行。

学院胜景，胜在和谐。师友相知，教学相长。或枢要，或疆吏，或学贤，或专才。有赤心，有诚意，有激情，有思想。煌煌东方源流，同研共读；孜孜西行求索，同行共往。谈经论道，旁搜博取，原不论东土西域；切磋琢磨，兼收并蓄，又只道山高水长。

今日夏至，拜辞依依。学院胜景，长相铭记。坐地日行八万里，鹰击长空；只争朝夕二百年，鱼翔浅底。再举觞，更期许——解放思想，与时俱进，同举小康社会千秋大义；立党为公，执政为民，共擎和谐中华万代旌旗。

（2007 年 7 月 14 日《人民日报》）

【国家行政学院】中华人民共和国国家行政学院是为适应改革开放和社会主义现代化建设事业的需要，根据中国共产党第十三次全国代表大会和第七届全国人民代表大会第一次会议的决议，于 1988 年开始筹建，1994 年 9 月正式成立。为国务院正部级直属事业单位。实行院长负责制，院长由历任国务委员兼国务院秘书长担任。国家行政学院是培训高、中级国家公务员的新型学府和培养高层次行政管理及政策研究人才的重要基地。

【鳣帏又开】鳣帏，古指学堂。2007 年 5 月 15 日至 6 月 22 日，中国高级公务员行政改革与依法行政培训班在国家行政学院举办。前期在行政学院培训，后期在耶鲁大学研修。

Yale University
STERLING LAW BUILDING
127 Wall St

Yale University
YALE LAW SCHOOL
127 Wall St

THE YALE BOOKSTORE

2007年夏，作者在中国高级公务员行政改革与依法行政培训班学习、实习、结业。

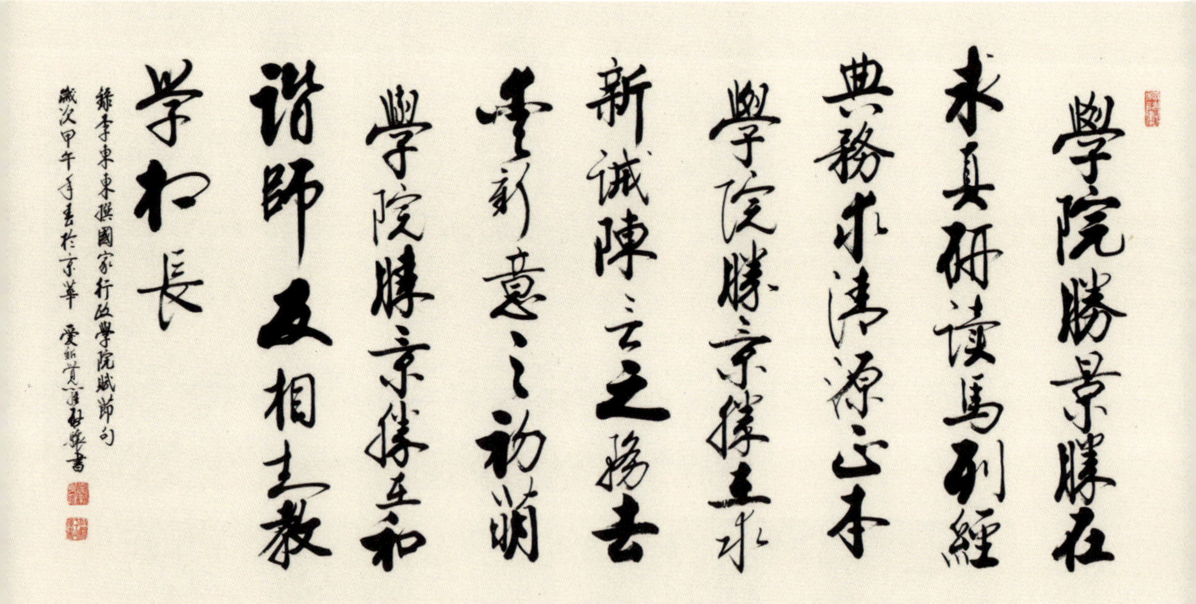

爱新觉罗·启骧　书

社科院研究生院赋

社科院研究生院赋

——为中国社会科学院研究生院建院三十周年作

时维戊子，序属三秋，金风送爽，天高云淡。建国门内旗飞五色，西八间房书香一院。师长扶往，其情切切；学友携归，其心拳拳。君不见八方同贺四座欢颜——中国社会科学院研究生院三十华诞。

研究生院，开风气先，春风一枝，创业维艰。曾忆开帷岁月，神州百废待兴，教育蹉跎十年。白手起家，戮力同心，上下求索，大志弥坚。系设十又有四，地分京师八面。导师尝苍髯皓首，学子或长幼比肩。白驹过隙，后浪催前，黉舍忽忽卅载，人才泱泱七千。风虎云龙搏击大江南北，建功立业留碑百姓心间。

研究生院，笃学慎思，明辨尚行，志存高远。业精于勤，读万卷书焚膏继晷；行成于思，走天下路攀岳登山。以华夏国情为本，壁立千仞；应世界潮流之变，海纳百川。旁搜远绍，兼收并蓄，原无论东学西学；校短量长，穷幽极微，都只为正本清源。仰观宇宙，背负青天，志在中华崛起；俯察民瘼，脚踏实地，胸怀万姓平安。

研究生院，大器初成，与时俱进，一往无前。系开三八，枝繁叶茂；导师千家，声高望远。桃李天下，卓荦为杰；春华秋实，启后承前。以庙堂之音立魂魄，援宰辅之贺照肝胆。先生殷殷授业，图永固红色江山；后学喁喁求知，谋再造绿色家园。有枢要，出疆吏，多学贤；保社稷，立功业，建新言。君不见百舸千帆竞向东，争为那千秋宏图，万众和谐，三个代表，科学发展。

（2008 年 12 月 8 日《人民日报》）

16 2008年12月8日 星期一

副刊

人民日报

社科院研究生院赋

人间有味是清欢

文明，是一种习惯

话题 今天，我们如何延续文明？（二）

瑶山甘泉

大地

长篇小说《雪祭》在京研讨

《变革大交响》组诗研讨会

《废墟上的歌者》召开研讨会

淘

画

【中国社会科学院研究生院】中国社会科学院研究生院简称社科院研究生院，成立于1978年10月11日，是由中国哲学社会科学研究的最高学术机构、亚洲第一智库——中国社会科学院兴办的研究生培养单位，也是中国第一所人文社会科学研究生院，被誉为中国人文社会科学研究生教育的最高学府。

中国社会科学院的前身——中国科学院哲学社会科学部早在1956-1964年间就曾培养了新中国最早的几届文科研究生。1977年单独建院后不久，经邓小平、叶剑英等老一辈无产阶级革命家亲自批准，中国社会科学院正式创办了研究生院，堪称改革开放之初文化教育领域的“春风第一枝”。建院30多年来培养的万余名毕业生中，不仅产生了一大批人文社会科学家和高端智库学者，还涌现出党和国家领导人数名、省部级干部逾百名、厅局级干部逾千名，保持了较高的成才率。

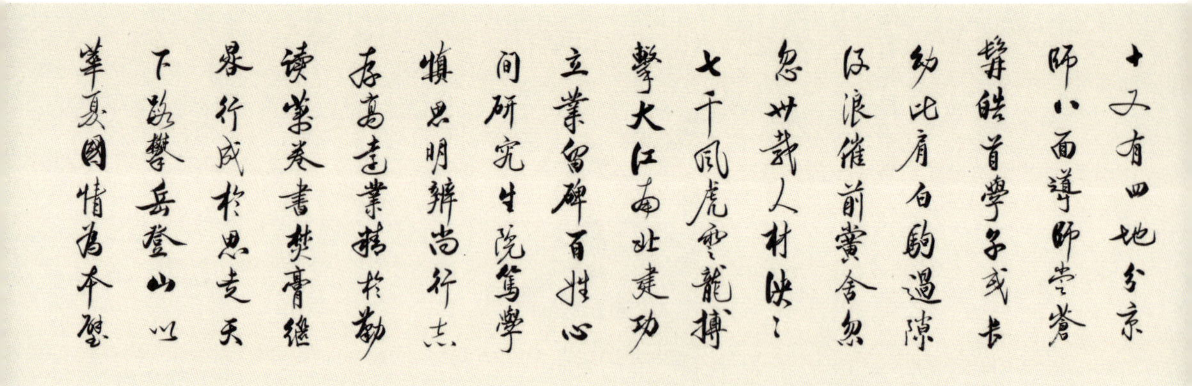
十又有四地分京
師八面導師崇蒼
髯皓首學子或長
幼比肩白駒過隙
似浪催前黄舍忽
忽卅載人材泱泱
七千風虎雲龍搏
擊大江南北建功
立業留碑百姓心
間研究生院篤學
慎思明辨尚行志
存高遠業精於勤
讀萬卷書焚膏繼
晷行成於思走天
下路攀岳登山以
華夏國情為本堅

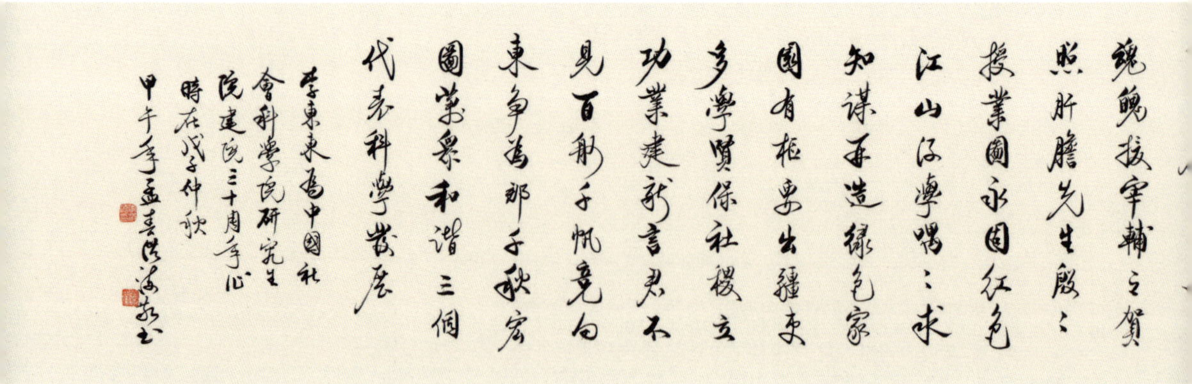
魂魄拔牢輔之賀
照肝膽先生殷殷
授業圖永固紅色
江山似學鴨之求
知谋再造綠色家
園有抱負出疆吏
多學賢保社稷立
功業建新言君不
見百舸千帆竞向
東爭為那千秋宏
圖榮景和諧三個
代表科學發展
李東東為中國社會科學院研究生院建院三十周年作
時在戊子仲秋
甲午年孟春洪海敬书

李洪海　书

時維戊子序屬三
秋金風送爽天高
雲淡建國門內旗
飛五色西山間房
書香一院師長扶
往其情切切學友
攜隨其心拳拳君
不見八方同賀四
座歡顏中國社會
科學院研究生院
三十華誕研究生
院開風氣先春風
一枝創業維艱曾
憶開惟歲月神秘
百廢待興教育蹉
跎十年白手起家

立千仞應世界潮
流之變海納百川
旁搜遠紹兼收並
蓄原無論東學西
學校短量長窮幽
極微都只為正本
清源仰觀宇宙皆
負青天志在中華
崛起俯察民瘼腳
踏實地自懷萬姓
平安研究生院大
器初成與時俱進
一往無前參同三
八枝繁葉茂導師
千家聲高望遠桃
李天下卓犖為傑

社科会

中国社会科学院
CHINESE ACADEMY OF SOCIAL SCIENCES
社科会堂

2008 年秋，作者参加中国社会科学院研究生院建院 30 周年的有关纪念活动。

中国社会科学院研究生院新校园。

北戴河赋

北戴河赋

山海关一夫当关，秦皇岛八面涌波。关之南，岛之侧，古有渝水，今谓戴河。戴河三源，殊途同归。西戴东流，南戴北顾，三川浩浩汇渤海，海滨煌煌北戴河。

壮哉北戴河。千秋伟业，百代长歌。秦皇初并天下，金山筑殿；汉武逐浪求仙，龙山堆台；魏武北征乌桓，碣石赋诗；唐宗东临榆关，春日望海。风虎云龙，白驹过隙，咏千载慷慨悲歌。波诡云谲，往古来今，叹百年峥嵘蹉跎。光绪开埠，四夷竞入，梦几回沙软潮平、东方山色；中华才俊，八方驱策，争一片花繁叶茂、北地林壑。红旗漫卷，大浪淘沙，流水前波让后波；箪食壶浆，万人空巷，喜迎人民新中国。昔日达官富贾逍遥津，酣饮亭台楼阁；今朝平民百姓休憩地，笑看樯橹湾沱。

美哉北戴河。绿树红瓦，碧海清波。水何澹澹，山岛竦峙，日升月恒，潮涨潮落。南眺沧海，北望青山，东观市井，西赏村落。山不在高，其势也嵯峨；峰峰相连，此中有丘壑。联峰山，鹰角岩，鸽子窝，朝迎旭日出，夕送晚霞落。水不在深，沙细浴场多；滩滩相继，此处耐消磨。东海滩，西海滩，中海滩，目送千帆影，身在百丈波。且看燕雀聪明，偏停好山好水，爱筑好巢好窝。遐时别墅七百，家家观海听涛，户户参差错落；迩来新庐无算，幢幢粉墙朱顶，人人燕舞莺歌。

伟哉北戴河。决胜千里，运筹帷幄。夏水汤汤，月影婆娑，暑期办公，中国特色。前有毛刘周朱邓，风云际会，纵横捭阖；后有继往开来者，与时俱进，科学决策。滩头溪尾，闲庭信步，处处追伟人足迹；林间崖畔，呼吸吐纳，声声闻气壮山河。又见尊贤敬老，海纳百川，英杰俊彦，高朋满座。

有公仆，有贤达，有专家，有劳模。可读书，可建言，可歌舞，可吟哦。端赖园丁勤谨，殚精竭虑腾挪。耕山耘海，疏泉引河，建房构厦，莳秧牵萝。君不见秦皇岛外打鱼船，回顾金滩耸碧螺，风涛万里不迷航，仰望北戴河。

（2009 年 11 月 30 日《人民日报》）

【北戴河】北戴河海滨地处河北省秦皇岛市西部，夏无酷暑，冬无严寒，有美丽的沙滩和凉爽的气候，是中国最著名的避暑、疗养胜地。

【秦皇金山筑殿】公元前 215 年，秦始皇东巡至此，刻《碣石门辞》，秦皇岛由此得名。位于秦皇岛北戴河的秦行宫遗址，又称“金山嘴古城遗址”。

【汉武龙山堆台】据《史记》记载，汉武帝信方士求神仙，远甚秦始皇。1992 年在北戴河的中联峰山顶发掘出一座面积 17 平方米的建筑遗址，经考证认为就是《海滨志略》所说的汉武台。

【魏武碣石赋诗】公元 207 年，曹操北征乌桓得胜班师途中，行军至海边，途经碣石山，登山观海，作《步出夏门行・观沧海》。“东临碣石有遗篇”，为后人称颂。

【唐宗春日望海】公元645 年，唐太宗亲征高丽，途经碣石，“旌旗逶迤碣石间”，留下《春日望海》一诗：“洪涛经变野，翠岛屡成桑。之罘思汉帝，碣石想秦皇”，以记功德。

【光绪开埠】1898 年，清光绪帝御批秦皇岛开埠建港，辟北戴河为旅游避暑区，成为中国最早的自主通商口岸和国际旅游区。1984 年被国务院批准为全国首批对外开放的沿海城市。

【暑期办公】新中国成立后，由于夏季两个月中央领导在此开会、办公，北戴河成为中外闻名的“夏都”。毛泽东主席一首脍炙人口的《浪淘沙・北戴河》，使北戴河闻名遐迩。

日出鸽子窝，
日落金山嘴。

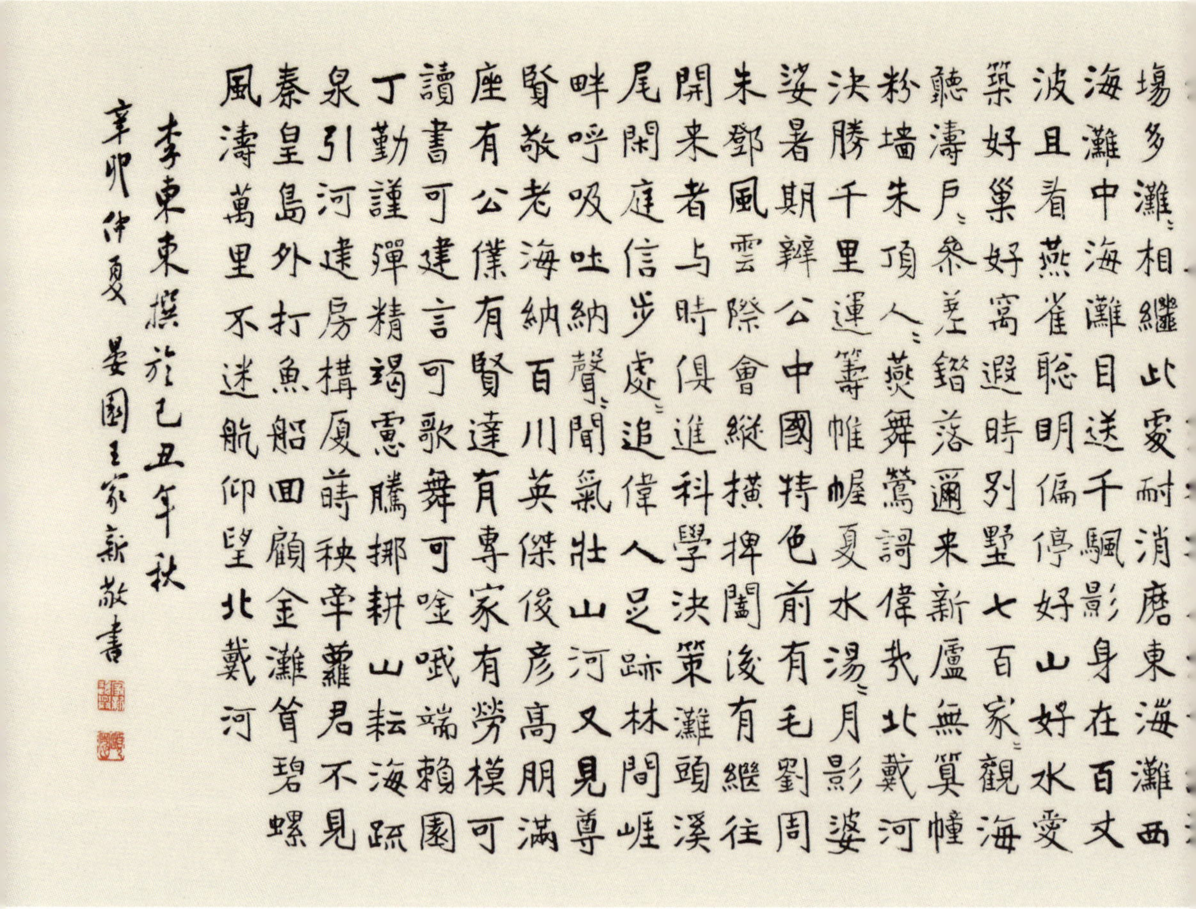
場多灘〻相繼此處耐消磨東海灘西
海灘中海灘目送千颿影身在百丈
波且看燕雀聪明偏停好山好水愛
築好巢好窩遐時別墅七百家〻觀海
聽濤戶〻參差錯落爾来新廬無算幢
粉墻朱頂人〻燕舞鶯謌偉哉北戴河
決勝千里運籌帷幄夏水湯〻月影婆
娑暑期辦公中國特色前有毛劉周
朱鄧風雲際會縱横捭闔後有繼往
開来者与時俱進科學決策灘頭溪
尾閑庭信步處〻追偉人足跡林間崖
畔呼吸吐納聲〻聞氣壯山河又見尊
賢敬老海納百川英傑俊彦高朋滿
座有公僕有賢達有專家有勞模可
讀書可建言可歌舞可唫哦端賴園
丁勤謹殫精竭慮騰挪耕山耘海跡
泉引河遠房構廈蒔秧卒蘿君不見
秦皇島外打魚船回顧金灘筲碧螺
風濤萬里不迷航仰望北戴河
李東東撰於己丑年秋
辛卯仲夏 晏園王家新敬書

王家新 书

北戴河賦

山海關一夫當關秦皇島八面湧波
關之南島之側古有渝水今謂戴河
戴河三源殊途同歸西戴東流南戴
北顧三川浩浩滙渤海海濱煌煌北戴河
壯哉北戴河千秋偉業百代長詩秦
皇初並天下金山築殿瀟武遜浪求
僊龍山堆臺魏武北征烏桓碣石賦
詩唐宗東臨榆關春日觀海風虎雲
龍駒過隙咏千載慷慨悲歌波詭雲
譎往古来今嘆百年崢嶸蹉跎光緒
開埠四夷竟入夢幾回沙軟潮平東
方山色中華才俊八方驅策爭一片
花繁葉茂北地林鬱紅旗漫捲大浪
淘沙流水前波讓後波簞食壺漿萬
人空巷喜迎人民新中國昔日達官
富賈逍遥津酣飲亭臺樓閣今朝平
民百姓休憩地咲看檣櫓灣沱美哉
北戴河綠樹紅瓦碧海清波水何澹
澹山島竦峙日昇月恒潮漲潮落南眺
滄海北望青山東觀市井西賞邨落
山不在高其勢也嵯峨峰峰相連此中

20　2009年11月30日 星期一
副刊
人民日报
能不忆"江南"
北戴河赋
李东东
呕心沥血为昆曲
品书札记
英雄墓碑
郭新民
上海朗诵艺术节举行
『城市·诗歌·心灵』
领导的境界
梅里霞光（摄影）
丁蓝
投稿
西域走笔
博尔塔拉
白梭梭林
骆驼石
夕阳里的大湖
艾比湖

八一赋

八一赋

巍巍华夏，历五千载波飞云涌；熠熠神州，经十万阵雨骤风狂。煌煌盛世，看六十年人民中国；莽莽铁军，护十三亿百姓安康。

飘我军旗，红自南昌。忠诚之旅，党指挥枪。一九二一，岁次辛酉，嘉兴红船，破雾启航。一九二七，岁次丁卯，八一晨曦，城头易将。白驹过隙，大江东去，八十二度秋风劲，战地黄花分外香。曾忆血雨腥风，长夜未央；星火燎原，朱毛会师井冈。难忘赤旗黑手，武装割据；古田烛照，新军纲举目张。挥别红都瑞金，执手乡亲父老，战略转移北上，披荆斩棘征途长。忍顾湘江血战，争看四渡赤水，雪山草地何畏，遵义会议谱新章。宝塔山高，延河水长，抗日八载，驱驰四方，金戈铁马，小米加步枪。华北初捷，笑傲太行，南国烽烟，梅岭三章，前仆后继，莫邪与干将。东渡黄河，日出柏坡，逐鹿中原，决胜三仗；弹指一挥间，百万雄师过大江。西望昆仑，月上六盘，剑倚阳关，鞭指八荒；进京赶考处，迎劲旅箪食壶浆。新中国方唱东方红，强虏窥边陲，奇兵照肝胆，雄赳赳，跨过鸭绿江。志愿军并肩人民军，剪暴于俄顷，诛逆于初萌，气昂昂，铁血胜金汤。琴心剑胆，河清海晏，是人寰，向中央。

唱我军歌，声自大江。威武之师，百炼成钢。摧锋陷阵，拔关夺隘，悲歌慷慨，龙血玄黄。曾挽国之危难，曾拯民于倒悬，脚踏祖国大地，背负民族希望。风云开合，壮士请缨，生当人杰，死亦国殇。春秋廿二，赤县千里，关山万重，鏖战沙场。风雪饥寒，穷山野营，百战余一，蹈火赴汤。裹尸马革英雄事，纵死终令汉竹香，待从头收拾旧山河，乾坤荡。华年六十，政通人和，天高海阔，虎跃龙骧。保家卫国，屯垦戍边，抢险救灾，处突维稳，为民解忧，为国争光。嫦娥奔月，载人航天，两弹一星试锋芒。上柱于天，下立于渊，铁马冰河，铁壁铜墙。朝迎旭日，夕送落霞，万里边防，万里海疆。维护和平，国际救援，联合军演，任重道远，永不称霸，永不扩张。际地蟠天，壮怀激烈，昔有开国元勋十帅千将，斗雪傲霜；今朝后生可畏英雄辈出，长风破浪。千山万水，千乘万骑，举大纛，向太阳。

耀我军徽，亮自东方。人民之军，永铸辉煌。岁次己丑，新中国喜逢一甲子；盛世阅兵，天安门旌旗领钢枪。山呼海啸，扬我国威；铁甲丹心，是我栋梁。放眼寰宇，烽烟未息，四海翻腾，五洲激荡。朝乾夕惕，居安思危，枕戈待旦，经略国防。运筹帷幄，决胜千里，庙堂之音立魂魄，统帅挥手指航向。芳林新叶，流水后波，与时俱进，开来继往。以军护民，以文化人，理想凝聚力量，信念铸就坚强。永固红色江山，再造绿色家园，西行九曲黄河，东流万里长江。壁立千仞，海纳百川，战无不胜，兵精将强。官兵一致，军民一致，鱼水情深，团结和畅。人民子弟兵为人民，八一精神放光芒。同歌盛世，齐颂华章，濡丹青，向炎黄。

己丑即逝，庚寅新降，雄兵百万，秣马整装。方地为舆，圆天为盖，雕弓满月射天狼。吟明月之诗，咏红日之章，歌三军之志，诵六合之祥。勇哉八一，军旗飘扬，军歌高亢，军徽闪亮。壮哉八一，砥柱中流，党心所倚，民心所向。伟哉八一，万里长城，千秋大业，百代辉煌。

（2010年2月9日《解放军报》7月31日《人民日报》）

作者与部队、地方领导一同参加军队新闻出版活动。

作者与部队同志合影于李洪海书写的《八一赋》前。

【八一】每年的八月一日是中国人民解放军建军纪念日，也称“八一”建军节。1933 年 7 月 11 日，中华苏维埃共和国临时中央政府根据中央革命军事委员会 6 月 30 日的建议，决定 8 月 1 日为中国工农红军成立纪念日。1949 年 6 月 15 日，中国人民革命军事委员会发布命令，以“八一”两字作为中国人民解放军军旗和军徽的主要标志。中华人民共和国成立后，将此纪念日改称为中国人民解放军建军节。

“八一”，指代人民军队——中国人民解放军。

八一赋

李东东

巍巍华夏，历五千载波飞云涌；熠熠神州，经十万阵雨骤风狂。煌煌盛世，看六十年人民中国；莽莽铁军，护十三亿百姓安康。

飘我军旗，红自南昌。忠诚之旅，党指挥枪。一九二一，岁次辛酉，嘉兴红船，破雾启航。一九二七，岁次丁卯，八一晨曦，城头易将。白驹过隙，大江东去，八十二度秋风劲，战地黄花分外香。曾忆血雨腥风，长夜未央；星火燎原，朱毛会师井冈。难忘赤旗黑手，武装割据；古田烛照，新军纲举目张。挥别红都瑞金，执手乡亲父老，战略转移北上，披荆斩棘征途长。忍顾湘江血战，争看四渡赤水，雪山草地何畏，遵义会议谱新章。宝塔山高，延河水长，抗日八载，驱驰四方，金戈铁马，小米加步枪。华北初捷，笑傲太行，南国烽烟，梅岭三章，前仆后继，莫邪与干将。东渡黄河，口出柏坡，逐鹿中原，决胜三仗；弹指一挥间，百万雄师过大江。西望昆仑，月上六盘，剑倚阳关，鞭指八荒；进京赶考处，迎劲旅箪食壶浆。新中国方唱东方红，强虏窥边陲，奇兵照肝胆，雄赳赳，跨过鸭绿江。志愿军并肩人民军，剪暴于俄顷，诛逆于初萌，气昂昂，铁血胜金汤。琴心剑胆，河清海晏，是人寰，向中央。

唱我军歌，声自大江。威武之师，百炼成钢。摧锋陷阵，拔关夺隘，悲歌慷慨，龙血玄黄。曾挽国之危难，曾拯民于倒悬，脚踏祖国大地，背负民族希望。风云开合，壮士请缨，生当人杰，死亦国殇。春秋廿二，赤县千里，关山万重，鏖战沙场。风雪饥寒，穷山野营，百战余一，蹈火赴汤。裹尸马革英雄事，纵死终令汉竹香，待从头收拾旧山河，乾坤荡。华年六十，政通人和，天高海阔，虎跃龙骧。保家卫国，屯垦戍边，抢险救灾，处突维稳，为民解忧，为国争光。嫦娥奔月，载人航天，两弹一星试锋芒。上柱于天，下立于渊，铁马冰河，铁壁铜墙。朝迎旭日，夕送落霞，万里边防，万里海疆。维护和平，国际救援，联合军演，任重道远，永不称霸，永不扩张。际地蟠天，壮怀激烈，昔有开国元勋十帅千将，斗雪傲霜；今朝后生可畏英雄辈出，长风破浪。千山万水，千乘万骑，举大纛，向太阳。

耀我军徽，亮自东方。人民之军，永铸辉煌。岁次己丑，新中国喜逢一甲子；盛世阅兵，天安门旌旗领钢枪。山呼海啸，扬我国威；铁甲丹心，是我栋梁。放眼寰宇，烽烟未息，四海翻腾，五洲激荡。朝乾夕惕，居安思危，枕戈待旦，经略国防。运筹帷幄，决胜千里，庙堂之音立魂魄，统帅挥手指航向。芳林新叶，流水后波，与时俱进，开来继往。以军护民，以文化人，理想凝聚力量，信念铸就坚强。永固红色江山，再造绿色家园，西行九曲黄河，东流万里长江。壁立千仞，海纳百川，战无不胜，兵精将强。官兵一致，军民一致，鱼水情深，团结和畅。人民子弟兵为人民，八一精神放光芒。同歌盛世，齐颂华章，蘸丹青，向炎黄。

己丑即逝，庚寅新降，雄兵百万，秣马整装。方地为舆，圆天为盖，雕弓满月射天狼。吟明月之诗，咏红日之章，歌三军之志，诵六合之祥。勇哉八一，军旗飘扬，军歌高亢，军徽闪亮。壮哉八一，砥柱中流，党心所倚，民心所向。伟哉八一，万里长城，千秋大业，百代辉煌。

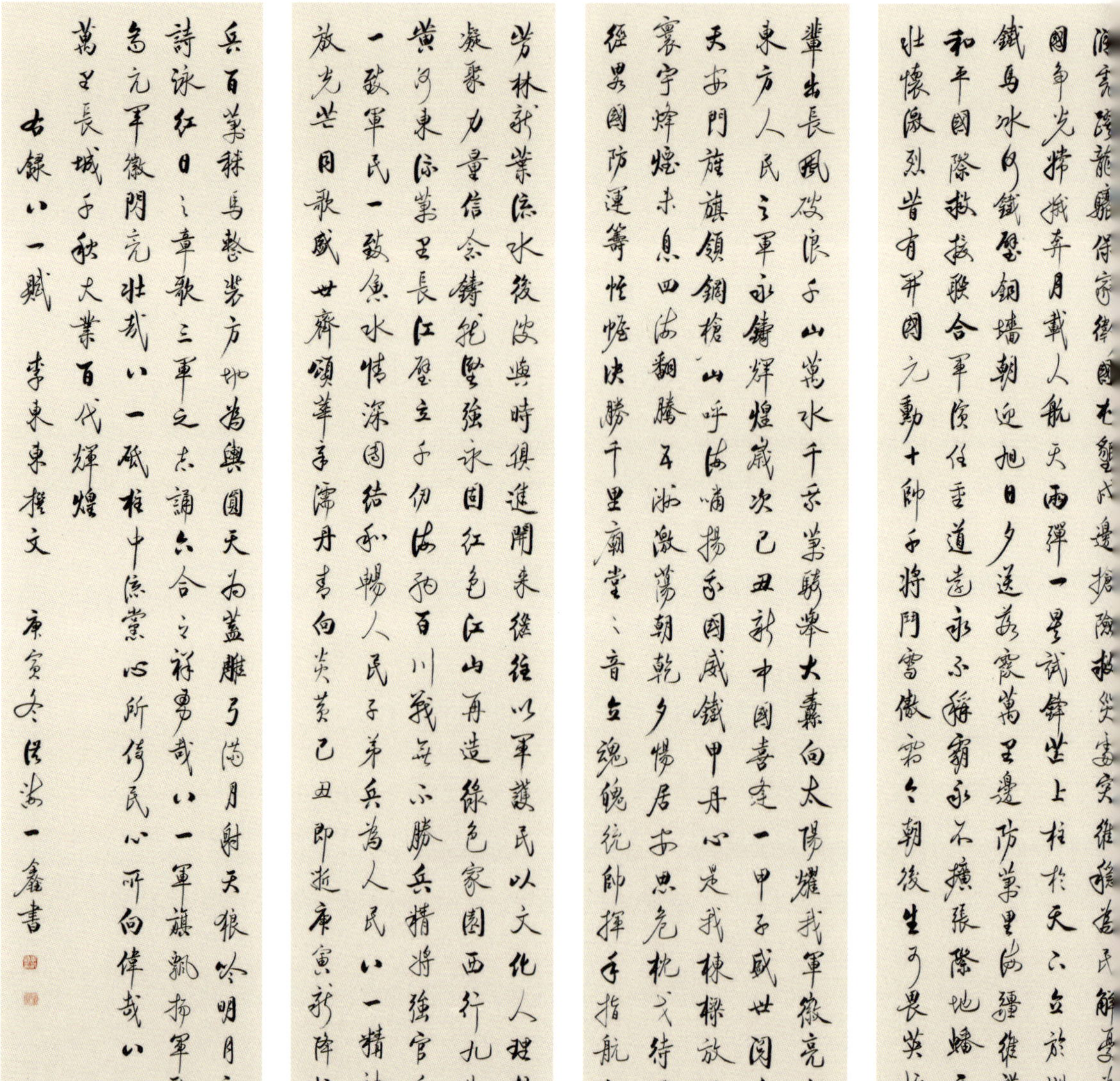

李洪海　书

巍巍華夏歷五千載悠悠孔聖陽熠熠神州經十萬陣雨驟風狂煌煌
盛世看六十年人民中國莽莽鐵軍護十三億百姓安康飄我軍旗
紅自南昌忠誠之旅黨指揮槍一九二一歲次辛酉嘉興紅船破霧
啟航一九二七歲次丁卯八一晨曦城頭易將白駒過隙大江東去
八十二度秋風勁戰地黃花分外香兮憶血雨腥風長夜未央星火
燎原朱毛會師井岡難忘赤旗累年武裝割據古田燭照新軍綱舉
目張揮別紅都瑞金執手鄉親父老戰略轉移北上抗戰斬棘征途
長征顧湘江血戰爭看四渡赤水雪山草地何畏遵義會議譜新章
寶塔山高延河水長抗日八載驅馳四方金戈鐵馬小米加步槍華
北初捷威儆太行南國烽煙桂嶺三年前仆後繼莫邪與幹將泉渡
黃河日出柏坡運籌中原決勝三仗彈指一揮間百萬雄師過大江
西望昆侖月上六盤劍倚陽關驅指八荒進京趕考宴迎勁旅簞食
壺漿新中國方唱東方紅強虜窺邊揚我兵威肝膽雄赳赳跨過鴨
綠江志願軍並肩人民軍蕩暴於俄頃誅逆於初萌氣昂昂鐵血勝
金湯琴心劍膽河清海晏是人寰向中央唱我軍歌聲自大江威武
之師百煉成鋼摧鋒陷陣拔寨奪隘悲歌慷慨龍血玄黃力挽國之
危難曾拯民於倒懸腳踏祖國大地背負民族希望風雲開合壯士
請纓生當人傑死亦國殤春秋廿二赤縣千里變山萊重塵戰沙場
風雪饑寒山野營百戰餘一路火赴湯蹈馬革英雄事張死猶
命華節香寸流頁又含當山河氣申蕩年年六十又逝人口之高安

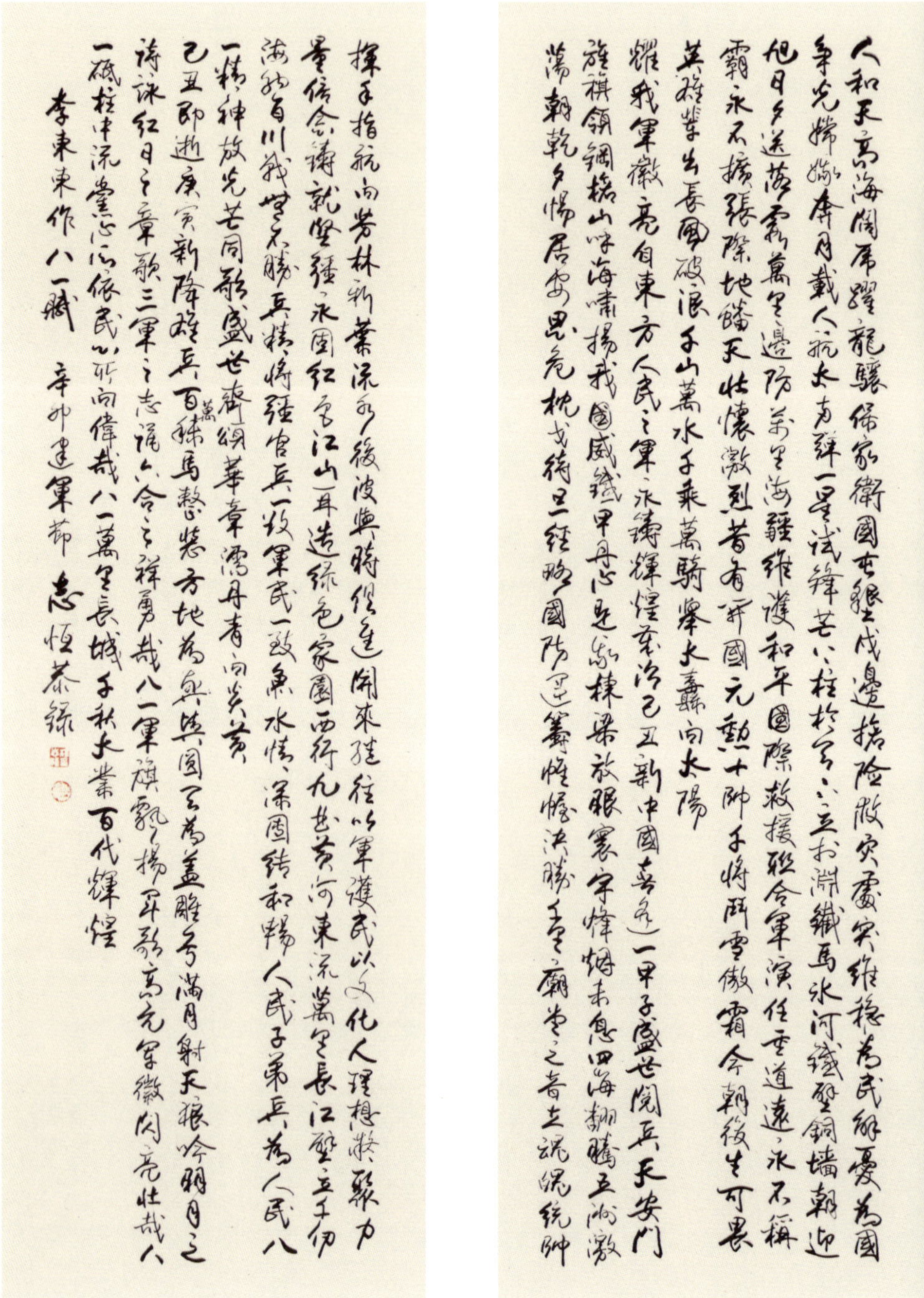

杨志恒　书

巍巍华夏历五千载波飞云涌熠熠神州经十万阵雨骤风狂煌煌盛世逢六十年人民中国莽
莽铁军护十三亿百姓安康
飘飘军旗红自南昌忠诚之旅党指挥枪一九二一年次辛酉嘉兴红船破雾启航一九二七年
岁丁卯八一晨曦城头易帜白驹过隙大江东去八十二度秋风劲我地苍苍分外东曾忆血
雨腥风长夜未央星火燎原朱毛会师井冈巍巍赤旗黑手武装割据古田灯照新军铸
魂目张挥我红都瑞金执手乡亲父老我军转移北上披荆斩棘征途长忍顾湘江血战
争夺四渡赤水雪山草地何畏遵义会议谱新章宝塔山高延河水长抗日八载驱驰四
方金戈铁马小米加步枪华北初捷喋傲太行南国烽烟梅岭三章前仆后继莫邪与干将东
渡黄河日出柏坡运筹中原决胜三仗弹指一挥间百万雄师过大江西望昆仑月六盘剑依阳关
鞭指八荒进京赶考处处迎劳旅箪食壶浆水新中国唱东方红强勇窥边陲奇兵照肝胆
雄赳赳跨过鸭绿江志愿军并肩人民军勇猛于战顷诛逆于初萌气昂昂铁血铸
金汤琴以剑胜河清海晏是人寰向中央
唱我军歌声自大江威武之师百炼成钢挫锋陷阵拔关夺隘悲歌慷慨龙血玄黄
曾挽国之危难息拯民于倒悬脚踏祖国大地肩负民族之希望风云开合壮士情缨生当
人杰死亦国殇去秋廿二赤县千里阴山万重鏖战沙场风雪饥寒穷山野营百战归一
蹈火赴汤裹尸马革英雄事能死能命深竹系待从收拾旧山河乾坤荡年华六十政道

上世纪七十年代，作者从军照。

玉树参天赋

玉树参天赋

青海有玉树，飞来白云边。巍巍名山宗，浩浩江河源。四野葱茏处，风吹草低，牦牛之地；五色斑斓时，雪映花繁，歌舞蹁跹。唐蕃古道，遐时文成金城西去，汉藏执手，羌笛悠远；康巴新域，迩来粉壁朱墙东向，百代相谐，科学发展。

时维庚寅，序属季春，三江之源，风云丕变。地动山摇，青天白日蒙尘；房倒屋塌，千家万户罹难。居庙堂之高忧其民，大纛煌煌，运筹帷幄，军令如山。处江湖之远忧其君，铁骑莽莽，决胜千里，救民倒悬。旌旗指处，三军用命，时不过旬，兵发逾万。攀峰不畏高，涉险不畏难，千里赴戎机，关山度若飞，众志弥坚。

登高一呼，山鸣谷应，十亿神州，八方驰援。地无分南北东西，人无分少壮苍颜。同声相应，同气相求，辅车相依，共赴国难。人饥若己饥，人溺若己溺，济袍泽不惜倾囊，拯羸弱何惧艰险。高岸为谷，深谷为陵，江山不可复识；永不抛弃，永不放弃，生死不离家园。壮举震古烁今，大义动地感天。最喜废墟书声琅，光照华夏青史五千年。

黄钟大吕，盛世长歌。春去千魂归兮，秋来万姓平安。壁立千仞，玉树临风；海纳百川，三江溯源。神州有界，大爱无边；青海动地，玉树参天。更历春秋五度，再看风起云涌处，新校园，新家园。

（2010 年 4 月 27 日《人民日报》《解放军报》）

6 2010年4月27日 星期二 抗震救灾特刊 人民日报

任何困难都难不倒英雄的中国人民

——玉树抗震救灾启示录

玉树参天赋

在震后，迅速出发；在灾区，全力以赴

一切为了救援

抗震救灾英雄谱

【玉树】玉树藏族自治州成立于 1951 年 12 月，藏语意为“遗址”，是青海省第一个、全国第二个成立的少数民族自治州；是全国 30 个少数民族自治州中主体民族比例最高、海拔最高、人均占有面积最大、生态位置最重要的一个自治州。

【浩浩江河源】长江、黄河、澜沧江三大河流均发源于玉树，三江源自然保护区和可可西里自然保护区覆盖全境，素有江河之源、名山之宗、牦牛之地、歌舞之乡和中华水塔之美誉。

【唐蕃古道】自治州首府结古镇是历史上唐蕃古道的重镇，也是青海、四川、西藏交界处的民间贸易集散地。

【地动山摇】2010 年 4 月 14 日 7 时 49 分，青海省玉树藏族自治州玉树县发生 7.1 级地震，地震造成大量人员伤亡和房屋倒塌。为表达全国各族人民对青海玉树地震遇难同胞的深切哀悼，国务院决定，2010 年 4 月 21 日举行全国哀悼活动，全国和驻外使领馆下半旗志哀，停止公共娱乐活动。

在党中央国务院领导指挥下，全国军民支援灾区抗震救灾和重建工作，距地震三年后，建成新玉树。

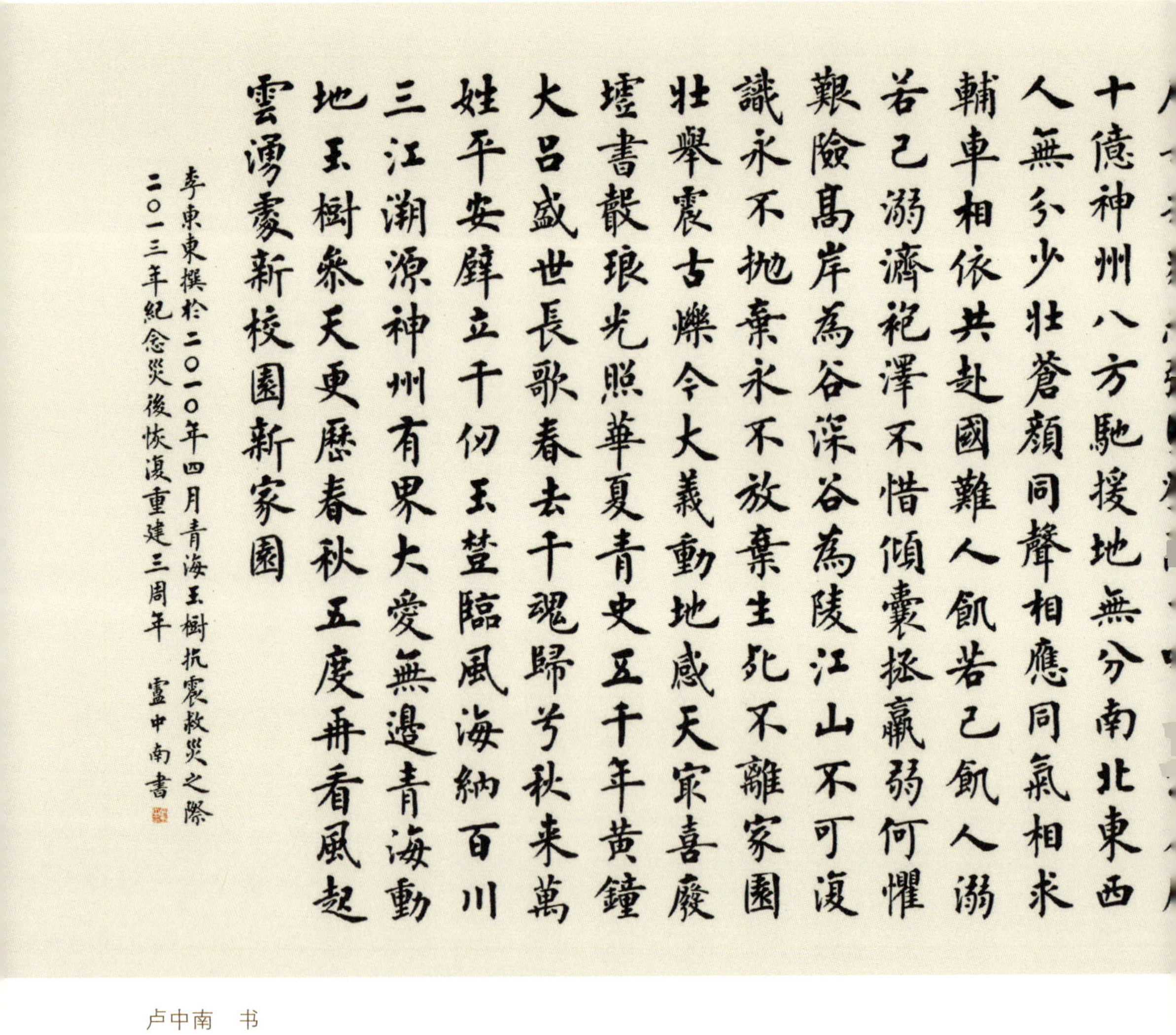
十億神州八方馳援地無分南北東西
人無分少壯蒼顏同聲相應同氣相求
輔車相依共赴國難人飢若己飢人溺
若己溺濟袍澤不惜傾囊拯羸弱何懼
艱險高岸為谷深谷為陵江山不可復
識永不拋棄永不放棄生死不離家園
壯舉震古爍今大義動地感天眾喜廢
墟書聲琅光照華夏青史五千年黃鐘
大呂盛世長歌春去千魂歸兮秋來萬
姓平安辟立千仞玉荙臨風海納百川
三江溯源神州有界大愛無邊青海動
地玉樹參天更歷春秋五度再看風起
雲湧處新校園新家園
李東東撰於二〇一〇年四月青海玉樹抗震救災之際
二〇一三年紀念災後恢復重建三周年　盧中南書

卢中南　书

玉樹參天賦

青海有玉樹飛来白雲邊巍巍名山宗浩浩江河源四野蔥蘢處風吹草低牦牛之地五色斑斕時雪暎花繁歌舞蹁躚唐蕃古道遐時文成金城西去漢藏執手羌笛悠遠康巴新域邇来粉辟朱墻東向百代相諧科學發展時維庚寅序屬季春三江之源風雲丕變地動山摇青天白日蒙塵房倒屋塌千家萬戶罹難居廟堂之高憂其民大纛煌煌運籌帷幄軍令如山處江湖之遠憂其君鐵騎莽葵決勝千里救民倒懸旌旗指處三軍用命背不過旬兵發逾萬攀峰

2010 年 4 月，玉树发生地震，军民众志成城抗震救灾。

2014 年 7 月 26 日，《玉树参天赋》捐赠仪式在青海玉树结古镇感恩广场举行。

铁道大学赋

铁道大学赋

——为石家庄铁道大学（原解放军铁道兵工程学院）创办60周年作

铁道大学，欣逢甲子，燕赵金秋，时维庚寅。桃李天下，契阔音问，少长咸集，追昔抚今。高谈阔论处，卓荦为杰；腾蛟起凤时，胜友如云。

遥忆当年披戎装，举军旗，耀军徽，铸军魂。硝烟方尽兴大业，志在四方献青春。逢山开新路，遇水架高桥，不坠青云志，永驻奋斗心。铁轨浩浩十万里，拔关夺隘，气益雄浑。大军莽莽十五万，筚路蓝缕，以启山林。敢忘千秋家国事，居安乐，思忧患，百万大裁军。官兵挥泪卸绿装，志不改红心。铁军黄埔映肝胆，一脉传，铁色存。

合抱之木生毫末，九层之台起累土。严谨治学，精心育人；山高水长，似海师恩。先生三千，传道授业，释疑解惑，教诲晨昏。后学六万，焚膏继晷，手不释卷，业精于勤。借他山之石攻玉，如切如磋，如琢如磨，俱收并蓄；以华夏经传正本，上下求索，闳中肆外，与时俱进。慎思明辨，学以致用，读万卷书，行万里路，栉风沐雨，扑面征尘。

铁道大学，位石家庄，春秋六十，历历耕耘。三迁校址，两番改制，七度更名，一朝出新。关山何迢迢，云天何渺渺，中华逢盛世，神州有铁魂。任重道远，更上层楼，十年树木，百年树人。

（2010年8月26日《光明日报》《解放军报》）

2010 年 9 月 16 日，石家庄铁道大学举行了建校六十周年庆祝大会。

【铁道大学】石家庄铁道大学，前身为中国人民解放军铁道兵工程学院，创建于1950 年，系当时全军重点院校；1979 年被列为全国重点高等院校。1984 年转属铁道部，更名为石家庄铁道学院；2000 年划转河北省，实行中央与地方共建，为河北省重点骨干大学；2010 年 3 月更名为石家庄铁道大学；2013 年 12 月成为国家国防科工局、河北省人民政府共建高校；2015 年 7 月被河北省人民政府、国家铁路局、教育部批准为共建高校。

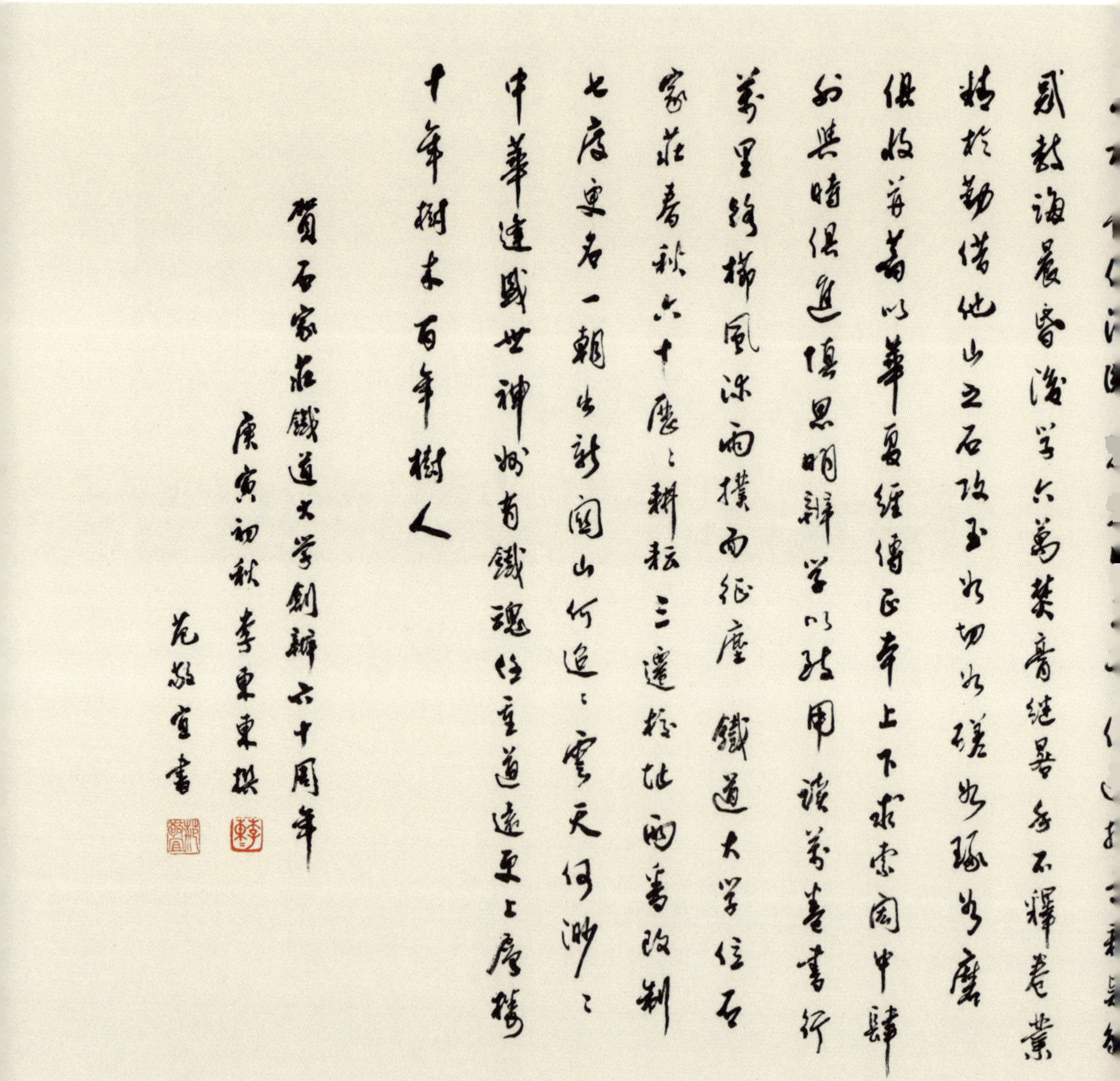

范敬宜　书

鐵道大學賦

鐵道大學欣逢甲子適逢金秋時維庚寅桃李
天下聚潤音同少長咸集追昔撫今高談闊論
雲卓举為傑騰蛟起鳳時勝友如雲　逸懷者
年投戎裝繫軍旗擐軍徽鑄軍魂猎烟方興
大業志在四方獻青春逢山開新路遇水架高
橋不畏雲志永駐奮鬥心鋪軌浩浩十萬里
披國募隨氣蓋雄渾大軍莽莽十五萬篳路藍
縷以啟山林敢忘千秋家國事居安樂思憂患
百萬大裁軍官兵揮淚卸戎裝志不改紅心鐵
軍黄埔映肝膽一脉傳鐵色存　合抱之木生

石家庄铁道学院更名石家庄铁道大学前。

石家庄铁道学院、石家庄铁道大学几十年来保留使用的前铁道兵学院院部主楼，“坚定正确的政治方向、艰苦朴素的工作作风、灵活机动的战略战术”——军队标志历历在目。

清华赋

清华赋

——贺清华大学百年华诞

时维辛卯，序属季春，莺飞草长，火树银花。钟灵毓秀，清华八方揽胜景；四海五洲，学堂百年聚光华。大礼堂莺歌燕舞，少长咸集，执手共话；二校门腾蛟起凤，契阔谈宴，纵横挥洒。苍髯皓首，不坠先生煌煌志；赤子丹心，敢忘后学喁喁情。京西形胜，一园神韵阅千年；清新俊逸，一府精英纳天下。

槛外山光，窗中云影。春风化雨，水木清华。历春夏秋冬万千变幻，方知非凡境；任东西南北去来澹荡，更道是仙居。熙春、云锦，三百年间繁囿地；近春、清华，昔日曾是帝王家。一泓秀水映荷塘月色；三亭幽阁被朱檐灰瓦。荒岛葳蕤，朝迎旭日；斋馆栉比，夕送落霞。近揽西山秀色，远接东溟苍茫，名园名校，世纪佳话。缘起庚子，开帏辛亥，更名壬子，善定戊辰。创业艰难时，筚路蓝缕；颠沛流离处，刚毅坚卓。看红旗漫卷，天地翻覆，杏坛更奏弦歌，绛帐再哺新芽。顶天，立地，树人，百年砥砺，一朝芳华。

自强不息，厚德载物。人文日新，桃李清华。非谓大楼，而有大师，际会风云，名播迩遐。师从名师而名师出，在在鸿儒；学以博学则博学众，代代奇葩。四大导师名闻宇内，闳中肆外；六千教授学贯中西，含英咀华。科学工程院士，五有其一；两弹一星元勋，半出门下。红烛无声，春蚕有意，理工贤才，文史大雅。中西融会，古今贯通，文理渗透，是学术传统；焚膏继晷，旁搜远绍，校短量长，知学海无涯。如切如磋，如琢如磨，晨昏苦读，不废冬夏。最难风雨故人去，喜看河山新秀发。百年虬枝不言老，催开十七万树紫荆花。

爱国奉献，追求卓越。行胜于言，大道清华。大学之道，在明明德，在亲民，在止于至善。前贤箴言励志，寄心海隅；后继以身许国，壮志天涯。五四精神烛照，薪火相传；一二九光焰不息，振兴中华。民主斗士，拍案而起；文学巨匠，穷节不屈。大鹏一日同风起，抟摇直上九万里，其心雄，其志嘉。又红又专，全面发展，德智体美，精诚擘画。背负青天，脚踏实地，从我做起，胸怀天下。以庙堂之音立魂魄，以宰辅之志照肝胆，忧国忧民寄青史，立德立功在万家。清芬挺秀，华夏增辉，教也无涯，学也无涯。大道之行，积于跬步，千秋黉舍，百年清华。

（2011 年 4 月 15 日《人民日报》《光明日报》）

【清华大学】简称清华，诞生于 1911 年，依托美国退还的部分“庚子赔款”建立，因北京西北郊的清华园而得名，初称“清华学堂”，是清政府设立的留美预备学校，翌年更名为“清华学校”；为尝试人才的本地培养，1925 年设立大学部，1928 年更名为“国立清华大学”；1937 年抗日战争爆发后，学校南迁长沙，与北京大学、南开大学联合组建“国立长沙临时大学”；1938 年迁至昆明，改名为“国立西南联合大学”；1946 年迁回清华园，1952 年成为一所多科性工业大学；改革开放以来，学校先后恢复或新建了理科、经济、管理和文科类学科，并成立了研究生院和继续教育学院。

【水木清华】清华园风景秀丽，不同时期的建筑各具风格。学校历史悠久，自其诞生起，就担负着培养高层次人才的重大使命，同时也是科学技术研究的重要基地。

【桃李清华】100 年来，清华大学为中国培养出了众多的学术大师、兴业之士、治国之才，

2011 年 4 月 2 日，作者与清华大学党委书记胡和平、副书记邓卫于清华工字厅合影。

4 月 15 日，在清华大学百年校庆新闻出版座谈会上，作者将贺清华大学百年华诞的《清华赋》赠予清华大学党委书记胡和平同志。

为新中国的建设作出了杰出贡献，为国家和民族奠造了宝贵的人文传统。“自强不息，厚德载物”的精神也不断获得丰富和发展，被赋予新的时代特征。

【大道清华】清华大学有着光荣的革命传统，一代代清华志士仁人在探求救国道路、传播先进思想、争取民族独立和人民解放的斗争中成为后世楷模。今日清华，作为中国最杰出的高等学府，亚洲和世界最重要的大学之一，正在为努力创办世界一流大学、为中国更成功地走向世界贡献自己的重要力量。

2013 年 11 月 20 日，在清华大学、中国新闻文化促进会、人民出版社联合主办的新闻监督与记者责任暨《中国名记者》出版座谈会上，李东东、卢中南向清华大学赠送《清华赋》。

2011 年 4 月 24 日，在清华大学二校门前接受校电视台年轻人采访。

4 月 24 日，作者应邀前往清华大学新闻与传播学院出席范敬宜院长铜像揭幕仪式，并向学院赠送《清华赋》和图书。

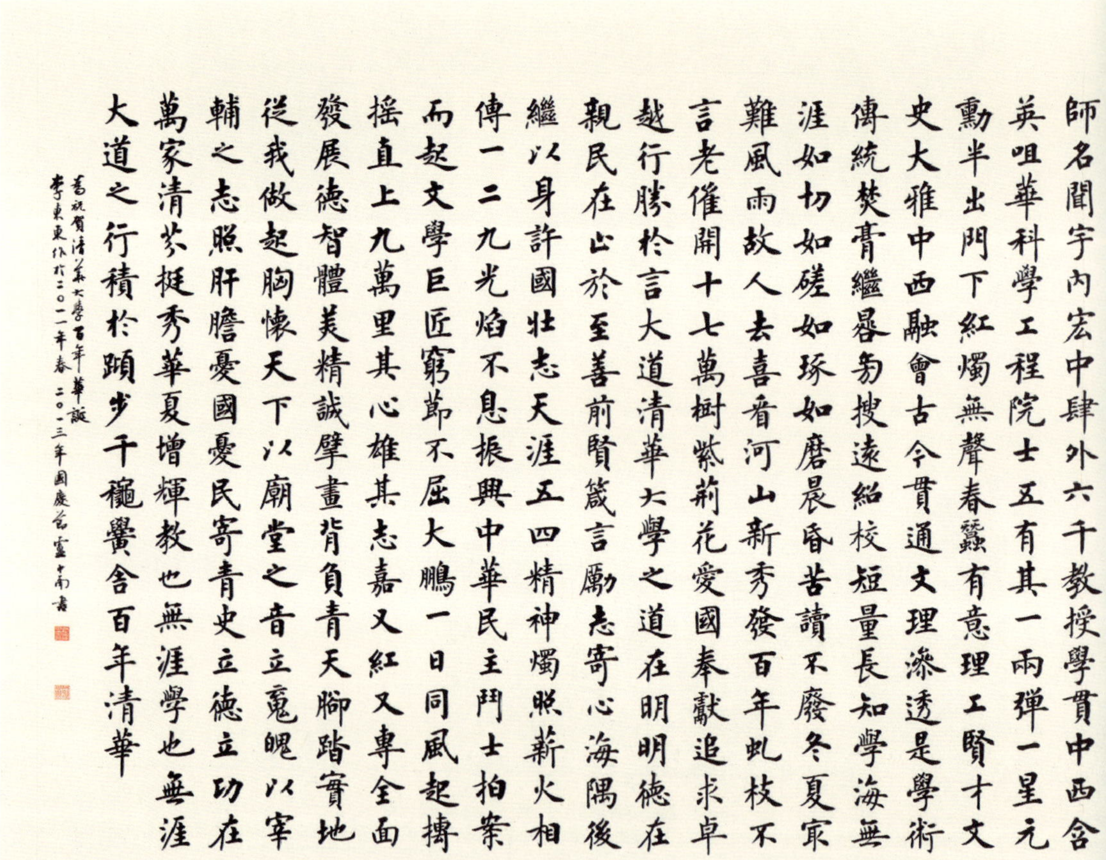
師名聞宇內宏中肆外六千教授學貫中西含
英咀華科學工程院士五有其一兩彈一星元
勳半出門下紅燭無聲春蠶有意理工賢才文
史大雅中西融會古今貫通文理滲透是學術
傳統焚膏繼晷匆搜遠紹校短量長知學海無
涯如切如磋如琢如磨晨昏苦讀不廢冬夏家
難風雨故人去喜看河山新秀發百年虬枝不
言老催開十七萬樹紫荊花愛國奉獻追求卓
越行勝於言大道清華大學之道在明明德在
親民在止於至善前賢箴言勵志寄心海隅後
繼以身許國壯志天涯五四精神燭照薪火相
傳一二九光焰不息振興中華民主鬥士拍案
而起文學巨匠窮節不屈大鵬一日同風起摶
搖直上九萬里其心雄其志嘉又紅又專全面
發展德智體美精誠擘畫背負青天腳踏實地
從我做起胸懷天下以廟堂之音立魂魄以宰
輔之志照肝膽憂國憂民寄青史立德立功在
萬家清芬挺秀華夏增輝教也無涯學也無涯
大道之行積於蹞步千龝黌舍百年清華
為祝賀清華大學百年華誕
李東東作於二〇一一年春　二〇一三年國慶後盧中南書

卢中南　书

清華賦

時維辛卯序屬季春鶯飛草長火樹銀花鍾靈
毓秀清華八方攬勝景四海五洲學堂百年聚
光華大禮堂鶯歌燕舞少長咸集執手共話二
校門騰蛟起鳳契闊談讌縱橫揮灑蒼髯皓首
不墜先生煌煌志赤子丹心敢忘後學喁喁情
京西形勝一園神韻閱千年清新俊逸一府精
英納天下檻外山光總中雲影春風化雨水木
清華歷春夏秋冬萬千變幻方知非凡境任東
西南北去來澹蕩更道是僊居熙春雲錦三百
年閒繁圃地近春清華昔日曾是帝王家一泓
秀水瞰荷塘月色三亭幽閣被朱簷灰瓦荒島
葳蕤朝迎旭日齋館櫛比夕送落霞近攬西山
秀色遠接東溟蒼茫名園名校世紀佳話緣起
庚子開幃辛亥更名壬子善定戊辰創業艱難
時篳路藍縷顛沛流離處剛毅堅卓看紅旗漫
卷天地翻覆杏壇更奏弦歌絳帳再哺新芽頂
天立地樹人百年砥礪一朝芳華自彊不息厚
德載物人文日新桃李清華非謂大樓而有大

18 2011年4月15日 星期五　　文教周刊　　人民日报

世纪清华　百年留声

清华赋

——贺清华大学百年华诞

李东东

融汇 贯通 渗透

清华：不得不说的十件大事

1911年清华学堂成立，1912年改名清华学校

“雪耻兴邦”的崇高理想

1925年设立大学部，开办国学研究院

“四大导师”的盖世传奇

1952年成为多科性工业大学

“真刀真枪”的毕业设计

1988年开始文科复建的漫漫征程

“古今贯通”的学术范式

1985年，清华提出“把清华大学逐步建设成为世界第一流的具有中国特色的社会主义大学”的设想

“世界一流”的攀登之路

“从我做起”的时代先锋

1926年，梅贻琦（前排左二）与物理学系教师合影。

1952年，院系调整后首次举行清华大学开学典礼。

1979级学生开学典礼。

临江仙　　吴纪学

灿灿东天霞闪烁，
琴心剑胆高歌。
情真韵丽佳赋多。
临风听虎啸，
倚窗赏清荷。

千古盛衰文相逐，
群星笔奋烟波。
代逢才女领吟哦。
世人期大美，
江海锦帆过。

——读《清华赋》有感

协和赋

协和赋

——贺北京协和医院成立九十周年

辛卯八月，协和九秩。金风拂琉璃，翠柏映新阁。碧瓦崇阶，朝晖夕阴，名医荟萃，叩问民瘼。形而中，实而西，坐拥京师繁华地，长奏救死扶伤歌。

岁次辛酉，西学东渐，美雨欧风，肇始协和。西邻王府井，东踞帅府园，闹中取静处，悬壶济世，拯苍生千钧一诺。大医问诊，安神定志，审谛覃思，临事不惑。博极医源，精勤不倦，心细如发，胸有丘壑。不问贫富贵贱，无分华夷愚智，扶危厦于将倾，拯枯鱼于涸辙。

九十年漫漫长路，敢忘千秋家国。肩负民族大义，不辞赴汤蹈火。战地医疗，铁马金戈；前线救灾，昼夜不舍；抗击非典，不离不弃；支援边疆，高山大泽。苟利社稷，死生以之，砥砺精神，传承薪火。拯救生命，服务社会，在在一流，孜孜求索，风起云涌时，丹心共赤旗一色。

严谨，求精，勤奋，奉献，开来继往，新时期凌霄振翮。张孝骞，林巧稚，大师领衔，医林巨擘。师从名师而名师辈出，学以精深则精深医术，八年寒窗，如琢如磨。苍髯皓首，鹤发童颜；芳林新叶，流水后波。科室五二，教授六百，白衣逾万而日拯万众，解疑难，疗沉疴。杏林春暖，三宝长存，三基永续，三严不辍。有骥骜之气，有鸿鹄之志，居高声自远，敢领神州医疗先河。

大音希声，大象无形，大德有道，大医长歌。与党同龄，与国共运，与民长在，与时俱进。天地四方能辞，往古来今可赋。事有经天纬地，人有嵚崎卓荦。千载之下莫无医患，妙手回春万家忧乐。浩浩乎协和。

（2011 年 8 月 20 日《人民日报》）

人民日报 副刊 2011年8月20日 星期六 7

多么鲜嫩的一片叶子

协和赋

拥抱沧桑

祖源心锁

大地

乡情

南京行

【协和】北京协和医院是集医疗、教学、科研于一体的大型三级甲等综合医院，是国家卫生计生委指定的全国疑难重症诊治指导中心，也是最早承担高干保健和外宾医疗任务的医院之一，以学科齐全、技术力量雄厚、特色专科突出、多学科综合优势强大享誉海内外。医院建成于 1921 年，由洛克菲勒基金会按照美国约翰霍普金斯医院的模式创办，志在“建成亚洲最好的医学中心”。九十多年来，形成了“严谨、求精、勤奋、奉献”的协和精神和兼容并蓄的特色文化风格，创立了“三基”“三严”的现代医学教育理念，形成了协和“三宝”，培养造就了张孝骞、林巧稚等一代医学大师和多位中国现代医学的领军人物，并向全国输送了大批的医学管理人才。

【三宝】协和医院的教授、病案、图书馆，涵盖了协和所蕴藏的丰富而宝贵的临床医学资源。

【三基】协和医院在学习上重视“三基”——基础理论、基本知识、基本技能。

【三严】协和医院在工作、科研方面强调“三严”——严肃的态度、严格的要求、严密的方法。

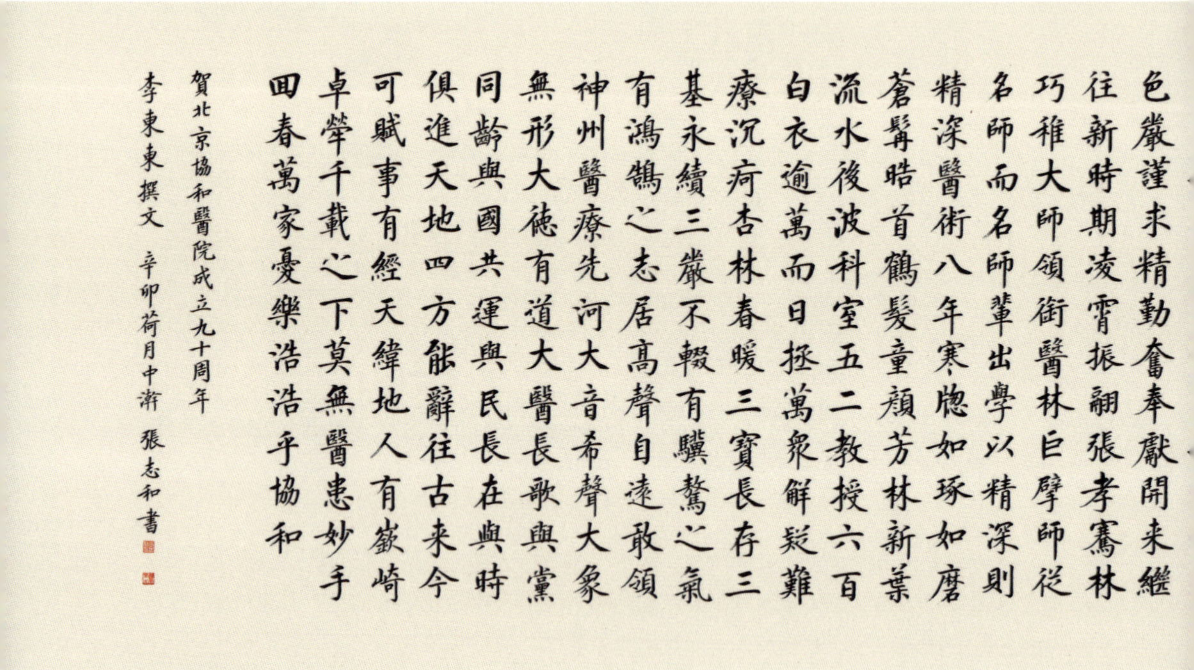

色巖謹求精勤奮奉獻開来繼往新時期凌霄振翮張孝騫林巧稚大師領銜醫林巨擘師從名師而名師輩出學以精深則精深醫術八年寒牕如琢如磨蒼髯皓首鶴髮童顏芳林新葉流水後波科室五二教授六百白衣逾萬而日拯萬衆解疑難療沉疴杏林春暖三寶長存三基永續三巖不輟有驥騖之氣有鴻鵠之志居高聲自遠敢領神州醫療先河大音希聲大象無形大德有道大醫長歌與黨同齡與國共運與民長在與時俱進天地四方能辭往古来今可賦事有經天緯地人有嶔崎卓犖千載之下莫無醫患妙手回春萬家憂樂浩浩乎協和

賀北京協和醫院成立九十周年

李東東撰文 辛卯荷月中澣 張志和書

张志和 书

協和賦

辛卯八月協和九秩金風拂琉璃翠柏擁新閣碧瓦崇階朝暉夕陰名醫薈萃叩問民瘼形而中實而西坐擁京師繁華地長奏救死扶傷歌歲次辛酉西學東漸美雨歐風肇始協和西鄰王府井東踞帥府園閙中取靜處懸壺濟世拯蒼生千鈞一諾大醫問診安神定志審諦覃思臨事不惑博極醫源精勤不倦心細如髮胷有丘壑不問貧富貴賤無分華夷愚智扶危厄於将傾拯枯魚於涸轍九十年湯漫長路敢忘千秋家國肩負民族大義不辭赴湯蹈火戰地醫療鐵馬金戈前綫救災晝夜不捨抗擊非典不離不棄支援邊疆高山大澤茍利社稷死生以之砥礪精神傳承薪火拯救生

作者与北京协和医院赵玉沛院长、姜玉新书记、著名书法家张志和教授等晤谈。

2011 年夏，北京协和医院 90 周年院庆倒计时 90 天，医院领导与作者商讨《协和赋》的写作。

廉洁奥运赋

廉洁奥运赋

二零一二年初夏，伦敦奥运会开幕在即，北京奥运会成功举办近四年。廉洁奥运文化园即将落成于北京奥林匹克森林公园。堆仰山而与景山成南北景仰之势，青松满目；筑清风阁、静心池、清莲亭……步步寄景寓情，彰显奥运精神，传承廉洁风范。遂为之作廉洁奥运赋。

壬辰梅月，春风拂面，仰山侧畔翠意浓。峰顶曰天境，绿荫忽如林，植松二十九，秀木期成栋。有清风阁，静心池，清莲亭。出淤泥而不染，濯清涟而不妖；经霜斗雪，沐雨栉风。大气磅礴于外，万象森列于胸，目送西峰碧，笑迎东方红。

曾忆戊子夏仲，仰观宇宙，俯察品类，五洲激荡，四海翻腾，北京奥运百年圆梦。大鹏一日同风起，抟摇直上九万里。摒东亚病夫之羸弱，振炎黄儿女之英风。启圣火自欧陆，传祥云遍神州，揭大幕于鸟巢，聚万众以心雄。同一个世界，同一个梦想，会旗猎猎擎五环，国旗飘飘耀五星。奏黄钟，歌大吕，舞羽衣霓裳，翩若惊鸿，婉若游龙。扫六合，登九重，势摘金夺银，追风逐电，绝尘灭影。更快，更高，更强，指顾间，金牌居首，敢与争锋。绿色，科技，人文，居高处，广结宾朋，一新北京。

争办奥运，盛典难逢，兵马未动，粮草先行。合抱之木，生于毫末；九层之台，起于累土。天下难事，必作于易；天下大事，必作于细。历览前贤国与家，成由勤俭破由奢。节俭办奥运，廉洁办奥运，不辞艰辛，不避寒暑，七载春夏秋冬。亿兆人民心愿，千万建设大军，浩浩若江河行地，莽莽而攀峰绝顶。居安思危，戒奢以俭。万邦习学，赤县寻踪。漫古思今，廉洁修身。行廉心洁，风清气正。知公生明廉生威，犹新松千尺，但立直标，终无曲影。规行矩步，轨物范世，千磨万击，大业玉成。

高山仰止，景行行止。登仰山而望景山，龙脉神行，天接南北，京华望去几多程。民生在勤，勤则小康有望；吏存于廉，廉乃正气无穷。不积跬步，无以致千里；不辞万仞，无以至巅峰。廉洁奥运，薪火传承，戮力同心，继往开来，为中华民族伟大复兴。

（2012 年 5 月 19 日《人民日报》）

【廉洁奥运】胡锦涛总书记 2006 年国庆考察奥运工程建设时强调，切实实践绿色奥运、科技奥运、人文奥运的理念，坚持节俭办奥运、廉洁办奥运的方针。中央纪委认为，廉洁奥运成功经验是一笔十分宝贵的精神财富，为推进党风廉政建设和反腐败斗争、维护改革发展稳定大局作出了新贡献。

2011 年，北京奥运成功举办三年后，经全面审计，北京奥组委筹办工作和奥运会场馆工程建设未发现严重违纪违法问题和重大损失浪费问题。奥运场馆项目验收合格率达到 100%，获得国家各类奖项 118 项；根据国家审计署的财务审计公告，北京奥运会资金结余超过 10 亿元；赛后物资回收率达到 95% 以上。

【植松二十九】北京奥林匹克公园最高处仰山山顶，绿树葱茏，其间种植了 29 棵松树，寓意北京举办的第 29 届夏季奥林匹克运动会。

【清风阁】【静心池】【清莲亭】北京奥林匹克公园“廉洁奥运文化园”内，以“清风”“静心”“清廉”为寓意的几处景观。2012 年 5 月 26 日于清华大学召开的廉洁奥运精神研讨会上，《廉洁奥运赋》及其书法作品赠予廉洁奥运文化园。赋作石刻卧碑与清风阁相邻。

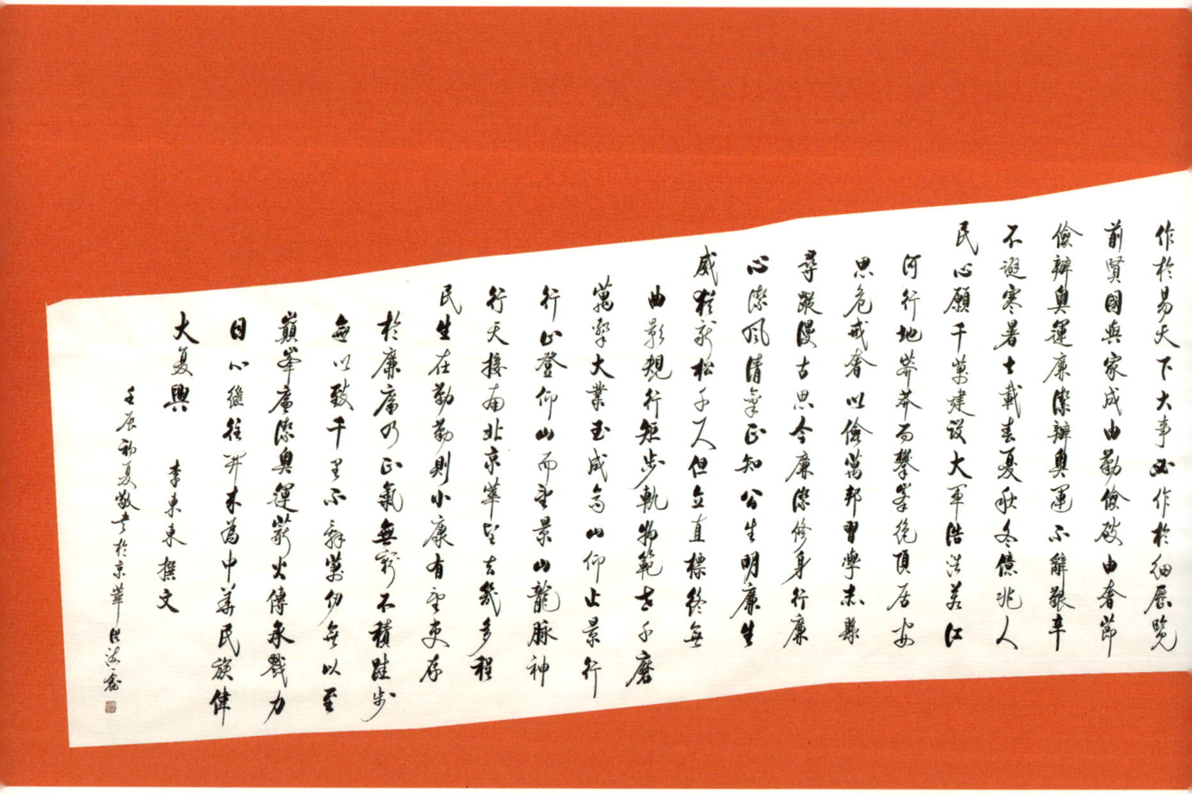

李洪海　书

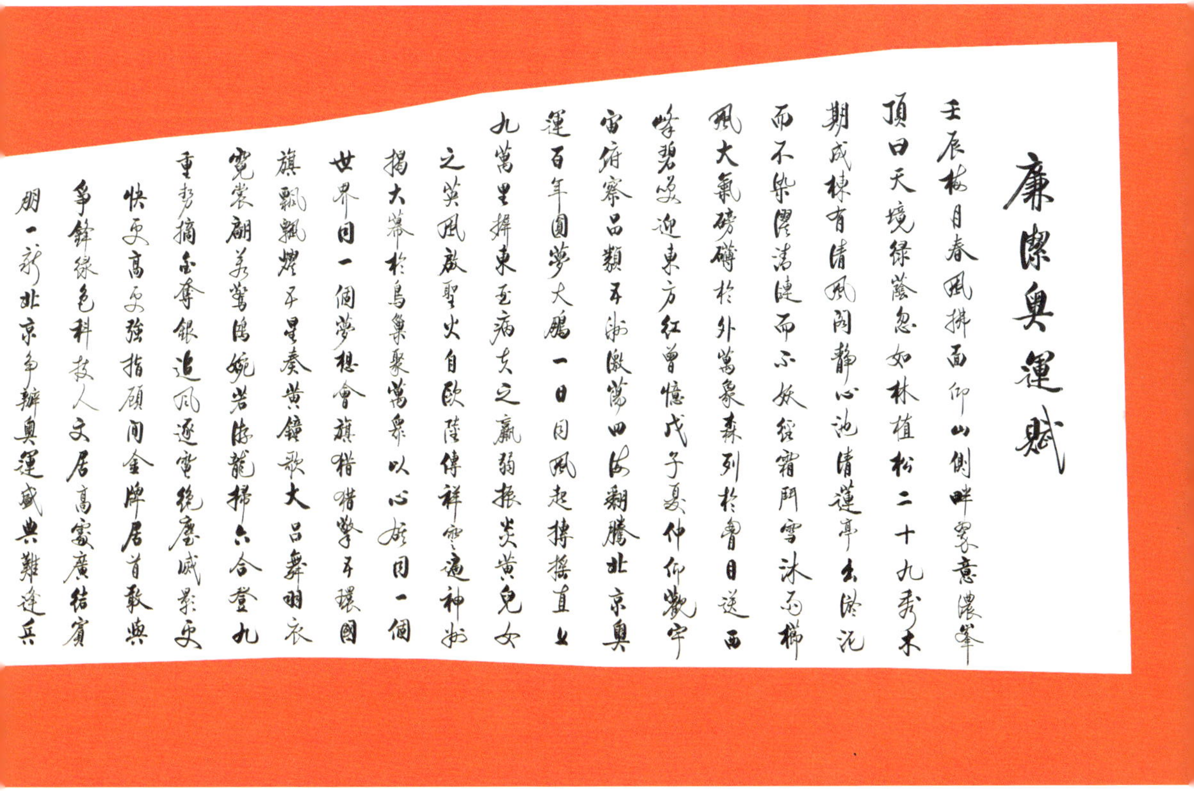
廉潔奧運賦
壬辰梅月春風拂面仰山側畔寥意濃峯
頂曰天境綠蔭忽如林植松二十九秀木
期成棟有情風閑靜心池清蓮亭立淤泥
而不染濯清漣而不妖經霜歷雪沐雨櫛
風大氣磅礴於外萬象森列於會目送西
峰碧落迎東方紅曾憶戊子夏仲仰觀宇
宙俯察品類萬彙激蕩四海翔騰北京奧
運百年圓夢大鵬一日同風起扶搖直上
九萬里拼東亞病夫之羸弱振炎黃兒女
之英風啟聖火自歐陸傳祥雲遍神州
揭大幕於鳥巢聚萬衆以心唱同一個
世界同一個夢想會旗獵獵擎天環國
旗飄飄燦若星奏黃鐘歌大呂舞羽衣
霓裳翩若驚鴻婉若游龍揚六合登九
重彩摘金奪銀追風逐電絕塵威影更
快更高更強指顧間金牌居首歡與
爭鋒綠色科技人文居高處廣結賓
朋一新北京爭辦奧運盛典難逢兵

2012年7月11日，廉洁奥运主题文化园在北京奥林匹克公园开园，中央纪委副书记李玉赋等出席仪式后，在《廉洁奥运赋》书法卧碑前合影留念。

2012年7月13日，“北京市廉政教育基地授牌仪式暨《廉洁奥运赋》书帖签赠活动”在廉洁奥运主题文化园举行。

2012年5月26日，廉洁奥运精神研讨会在清华大学举办，作者与濮存昕共同朗诵《廉洁奥运赋》。

6　2012年5月19日　星期六　体　育　人民日报

奥运火炬结束雅典境内传递

抵达英国开始为期70天接力

女拳赛场“小蜜蜂”

——记48公斤级选手徐诗琪

NBA季后赛

热火再负步行者　马刺轻取快船

廉洁奥运赋

李东东

北京青年报　BEIJING YOUTH DAILY

本市新闻　A4　本市新闻 A4—A6

2012年5月27日　星期日

马家堡西路南延将进行桥梁施工

外籍人士来京将获72小时免签

721名在京外国人取得永久居留资格

王府井前门步行街手机可查旅游信息

海淀老旧小区改造推出七项便民措施

《廉洁奥运赋》长卷石刻将亮相奥园

本报讯（记者 戴红云）下月底，廉洁奥运文化园将落成于北京奥林匹克森林公园。在其占地千平方米的廉政广场上，由全国政协委员、中国新闻文化促进会会长李东东创作的《廉洁奥运赋》将以长卷石刻的雕塑形式永久性展出。

廉洁奥运赋

国家开放大学赋

国家开放大学赋

浩浩乎神州江山万里，泱泱乎华夏英杰百代。盖闻少年强则中国强，教育兴则民族兴。文气勃勃，弥天地兮，有思三尺讲台；教泽绵绵，贯古今兮，不尽亿兆豪雄。

昔，夏有校，殷有庠，周有序。至春秋，孔子设席讲学，有教无类，弟子三千，贤者七十二。学而不厌，诲人不倦。迨战国，齐威王开第康庄之衢，置高门大屋，设稷下学宫。致千里之奇士，总百家之伟说，阔论高谈，百家争鸣。又千年，四大书院文心璀璨，创学建派，传道授业，耳提面命。宏论随奇文并紫，高士共才俊俱菁。再千年，世界潮流浩荡，五洲风云奔涌。家国危亡，志士求索，现代教育西风东渐，新式学堂应运而生。郁郁乎文哉，千秋业，一脉承。

辛亥百年革故，共和国甲子鼎新，改革开放催鼙鼓，直挂云帆又一程。忍顾十年浩劫，风雨如磐，万马齐喑；喜看三中全会，河山重整，拨乱反正。邓小平顺时应势，举旗科学春天，四海波翻浪卷，五岳山鸣谷应。杏坛复设，莘莘学子求师绛帐，焚膏继晷，不废冬夏阴晴。送教发轫，广播电视大学新芽初绿，亦工亦学，滥觞寒尽春生。曾忆华罗庚首开鳣帏，华屋通衢，大漠边陲，四十万众聚一屏。九万里，九重天，射电扬波，广袤时空奏弦歌；三十年，三大步，滋兰树蕙，远程教育建殊功。

江流百转，水到渠成。与时俱进，电大转型。壬辰荷月，京畿形胜，流光溢彩长安街，腾蛟起凤五棵松。国家开放大学黉宇巍然，东来紫气，西望碧峰。层楼更上，居高声远，惠民生、促公平、增国力，允称新使命。煌煌乎斯校也，荟名师，聚群贤；萃精品，学有道；育俊才，百万众。昊昊乎斯教也，云计算，覆九州；信息路，通天下；多终端，跨时空。有若假舆马而致千里，假舟楫而绝江河矣。筚路蓝缕，后海先河，催发芝兰桃李，敢筑栋梁干城。

(2012 年 8 月 1 日《光明日报》)

【国家开放大学】国家开放大学是教育部直属的，以现代信息技术为支撑，学历教育与非学历教育并举，实施远程开放教育的新型高等学校。学校在广播电视大学基础上组建，面向全体社会成员，强调优质教育资源的集聚、整合和共享，强调以现代信息技术为支撑，探索现代信息技术与教育的深度融合。

中央广播电视大学于 2012 年 7 月更名为国家开放大学，2013 年秋季，国家开放大学正式招生。

【惠民生、促公平、增国力】国家开放大学致力于发展现代远程开放教育事业、办好以现代信息技术为支撑的新型大学，既关注国家创新型人才的培养，也十分重视以“促进教育公平，服务学习型社会建设”为目标的全民终身教育，尤其是大量基层应用型人才和新型劳动者的培养，满足与社会发展相适应的多样化教育需求。

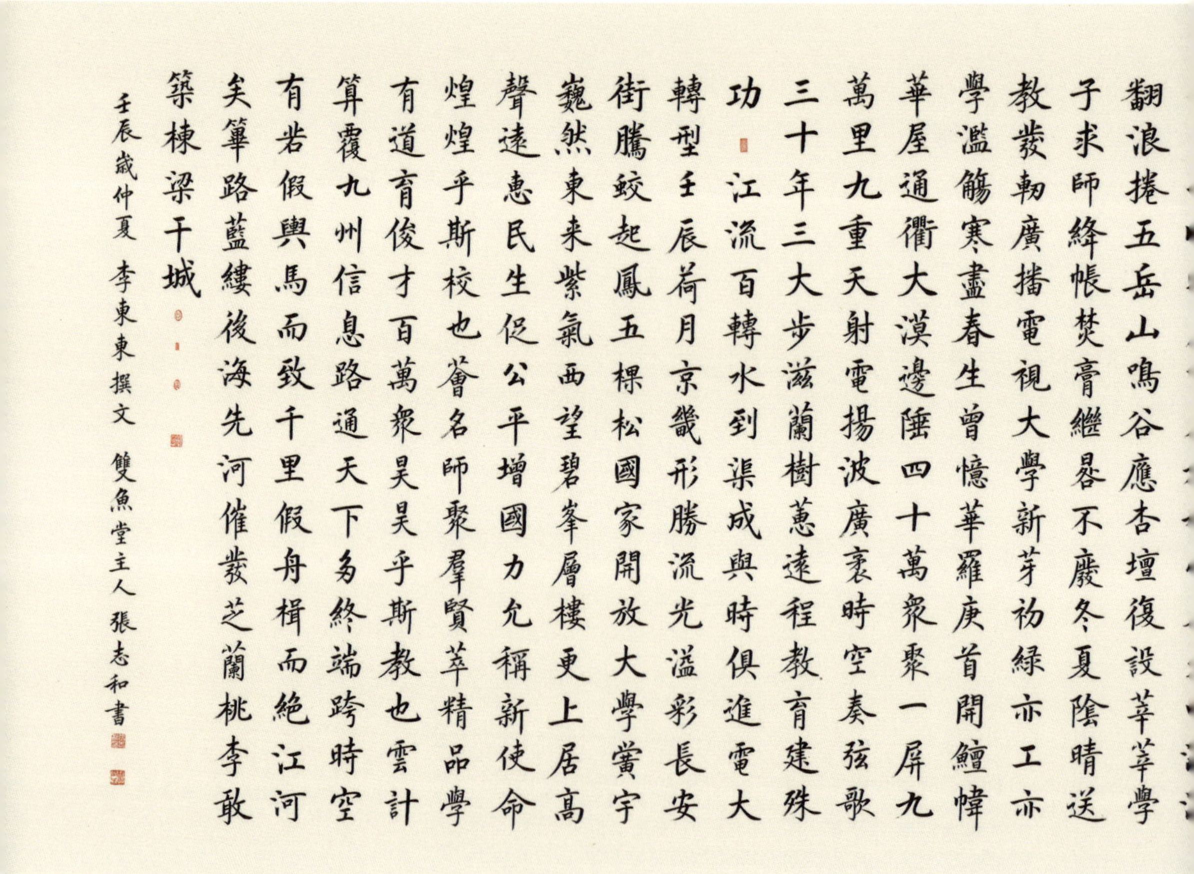
翻浪捲五岳山鳴谷應杏壇復設莘莘學
子求師絳帳焚膏繼晷不廢冬夏陰晴送
教蕟勑廣播電視大學新芽初绿亦工亦
學濫觴寒盡春生曾憶華羅庚首開鱣幃
華屋通衢大漠邊陲四十萬衆聚一屏九
萬里九重天射電揚波廣袤時空奏弦歌
三十年三大步滋蘭樹蕙遠程教育建殊
功 江流百轉水到渠成與時俱進電大
轉型壬辰荷月京畿形勝流光溢彩長安
街騰蛟起鳳五棵松國家開放大學黌宇
巍然東来紫氣西望碧峯層樓更上居高
聲遠惠民生促公平增國力允稱新使命
煌煌乎斯校也薈名師聚羣賢萃精品學
有道育俊才百萬衆昊昊乎斯教也雲計
算霞九州信息路通天下多終端跨時空
有若假輿馬而致千里假舟楫而絶江河
美篳路藍縷後海先河催蕟芝蘭桃李敢
築棟梁干城
壬辰歲仲夏 李東東撰文
雙魚堂主人 張志和書

张志和 书

國家開放大學賦

浩浩乎神州江山萬里泱泱乎華夏英傑百代蓋聞少年强則中國强教育興則民族興文氣勃勃彌天地兮有思三尺講臺教澤綿綿貫古今兮不盡億兆豪雄・昔夏有校殷有庠周有序至春秋孔子設席講學有教無類弟子三千賢者七十二學而不厭誨人不倦迨戰國齊威王開第康莊之衢置高門大屋設稷下學宮致千里之奇士總百家之偉説闊論高談百家争鳴又千年四大書院文心璀璨創學建派傳道授業耳提面命宏論随奇文并紫高士共才俊俱菁再千年世界潮流浩蕩五洲風雲奔湧家國危亡志士求索現代教育西風東漸新式學堂應運而生郁郁乎文哉千秋業一脉承・辛亥百年革故共和國甲子鼎新改革開放催鼙鼓直掛雲帆又一程忍顧十年浩劫風雨如磐萬馬

2012年8月1日，在国家开放大学文化建设座谈会上，全国政协委员、中国新闻文化促进会会长李东东向国家开放大学赠赋，并和教育部党组成员、部长助理顾海良一起为《国家开放大学赋》揭幕。

在《国家开放大学赋》书法作品前合影。

06　2012年8月1日　星期三　**教科新闻**　光明日报

刘延东在国家开放大学北京开放大学上海开放大学成立会议上强调

坚持面向人人　创新体制机制
努力办好中国特色开放大学

新华社北京7月31日电　中共中央政治局委员、国务委员刘延东31日在出席国家开放大学、北京开放大学、上海开放大学成立会议时强调，要以现代信息技术为支撑，整合共享优质教育资源，创新教育教学模式，办好中国特色的开放大学，为社会成员提供更加灵活便捷公平开放的学习方式和多层次多……

我国初步建成了以广播电视大学为主体、覆盖城乡的远程高等教育办学体系，培养了各行各业大批应用型专门人才，对促进人的全面发展和国家现代化建设发挥了重要作用。

刘延东指出，在广播电视大学基础上建设现代开放大学，是满足人民群众多样化学习需求、促进教育公平、克服……

……东强调，建设开放大学要坚持科学定位，突出办学特色，强调面向人人，实现校园教育向社会教育延伸，实行学历教育与非学历教育并重，通过学分积累和转换等方式建立与普通高校有效对接的"立交桥"。要深化办学模式和人才培养模式改革，建立严格而有弹性的教学管理制度和宽进严出的学……

……心、基于网络自主学习、远程支持服务与面授相结合的教学方式，创建友好的数字化学习环境。要加快推进优质教育资源共建共享，着力扩大优质资源种类、总量和覆盖面，为各类人群特别是基层学习者提供更好更多的教育服务。要加强国际交流与合作，吸收先进理念和成功经验，不断提升办学……

国家开放大学赋

李东东

浩浩乎神州江山万里，泱泱乎华夏英杰百代。盖闻少年强则中国强，教育兴则民族兴。文气勃勃，弥天地兮，有思三尺讲台；教泽绵绵，贯古今兮，不尽化龙豪雄。

昔，夏有校，殷有庠，周有序。至春秋，孔子设席讲学，有教无类，弟子三千，贤者七十二。学而不厌，诲人不倦。迨战国，齐威王开第康庄之衢，筑高门大屋，设稷下学宫。致千里之奇士，总百家之伟说，阔论高谈，百家争鸣。又千年，四大书院文心璀璨，创学建派，传道授业，耳提面命。宏论随奇文并茂，高士共才俊俱菁。再千年，世界潮流浩荡，五洲风云奔涌。家国危亡，志士求索，现代教育西风东渐，新式学堂应运而生。郁郁乎文哉，千秋业，一脉承。

辛亥百年革故，共和国甲子鼎新，改革开放催擎鼓，直挂云帆又一程。忍顾十年浩劫，风雨如磐，万马齐喑；喜看三中全会，河山重整，拨乱反正。邓小平顺时应势，举旗科学春天，四海波翻浪卷，五岳山鸣谷应。杏坛复设，莘莘学子求师蜂拥，使青丝暮，不虑冬夏阴晴。远教发轫，广播电视大学新芽初绽，亦工亦学，滋脉寒尽春生。曾记华罗庚首开讲帏，华屋通衢，大漠边陲，四十万众聚一屏。九万里，九重天，射电扬波，广袤时空奏凯歌；三十年，三大步，滋兰树蕙，远程教育建殊功。

江流百转，水到渠成。与时俱进，电大转型。壬辰荷月，京畿彤胜，流光溢彩长安街，腾蛟起凤五棵松。国家开放大学黉宇巍然，东来紫气，西望碧峰。层楼更上，居高声远，惠民生、促公平、增国力，允称新使命。煌煌乎斯校也，荟名师，聚群贤；萃精品，学有道；育俊才，百万众。昊昊乎斯校也，云计算，覆九州；信息路，通天下；多终端，跨时空。有若假舆马而致千里，假舟楫而绝江河矣。筚路蓝缕，后海先河，俾友芝兰桃李，教筑栋梁千城。

（李东东为全国政协委员、中国新闻文化促进会会长。上图书法为张忠和作）

大学生村官的普通一天

中国人民大学新闻学院2012级硕士研究生　张彤星

走基层　新闻学子习作选登①

"劳动营"里过暑假

全科医生规范化培养标准颁布

"不放弃任何一个考生上大学的机会"

——湖北省高等学校招生办公室为考生提供人性化服务

"嫦娥三号"将于明年择机发射

主题教育助推青少年公民道德建设

北斗赋

北斗赋

2012年12月27日，中国北斗二号卫星导航系统正式开通，服务区域覆盖亚太，跻身世界导航强国。党中央、国务院、中央军委贺电嘉许“自主创新、团结协作、攻坚克难、追求卓越”的北斗精神，寄望2020年全面建成小康社会之际，成功实现全球导航，造福人类文明发展。北斗导航，彰显高端科技实力，辉耀中华和平崛起，为之欢欣鼓舞。新年伊始，遂应解放军卫星导航定位总站之邀作赋。

天地玄黄，宇宙洪荒，溟涬濛鸿兮形若帝江。帝江精气，化作盘古，开天辟地兮始有阴阳。羲和驭日，金乌三足，西入崦嵫兮东出扶桑。紫微率星，银河万里，运于中央兮临制四乡。

夫北斗者，七政枢机，天之诸侯，亦为帝车。分阴阳，建四时，均五行，移节度，定诸纪，天阊地垠兮冥茫导向。杓端二星，内矛外盾，矛为招摇，盾为天锋。矛盾隐隐兮七曜周旋，矛盾熠熠兮九星悬朗。斗柄东指，天下皆春；斗柄南指，天下皆夏；斗柄西指，天下皆秋；斗柄北指，天下皆冬。斗转星移，兴万物而运四时，盈虚有数，日月无疆。古人云，乘舟而惑，不知东西，见斗则寤矣。又戒之，瀚海识途，昼则观日，夜则观星矣。于是乎事变物化，山高水长，英雄辈出，人民亿兆，莽莽苍苍兮莫无方向。

今谓北斗，非指辰宿，璨璨河汉，卫星导航。五千载华夏文明兮传承一脉，九万里神州赤县兮辉映八荒。敢忘百年蹉跎，山河零落，苍黔凋敝，民族危亡。喜看甲子新颜，天地翻覆，国力军威，比肩列强。曾忆筚路蓝缕，创业维艰，统帅挥手，大业肇创。一声钲鼓，三军大纛，千帆齐趋，万舟竞放。请缨用命，戮力同心，有肝胆而有智慧，不凌弱而不畏强。朝发东隅，夕获桑榆，仰之可以曜星月，俯之可以慰物望。

北斗导航，乙丑滥觞，廿八春秋，蓬勃炫熿。星星之火，势成燎原，三步战略，凤翥龙骧。时维癸未，一代功成，填补国内空白，逾越西方屏障。笼三江震区兮济苍生，罩南疆北国兮度迷茫。又次壬辰，二代凯旋，覆盖亚太区域，跻身导航四强。眺西北大漠兮邻邦定位，瞩东南大洋兮彼岸指向。岁序庚子，星灿九天，服务四海五洲，辉耀全面小康。定位与授时兼擅，指向共通信齐芳；惠民与强军并重，九州共五洲同享。聚天际之大观，银星璀璨，是我中国北斗；汇人间之胜境，金徽闪亮，是我中华栋梁。跨越发展兮功在千秋，东方大国兮和平崛起，泱泱乎志在寰宇导航。

（2013 年 1 月 1 日《解放军报》）

【北斗】北斗星，分布在紫微右垣的外面，因其形状似殷周时盛酒的勺而得名。分布在北极圈外围，不停地绕北极旋转，大部分都处于地平线以上，仅在下中天附近才落入地平线以下不见。北斗七星在中国人心目中十分重要，有着特殊的地位，其中每一个星都有它的专名，自斗口至斗尾依次为：天枢、天璇、天玑、天权、玉衡、开阳和摇光。中国古代已十分重视北斗七星，《甘石星经》：“北斗星谓之七政，天之诸侯，亦为帝车。”皇帝坐着北斗七星视察四方，定四时，分寒暑。把北斗星斗柄方向的变化作为判断季节的标志之一。

【北斗导航】我国“863 计划”倡导者之一、著名科学家陈芳允院士于 1985 年提出建立“双

2012年11月22日，作者参加《北斗赋》撰写座谈会，
与总参卫星导航定位总站同志们交流切磋。

星快速定位通信系统”的设想。经论证预研，1994年1月国务院批准双星导航定位系统（命名为“北斗一号”）立项建设，开启了建设我国北斗卫星导航系统的伟大工程。

北斗卫星导航系统实施“三步走”发展战略。第一步：2000年建成北斗卫星导航试验系统，解决我国自主卫星导航系统的有无问题。第二步：2012年建成北斗卫星导航区域系统，形成覆盖亚太大部分地区的服务能力。第三步：2020年左右，北斗卫星导航系统形成全球覆盖能力。

2013 年 2 月 5 日，作者应邀赴总参卫星导航定位总站参加2013年新春团拜会。

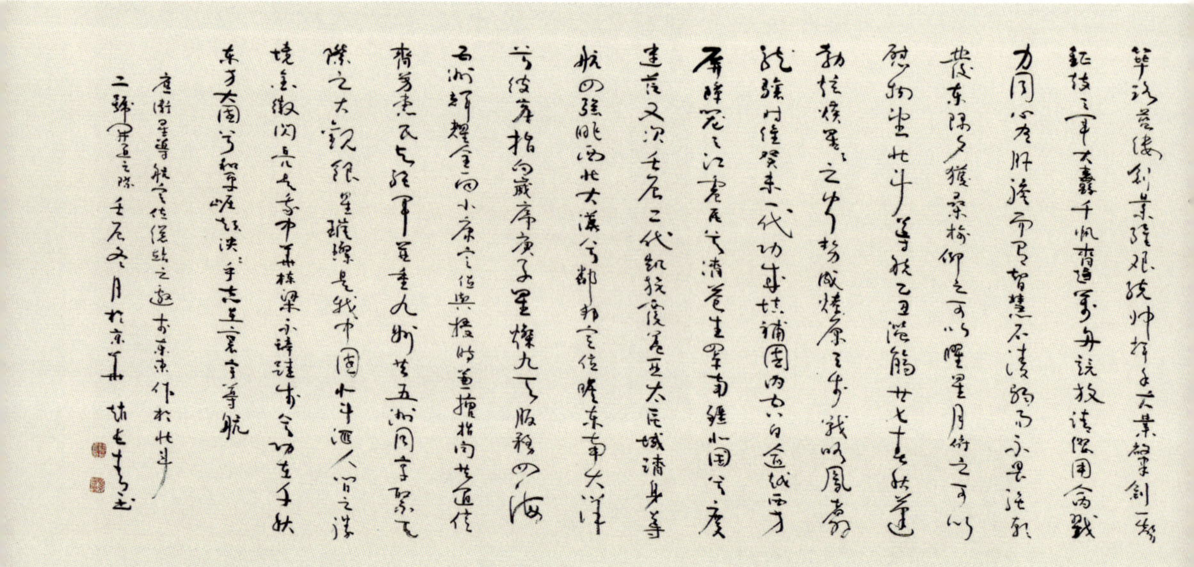

赵长青　书

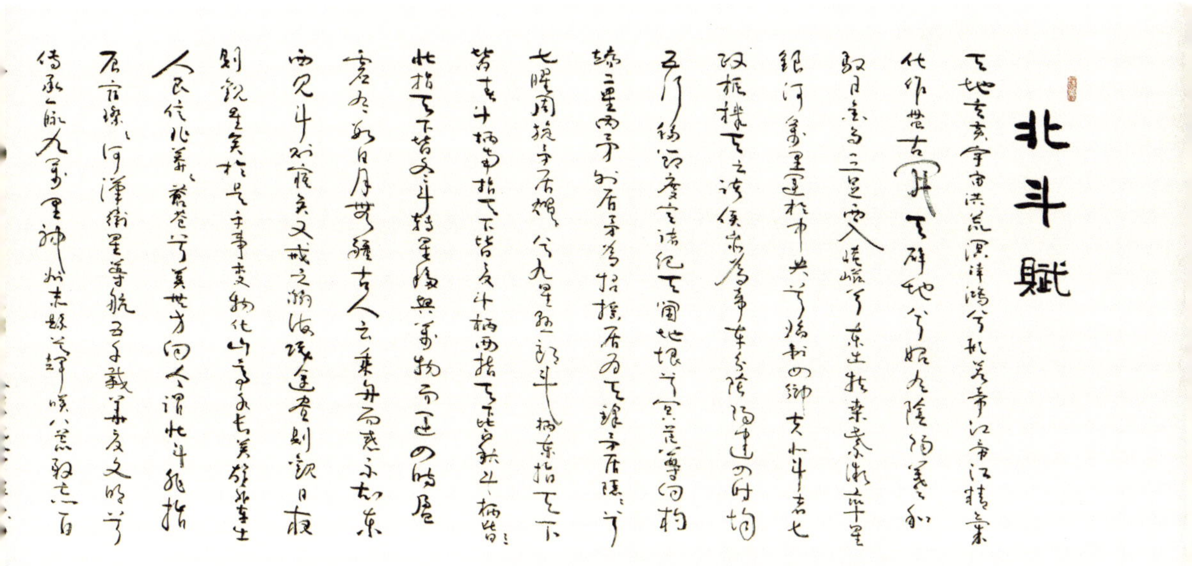
北斗赋

解放军报　2013年1月1日　星期二　时事新闻　E-mail:jfjbgnxw@163.com　版面编辑/罗铮　实习编辑　邓佑标　2

“只要有信心，黄土变成金”

——习近平总书记到河北阜平看望困难群众回访

“北上太行山，艰哉何巍巍！”

元旦前夕，习近平总书记冒着零下十几摄氏度的严寒，来到地处太行山深处的全国扶贫开发重点县河北省阜平县，看望困难群众，共商脱贫致富之策。

浓浓的民生情怀——“总书记带来了温暖，全村家家户户都没少”

见群众、听真话、摸实情——“总书记这次就是来看‘穷’的”

栽上“摇钱树”、养起“下蛋鸡”——“总书记盼着我们富，我们也想着发财致富”

人民日报发表元旦献词——

让我们一起成就梦想

本报讯　据新华社12月31日电，1月1日出版的《人民日报》发表题为《让我们一起成就梦想》的元旦献词。

外交部就《越南海洋法》生效表态

任何国家对西沙群岛南沙群岛提出领土主权要求都是非法的

新华社北京12月31日电　外交部发言人华春莹31日就《越南海洋法》生效实施答记者问。

有记者问：据报道，《越南海洋法》将于2013年1月1日生效实施，中方对此有何评论？

华春莹说，中国对西沙群岛和南沙群岛及其附近海域拥有无可争辩的主权。任何国家对上述群岛提出的领土主权要求和采取的任何行动，都是非法的、无效的。我们对该法生效后将给南海局势带来的负面影响深表关切，要求越方不要采取任何使问题复杂化、扩大化的行动。

北斗赋

■李东东

2012年12月27日，中国北斗二号卫星导航系统正式开通，服务区域覆盖亚太，跻身世界导航强国。党中央、国务院、中央军委贺电嘉许“自主创新、团结协作、攻坚克难、追求卓越”的北斗精神，寄望2020年全面建成小康社会之际，成功实现全球导航，造福人类文明发展。北斗导航，彰显高端科技实力，辉耀中华和平崛起，为之欢欣鼓舞。新年伊始，适应解放军卫星导航定位总站之邀作赋。

天地玄黄，宇宙洪荒，混沌濛鸿兮形若帝江。帝江精气，化作盘古，开天辟地兮始有阴阳。羲和驭日，金乌三足，西入崦嵫兮东出扶桑。紫微帝星，银河万里，运于中央兮临制四乡。

夫北斗者，七政枢机，天之诸侯，亦为帝车。分阴阳，建四时，均五行，移节度，定诸纪，天阙地垠兮冥茫导向。杓端二星，内矛外盾，矛为招摇，盾为天锋。矛盾隐隐兮七曜周旋，矛盾熠熠兮九星悬倒。斗柄东指，天下皆春；斗柄南指，天下皆夏；斗柄西指，天下皆秋；斗柄北指，天下皆冬。斗转星移，兴万物而运四时，盈虚有数，日月无疆。古人云，乘舟而惑，不知东西，见斗则寤矣。又戒之，瀚海巨途，昼则观日，夜则观星矣。于是乎事变物化，山高水长，英雄辈出，人民亿兆，莽莽苍苍兮莫无方向。

今谓北斗，非指辰宿，璀璨河汉，卫星导航。五千载华夏文明兮传承一脉，九万里神州赤县兮辉映八荒。敢忘百年蹉跎，山河零落，苍黔凋敝，民族危亡。喜看甲子新颜，天地翻覆，国力军威，比肩列强。曾忆筚路蓝缕，创业维艰，统筹携手，大业肇创。一声鼙鼓，三军大纛，千帆齐趋，万舟竞放。请缨用命，戮力同心，有肝胆而有智慧，不凌弱而不畏强。朝发东隅，夕获桑榆，仰之可以瞻星月，俯之可以慰物望。

北斗导航，乙丑滥觞，廿八春秋，蓬勃炫煌。星星之火，势成燎原，三步战略，凤翥龙骧。时维癸未，一代功成，填补国内空白，逾越西方屏障。笼三江震区兮济苍生，覃南疆北国兮度迷茫。又次壬辰，二代凯旋，覆盖亚太区域，跻身导航四强。瞰西北大漠兮邻邦定位，瞩东南大洋兮彼岸指向。岁序庚子，星灿九天，服务四海五洲，辉耀全面小康。定位与授时兼擅，指向共通信齐芳；惠民与强军并重，九州共五洲同享。聚天际之大观，银星璀璨，是我中国北斗；汇人间之胜境，金徽闪亮，是我中华栋梁。跨越发展兮功在千秋，东方大国兮和平崛起，泱泱乎志在寰宇导航。

新闻简报

遵义县人武部
新年前夕慰问家庭困难军属

某舟桥团与驻地
开展军事设施保护执法检查

德昌县人武部
组织地方领导过“军事日”

仁怀市人武部
帮助村民架设饮水管道

繁峙县人武部
开展“应急常识进万家”活动

习水县人武部
为贫困学生捐赠36套冬服

迎接“2013”

12月31日，江西省九江小学的学生额头贴着蛇形节庆图案，手拿新年饰品在印有“2013”字样的展板前拍摄合影，喜迎新年。

新华社发

★12月31日，中国海监51、15、83船编队继续在中国钓鱼岛领海内巡航

★自2013年1月1日起，通过电话预订火车票的旅客可凭有效身份证件，到全国任一车站窗口或代售点取票

★12月29日晚在日本鹿儿岛海域被日方抓扣的“闽霞渔运05307”号中国渔船船长和全体船员12月31日晚被释放回国

★东起甘肃兰州，西至新疆阿拉山口的兰新铁路12月31日全线实现电气化运营，亚欧大陆桥通道能力因此而提升

★《学位论文作假行为处理办法》将于2013年1月1日开始正式实施，论文作假者将被取消学位申请资格

★外交部发言人华春莹12月31日说，外交部高度重视在中非中国公民和机构的安全，已组织239名中国公民撤离

（均据新华社）

中国公共外交协会在京成立

本报北京12月31日电　记者于春光、吕德胜报道：中国公共外交协会成立仪式今天在钓鱼台国宾馆举行。全国人大外事委员会主任委员、前外交部部长……

中国公共外交事业发展，以增进中国人民与世界各国人民之间的相互了解和友谊，向世界展示中国文明、民主、开放、进步的国家形象，为中国和平发展营造良……

2012年度国防科技工业十大新闻揭晓

本报北京12月31日电……

军事外交赋

军事外交赋

北地会雄豪，阔论高谈，纵横捭阖，不尽五洲宏图；南海兴波涛，风起云涌，日升月恒，无非九州方圆。江山一统，宁不负国；金瓯无缺，定不负民。争锋时，举大纛，披坚执锐，驱驰疆场；谈笑间，化干戈，折冲樽俎，筹谋坛坫。

古语有云，欲立非常之功，必待非常之人。兵端将开复息，盟约已定复更，非倚气数，不恃他邦，仗三尺剑，凭三寸舌，社稷得拱卫之势，阛阓有和熙之安。齐桓管仲，春秋图霸，九合诸侯，一匡天下。覆雨翻云，合纵连横，战国双杰，仪秦雄辩。引璧睨柱，五步溅血，相如廷叱，强秦惧惮。居安思危，争民夺心，三表五饵，贾谊陈献。卧龙既出，舌战群儒，联吴拒曹，孙刘其鉴。兵者，国之大事，死生之地，存亡之道。寰宇，协和万邦，动之至易，安之至难。夫谓攻心为上，攻城为下，不战而屈人之兵为至境，庙堂无使神州萧条，江湖得免生灵涂炭。

昊昊乎宇宙，天地四方，往古来今，世事逐波，岁月如烟。忍顾沧桑百年，寥落河山，鸦片流毒，甲午饮恨，国无利器，内忧外患。秋声萧瑟，伤五万里版图弥蹙；春光凋零，悲四百兆黎民俱蹇。竞看辛亥举义，五四光焰，开天辟地，嘉兴红船。井冈星火，遵义赤帜，延水河畔，西柏坡前，驱除倭寇，决胜敌顽，秦鹿楚骓定河山。旗升五星，歌飞义勇，人民欢颜，赤县新天。独立自主，广交友朋，和平共处，三分世界。改革开放，战略调整，韬光养晦，有所作为。军事变革，增进互信，全面交往，砥砺新篇。五岳登高处，有万千气象；四海云起时，弹指一挥间。

江山代有才人出，千帆竞渡，百舸争先。和平是潮，发展如流，经济筑基，文化塑魂，壮军威，强国力，泱泱新纪元。经文纬武，执节报国，军事外交，架海擎天。远瞩则百川了如指掌，俯瞰则万壑尽在目前。瀚海苍茫，战舰逐浪，是我流动国土；长空浩荡，战鹰巡天，卫我桑梓田园。以和为贵，先礼后兵；有勇有谋，谋而后动。互信互利，平等协作，擘画邦交，国家安全。大国平衡博弈，开阖有度，巧与周旋。与邻为善为伴，鹿鸣友声，修睦周边。同声相应相济，强基固本，广结善缘。南结北联新朋，多边运筹，拓展空间。反对强权，永不称霸，一诺千金，裁军百万。枪林弹雨，异域烽烟，维和蓝盔，大任在肩。专业交流，军技合作，勇立潮头，抢占高端。金戈铁马，跨国联演，混编同训，东西互鉴。对外援助，人道为先，殚精竭力，雪中送炭。万里撤侨，亚丁护航，风急浪高，大义赴险。增信释疑，新闻发言，对外开放，公共外交，昭示大国形象，彰显中华风范。

煌煌矣新中国军事外交，际会风云，经略轘辕，荟萃英杰，志存高远。择机而动，顺势而为，柔中带刚，绵里藏针，出之以弘毅，成之以果断。俊彦星驰，辉似朝日；雄才雾列，璨若云汉。继往开来，慎终追远，铸剑为犁，翰墨如椽。服务现代国防，卫护美丽中国，谋世界文明进步，促人类和平发展。

（2013 年 1 月 28 日《解放军报》）

【北地会雄豪】指本文开始写作时恰逢 2012 年 9 月亚太经合组织在俄罗斯符拉迪沃斯托克举行第 20 次领导人非正式会议。

【南海兴波涛】喻指 2012 年来我与菲律宾、日本等国在黄岩岛、钓鱼岛问题上的领土主权和海洋权益争端升温，而黄岩岛、钓鱼岛都是中国固有领土。

【金瓯】原指盛酒器，被借指国土，“金瓯无缺”喻指疆土完整。

【折冲樽俎】折冲，使敌方的战车折返，意谓抵御、击退敌人。樽俎指古代盛酒肉的器皿，樽以盛酒，俎以盛肉。“折冲樽俎”谓不用武力而在酒宴谈判中制敌取胜，后泛指外交谈判。

【坛坫】会盟的坛台，指谈判场所。

【阛阓】原指街市，借指民间、社会。

【攻心为上，攻城为下】出自《孙子兵法·谋攻篇》，原文：故上兵伐谋，其次伐交，其次伐兵，其下攻城。“攻心为上”没有出现在孙子兵法中，是三国时马谡给诸葛亮南伐时提出的建议：“用兵攻心为上，攻城为下；心战为上，兵战为下”，诸葛亮采纳了他的策略，七擒七纵孟获，达到长治久安的效果。

“不战而屈人之兵”出自《孙子兵法·谋攻篇》：“凡用兵之法，全国为上，破国次之；全军为上，破军次之；全旅为上，破旅次之；全卒为上，破卒次之；全伍为上，破伍次之。是故百战百胜，非善之善者也；不战而屈人之兵，善之善者也。”

【鹿鸣友声】指寻求志同道合的朋友。语出《诗经·小雅·鹿鸣》：“呦呦鹿鸣，食野之苹”，指野鹿呦呦叫着呼唤同伴，在野外吃艾蒿；《诗经·小雅·伐木》：“嘤其鸣矣，求其友声。”

【铸剑为犁】语出《孔子家语·致思》：“铸剑戟以为农器，放牛马于原薮，室家无离旷之思，千岁无战斗之患。”原指销熔武器以制造务农器具，喻指要和平，不要战争。

解放军报 2013年1月28日 星期一 专 版 版面编辑/高吉全 4

关键词之一：开放
低空劲旅展英姿

顺势而为努力做好军事外交工作

关键词之二：务实
从天而降擒“顽敌”

关键词之三：博弈
泰然赴“香会”

关键词之四：合作
护航亚丁湾

军事外交赋

（壬辰冬月应国防部外事办公室之邀作）

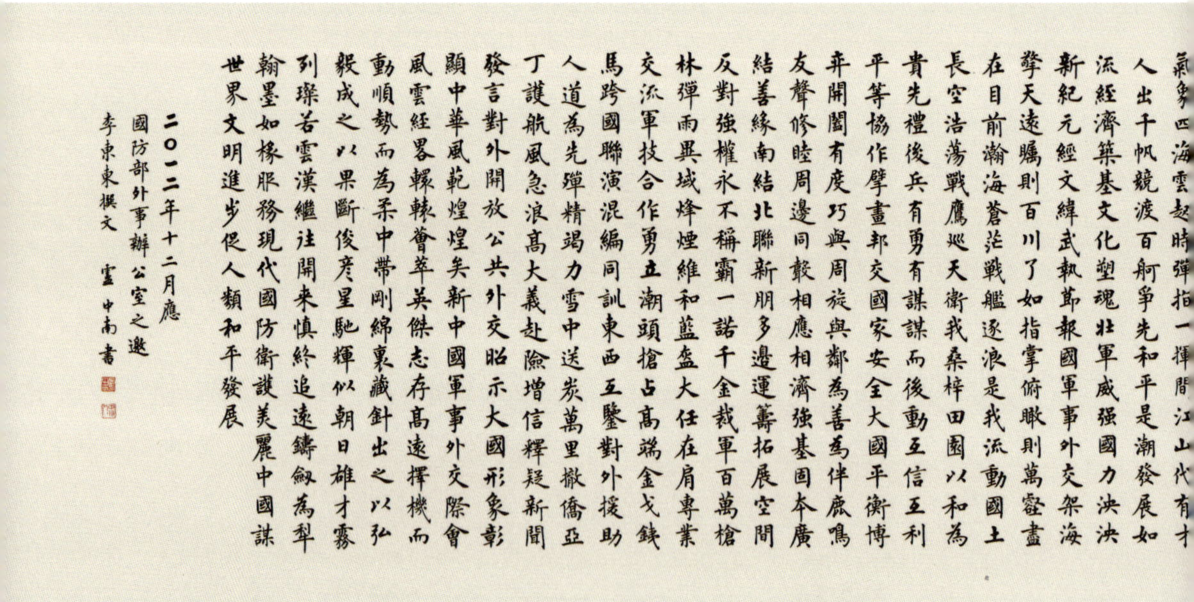

氣象四海雲起時彈指一揮間江山代有才人出千帆競渡百舸爭先和平是潮發展如流經濟築基文化塑魂壯軍威强國力泱泱新紀元經文緯武執節報國軍事外交架海擎天遠矚則百川了如指掌俯瞰則萬壑盡在目前瀚海蒼茫戰艦逐浪是我流動國土長空浩蕩戰鷹巡天衛我桑梓田園以和為貴先禮後兵有勇有謀謀而後動互信互利平等協作擘畫邦交國家安全大國平衡博弈開闔有度巧與周旋與鄰為善為伴鹿鳴友聲修睦周邊同轂相應相濟強基固本廣結善緣南結北聯新朋多邊運籌拓展空間反對強權永不稱霸一諾千金裁軍百萬槍林彈雨異域烽煙維和藍盔大任在肩專業交流軍技合作勇立潮頭搶占高端金戈鐵馬跨國聯演混編同訓東西互鑒對外援助人道為先彈精竭力雪中送炭萬里撤僑亞丁護航風急浪高大義赴險增信釋疑新聞發言對外開放公共外交昭示大國形象彰顯中華風範煌煌矣新中國軍事外交際會風雲經略輻輳薈萃英傑志存高遠擇機而動順勢而為柔中帶剛綿裏藏針出之以弘毅成之以果斷俊彥星馳輝似朝日雄才霧列璨若雲漢繼往開來慎終追遠鑄劍為犁翰墨如椽服務現代國防衛護美麗中國謀世界文明進步促人類和平發展

二〇一二年十二月應
國防部外事辦公室之邀
李東東撰文　盧中南書

卢中南　书

軍事外交賦

北地會雄豪闊論高談縱橫捭闔不盡五洲宏圖南海興波濤風起雲湧日昇月恒無非九州方圓江山一統寧不負國金甌無缺定不負民爭鋒時舉大纛披堅執鋭驅馳疆場談笑間化干戈折冲樽俎籌謀擅拈古語有云欲立非常之功必待非常之人兵端將開復息盟約已定復更非倚氣數不恃他邦仗三尺劍憑三寸舌社稷得拱衛之勢闤闠有和熙之安齊桓管仲春秋首霸九合諸侯一匡天下覆雨飜雲合縱連橫戰國雙傑儀秦雄辯引辟睨柱五步濺血相如廷叱强秦懼憚居安思危爭民奪心三表五餌賈誼陳獻臥龍既出舌戰群儒聯吳拒曹孫劉其鑒兵者國之大事死生之地存亡之道寰宇協和萬邦動之至易安之至難夫謂攻心為上攻城為下不戰而屈人之兵為至境廟堂無使神州蕭條江湖得免生靈塗炭昊昊乎宇宙天地四方往古来今世事逐波歲月如煙忍顧滄桑百年寥落河山鴉片流毒甲午飲恨國無利器內憂外患秋聲蕭瑟傷五萬里版圖彌蹙春光凋零悲四百兆黎民俱蹇鏡看辛亥舉義五四光焰開天闢地嘉興紅船井岡星火遵義赤幟延水河畔西柏坡前驅除倭寇決勝敵頑秦鹿楚騅定河山旗昇五星歌飛義勇人民歡顏赤縣新天獨立自主廣交友朋和平共處三分世界改革開放戰畧

2013 年 1 月 28 日，《军事外交赋》文化座谈会在国防部外事办公室举行，词赋作者李东东、译者凌原、书法家卢中南应邀出席。

嫦娥赋

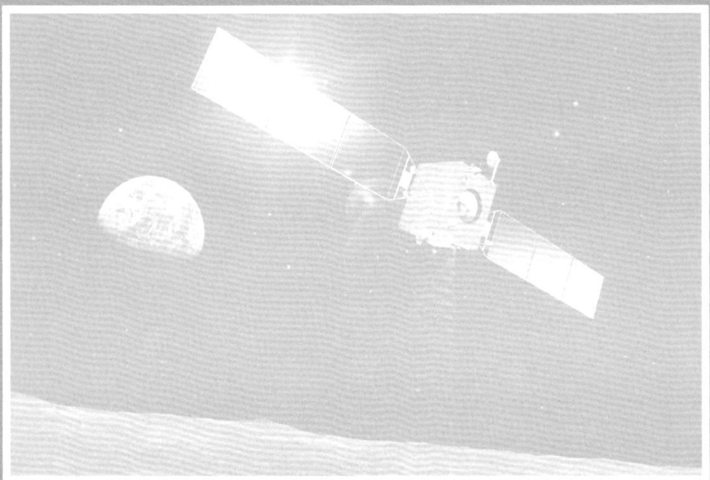

嫦娥赋

2004 年我国正式开展的月球探测工程命名“嫦娥工程”，分为绕、落、回三期。2007 年秋，“嫦娥一号”卫星成功实现绕月飞行和科学探测。2013 年 12 月，“嫦娥三号”探测器在月面软着陆并自动巡视勘察。2017 年前后，“嫦娥五号”探测器将实现月面自动采样并返回地球。“嫦娥工程”实现了中华民族的千年奔月梦想，开启了中国人走向深空探索宇宙奥秘的时代，标志着我国已经进入世界深空探测先进国家的行列。值此着陆器成功落月，玉兔月球车漫步虹湾，举国同庆之际，谨以《嫦娥赋》表示衷心祝贺。

昊昊青天，无尽处，弹指间金乌西坠；淼淼碧水，有穷期，顾盼时玉兔东升。女娲补天，精卫填海，五千载烟云奔来眼底；羲和驭日，嫦娥奔月，八万里河山跃上笔端。

夫明月者，天之魂魄，一掬清光，万家忧乐。缺而又圆，不辞春往秋来；亏而复盈，不废潮起潮落。新月如钩，清晖半环，初升碧水楼台。弦月如弓，晓星相伴，斜挂柳梢松间。满月如轮，蟾光照夜，辉映长河大漠。春有元宵，火树银花，南国画鼓喧街，北地兰灯满市。秋有月夕，飞镜重磨，海上千帆棹影，天涯万里归客。

夫嫦娥者，月之魂魄，长袖起舞，广寒寂寞。后羿射日，红弓白箭，七尺之躯撼天，九曜之光烛地。嫦娥护药，乘风归去，高处琼楼玉宇，坐看牵牛织女。银烛霜冷，天阶露重，吴刚伐桂，白兔捣药，年年清幽似昔，夜夜霓裳向隅。不胜寒，思人间，梦里无边锦绣，灵槎难渡星河。

今之嫦娥，探月工程，扶摇青冥，笔走龙蛇。或谓航天事业，巍巍三座丰碑，一曰人造卫星，二曰载人航天，三曰深空探测。或谓探月工程，煌煌三步征途，一者绕月探测，二者落月勘察，三者地月往返。筚路蓝缕，宁移骥骜之气；面壁破壁，不坠鸿鹄之志。经天纬地，彰显国力军威；步月登云，振奋民族精神。一帜璀璨，九州骧腾，自胜自强寰宇；五大系统，万众兜鍪，问候问鼎苍穹。

岁次丁亥，序属三秋，嫦娥一号，乘云凌霄。中华民族千年奔月梦想，蟾宫折桂；深空探索宇宙奥秘时代，苍昊开帷。全月影像，三维地形，元素分布，月壤厚度，劲书科研硕果，摹画婵娟蛾眉。岁在庚寅，时维国庆，嫦娥二号，再探月宫。使命承前启后，佳音超期服役。地面精准测控，天上详察月貌。近会图塔蒂斯，远叩浩瀚太空。岁值癸巳，季逢大雪，嫦娥三号，漫步虹湾。成功着陆，巡视勘察，互拍成像，地月遥控，丕业比肩美俄，勋绩超迈前贤。一而再，再而三，奋飞八十万里，云天豪宕；聚大观，权胜境，寄情十三亿众，人民翘盼。

公羊传经，司马记史，备述华夏风云际会；三江挥翰，五湖泼墨，极写神州英雄辈出。指南一卷，熠熠旁日月；胸中万象，浩浩挟宇宙。有瑜亮之智，有贲育之勇，仰之可以安先烈，俯之可以慰物望。放眼两个百年，军工报国，勇攀高峰；功垂九鼎春秋，赤心为民，精诚奉献。中国梦，志在民族复兴，风翥八极，率土小康；探月梦，宏愿人类文明，龙翔五洲，巡天河汉。

(2013年12月16日《人民日报》《解放军报》，12月17日《深圳特区报》)

【嫦娥】中国古代神话传说人物。是天帝帝俊的女儿、后羿之妻，美貌非凡。传说因其偷食不死仙丹而奔月成仙，居于月亮上的广寒宫。“嫦娥奔月”是中华民族几千年来流传不息家喻户晓的美丽神话。以“嫦娥”命名我国探月工程，赋予了深厚的历史内涵和人文气息。

【探月工程】2004 年，中国正式开展的月球探测工程，是我国自主对月球的探索和观察，国务院正式批准立项后，绕月探测工程领导小组将工程命名为“嫦娥工程”、将第一颗绕月卫星命名为“嫦娥一号”。“嫦娥工程”分为绕、落、回三期。2007 年秋，“嫦娥一号”卫星成功实现绕月飞行和科学探测。2013 年 12 月，“嫦娥三号”探测器在月面软着陆并自动巡视勘察。2017 年前后，“嫦娥五号”探测器将实现月面自动采样并返回地球。

【航天事业】发射人造地球卫星、载人航天和深空探测是人类航天活动的三大领域。开展月球探测工作是我国迈出航天深空探测第一步的重大举措。

人民日报 视 点 2013年12月16日 星期一 9

12月15日，嫦娥三号着陆器、巡视器成功分离并实现互拍

看，我们在月球上留影！

玉 兔

荒凉而崎岖的月球大平原，苍茫的星空泛着冒光辉的外太空——这是我站在月球上，看到的第一幅壮丽风景。

我走到离着陆器大概9米的地方，转过身来，举起随身携带的全景相机，拍下了着陆器在月球上的第一张留影，两三米高的身躯，气势十足。着陆器也举起他的地形地貌相机，给我来了张期待已久的"月球留影"，我张开着太阳翼，仿佛长出一对轻盈翅膀，脚下好像踩着哪吒的风火轮，自觉十分精神。

两张照片都是彩色的，我身上的五星红旗仿佛在告诉宇宙深空：我们来自地球，来自中国，我们登上了月球，我们成功了！

回看登月过程，其实地面上嫦娥三号任务团队的人们还是紧捏着一把汗的。地球到月球来回大概有两秒多的通信延迟，地面只能提前把指令发给我们，而一旦开始下降登月，基本上就只能靠我们自己来做判断和决定。两秒钟的犹豫，可能就会让我们硬着陆——重重地摔在月面上，而不是轻盈的软着陆；我们身上携带的用来帮助落月的敏感器，只要有一个出现故障，很可能同样是硬着陆的结果。

着陆当晚，我们从月球的西北半球，由南向北开始向虹湾降落。11分钟里飞过的轨迹，是一条长长的弧线。当然，这已经是地球人熟悉的11分钟。嫦娥三号任务团队的人们，"殚精竭虑"和"呕心沥血"用在他们身上丝毫不过分，无数个熬夜的日子、上班的周末和无数个踏着月光回家的夜晚，换来了11分钟的有惊无险。当我们轻落月面，月尘只是微微激起，显示了这支团队的不凡成就，也肯定激起了他们怒放的心花。

落月之后，"指挥长"着陆器按计划赶紧开始了工作。他把太阳能电池翼慢慢打开，随即给我充电。我终于有了能量，打开了自己的太阳翼。一系列动作后，我慢慢挪到了准备下降的斜梯上，一切准备就绪。

这是梦里想象已久的一刻。我沿着斜梯从着陆器上慢慢滑下，前轮轻触月面，完成了踏上月球的"第一步"。月球的"土壤"真的好软，我的两行脚印深深地刻在了月壤上。这种真实的感受，是我踩在地面模拟训练时用的火山灰和大沙漠中的细腻沙子上都无法比拟的。

着陆器四只长腿稳稳撑立在月面上，看着1米来高的我，我们都张开嘴大笑起来。如果月球有空气，笑声肯定能传得很远。

此时，我完全理解了阿姆斯特朗先生说出那句著名的话时的心情。作为人类第130次探月之旅，作为近40年来人类航天器又一次在月球软着陆，我想，我的一小步，是中国航天的一大步，也是有梦的人们追逐梦想的一大步。

月球留影成功后，正是月球白天的上午，太阳正在慢慢升高，很快就会进入中午，变得很热，温度最高能达到150摄氏度。对我来说，也将进入最小工作模式——只做必须要做的事，尽可能少干活，避免"发烧"。当太阳下降到一定角度，我又会恢复正常工作状态。

不久，最考验我们的月夜也会到来。最冷零下180摄氏度的经历，又将会为我们的登月之旅添上一笔宝贵的财富。

（本报记者 余建斌整理）

探月日记

嫦娥三号月面工作段任务过程示意图

新华社记者 张 勋 周大庆编制

15日，嫦娥三号着陆器、巡视器成功分离。 新华社发（视频截图）

链 接

地形地貌相机：作为嫦娥三号着陆器的"眼睛"，地形地貌相机是我国首台在月球上拍摄彩色图像的"彩色相机"。航天科工研制的光学镜头组件是地形地貌相机组件的最重要构成之一，主要任务是拍摄着陆月球外形的动态和静态照片，并时刻关注着月球车的运行状况。

全景相机：月球车上的全景相机有两个彩色"眼睛"，可以拍立体的图像。全景相机实际就是两台相机，两台相机距离二十多厘米，从不同的角度看目标，立体成像。全景相机有两个任务：第一个是对着陆器以及上面的国旗进行成像，这是工程任务；另外一个是科学目标，就是对月球表面形貌进行探测。

嫦娥登月

江城子

——为"嫦娥"携"玉兔"成功登月而作

马 凯

四千年来梦魂牵，
望人间，
盼团圆。
玉兔嫦娥，
几夜已无眠。
今甲天宫轻步落，
双双见，
泪洪涟。

风火六轮走虹湾，
携银蟾，
探奇观。
桂树花开，
倩影美频传。
最是亲人相对问：
何年月，
故乡还？

看登月电视直播，步唐李商隐诗韵

陈夏茶

月面荒凉不见人，
地球访客是天神。
嫦娥喜得虹湾落，
华夏梦圆万古心。

嫦娥赋

李东东

2004年我国正式开展的月球探测工程命名"嫦娥工程"，分为绕、落、回三期。2007年秋，"嫦娥一号"卫星成功实现绕月飞行和科学探测。2013年12月，"嫦娥三号"探测器在月面软着陆并自动巡视勘察。2017年前后，"嫦娥五号"探测器将实现月面自动采样并返回地球。"嫦娥工程"实现了中华民族的千年奔月梦想，开启了中国人走向深空探索宇宙奥秘的时代，标志着我国已经进入世界深空探测先进国家的行列。值此着陆器成功落月，玉兔月球车漫步虹湾，举国同庆之际，谨以《嫦娥赋》表示衷心祝贺。

昊昊青天，无尽处，弹指间金乌西坠；淼淼碧水，有穷期，顾盼时玉兔东升。女娲补天，精卫填海，五千载烟云奔来眼底；羲和驭日，嫦娥奔月，八万里河山跃上笔端。

夫明月者，天之魂魄，一钩清光，万家忧乐。缺而又圆，不辞春往秋来；亏而复盈，不废潮起潮落。新月如钩，清晖半环，初升碧水楼台。弦月如弓，梁星相伴，斜挂柳梢松间。满月如轮，皓光照夜，辉映长河大漠。春有元宵，火树银花，南国踊跃喧街，北地兰灯满市。秋有月夕，飞镜重磨，海上千帆神影，天涯万里归客。

夫嫦娥者，月之魂魄，长袖起舞，广寒寂寞。后羿射日，红弓白箭，七尺之躯撼天，九曜之光烛地。嫦娥护药，乘风归去，高处琼楼玉宇，坐看牵牛织女。银蟾孤冷，天阶露重，吴刚伐桂，白兔捣药。年年清辉似昔，夜夜霓裳向隅。不胜寒，思人间，梦里无边锦绣，灵槎难渡星河。

今之嫦娥，探月工程，扶摇青冥，笔走龙蛇。成彼航天事业，飙飙三座丰碑，一曰人造卫星，二曰载人航天，三曰深空探测。成彼探月工程，煌煌三步征途，一者绕月探测，二者落月勘察，三者地月往返。筚路蓝缕，宁移鸿鹄之气；攻艰破险，不坠鸿鹄之志。经天纬地，彰显国力军威；步月登云，振奋民族精神。一飙凌霄，九州震撼，自胜自强寰宇；五大系统，万众齐奋，问鼎问鼎苍穹。

岁次丁亥，序属三秋，嫦娥一号，乘云凌霄，中华民族千年奔月梦想，蟾宫折桂；深空探索宇宙奥秘时代，苍穹开路。全月影像，三维地形，元素分布，月壤厚度，如含科研硕果，奉献婵娟蚀霜。岁在庚寅，时维国庆，嫦娥二号，再探月宫，使命承前启后，佳宾超期服役，地区精细测控，天上详察月貌，近会图塔蒂斯，远抑拉格朗日点太空。岁值癸巳，序逢大雪，嫦娥三号，漫步虹湾。成功着陆，巡视勘察，互拍成像，地月遥控，丕业比肩美俄，助推超迈前贤。一而再，再而三，奔飞八十万里，云天豪岩；聚大观，权胜境，寄情十三亿众，人民翘盼。

公羊传经，司马记史，备述华夏风云际会；三江挥翰，五湖泼墨，极写神州英雄辈出。指点一挥，烟缊穷日月；胸中万象，浩浩挟宇宙。有唯尧之智，有贯育之勇，仰之可以安先烈，俯之可以慰黎望。放眼两个百年，军工报国，勇攀高峰；功垂九霄春秋，赤心为民，精诚奉献。中国梦，志在民族复兴，风振八极，率土小康；探月梦，奈惠人类文明，龙翔五洲，遥天河汉。

高低温差达330摄氏度，月尘破坏力极强——

考验重重，"玉兔"见招拆招

本报记者 余建斌 吴月辉

12月15日，嫦娥三号月球探测器的着陆器和巡视器成功实现两器分离和互拍，月球车"玉兔"即将开始在月球的科考生活。在荒凉的月球上，"玉兔"将面临一系列困难。本报记者采访有关专家，详解"玉兔"将如何见招拆招。

制导导航与控制分系统：让"玉兔"看清、辨明、走正

在月球上巡视，"玉兔"首先要解决三个问题："我在哪里？""我要去哪里？"和"我怎样去到那里？"解决了这三个问题，才能在陌生的月面上看得清、辨得明、走得正。

这三个问题，都由制导导航与控制分系统回答。

针对月面低重力、弱磁场、真空和辐射等环境，设计师最终确定了导航定姿定位方案，使巡视器拥有了辨明方向的能力，成为巡视器实现能源供应和对地通讯的根本。

针对月尘、阴影、扬尘等问题，设计师们确定了由两对相机组成的双目立体视觉系统方案，并针对阴影情况，设计了新的设备，让"玉兔"能看得清、看得远、视野宽。

至于"怎样去到那里"，设计师们最终确定了六轮驱动和四轮转向协调控制的控制方法：月球车的6个轮子可独立驱动，其中4个角轮还具有转向能力。既控制月球车6个轮子协调运动，还考虑了月面松软月壤下的轮土接触力学关系，减少滑移和侧滑等现象，最终可使月球车沿规划路线安全到达目标。

太阳翼：可重复展开，收拢后像"保温毯"

月球上的月昼持续约14天，温度高达150摄氏度，月夜也持续约14天，温度低至-180摄氏度。面对巨大温差，"玉兔"将使用太阳翼来应对。

月昼时，月球车在月面行驶并进行一些科学探测活动，这时就要求月球车的太阳电池翼展开对日定向提供动力，而在月午温度较高期间，太阳翼能竖起并展开为月球车遮阳；月夜来临，月球车停止行驶和工作进入睡眠状态，其"腹腔"内的机电产品、设备完全暴露在极寒温度下，这时候太阳电池翼能够收拢，就犹如在"腹腔"上盖了一条毯子，起到保温的作用。

据技术人员介绍，目前，国内航天器太阳翼的展开大都是采用同一展开方向、一次性连续展开的方案，而嫦娥三号月球车的太阳翼需要重复展开。月球车太阳翼的研制面临多个难点：受月球车运载能力的限制，包含多个机构产品的太阳翼的重量必须不大于5.8千克；月面上还存在细小的月尘颗粒，侵入的月尘会加重活动机械表面的磨损，降低机构使用寿命，因此需要考虑月尘防护……最终确定了两翼展开式设计方案，一边的太阳翼为一次展开并锁定在位置上，另一边的太阳翼则可以重复展开。

密封圈：阻止月尘入侵

小小的月尘，对月球车来说，却是大大的威胁。月尘是月球表面粒径小于1毫米的颗粒，别看它个儿小，破坏力却很强，它吸附在太阳电池阵上就会导致输出功率下降，吸附在月面巡视器表面就会导致热控材料的散热性能减弱。小小的防尘密封圈成为嫦娥三号在月球表面正常工作的必要保障。密封圈磨损将直接影响到月面巡视器的使用寿命。

对防止月尘的密封圈来说，普通的橡胶或者塑料无论是经历-180摄氏度的低温还是150摄氏度的高温都会发生老化、变形。机械密封仿佛是比较好的选择，但机械密封太重太奢侈，被设计师们一票否决。因此，还得从轻盈的塑料和橡胶入手。但确定密封圈的原材料及配方并不是一个简单的过程，每一次新配比的材料都要经过多项测试和考验，还得经过硬度、磨耗系数等数项测试。最后，设计师们找到了合适的材料，圆满解决了防尘密封圈的选材问题。

休眠唤醒：日出而作，日落而息

一个月夜长达14天，在这14天的月夜里，如果仅依靠蓄电池提供能量，就需要自带很大的蓄电池，而探测器重量又是受限制的。面对这一难题，研制人员提出了"休眠唤醒"的概念。依靠休眠唤醒功能，着陆器和巡视器日出而作，日落而息，而不用为能源的问题担忧。

太阳慢慢升起，着陆器和巡视器便开始了忙碌的14天。着陆器在原地实施科学探测任务，巡视器则"东奔西走"开始探测。当月夜降临，它们各自关掉所有用电设备，最后关掉储能设备蓄电池组，便进入休眠状态。漫长的月夜里，它们"不吃不喝"，保存"体力"，等待着月昼醒来。月昼来临，它们随后再唤醒自己带的"装备"，开始一个新月昼的勘测。

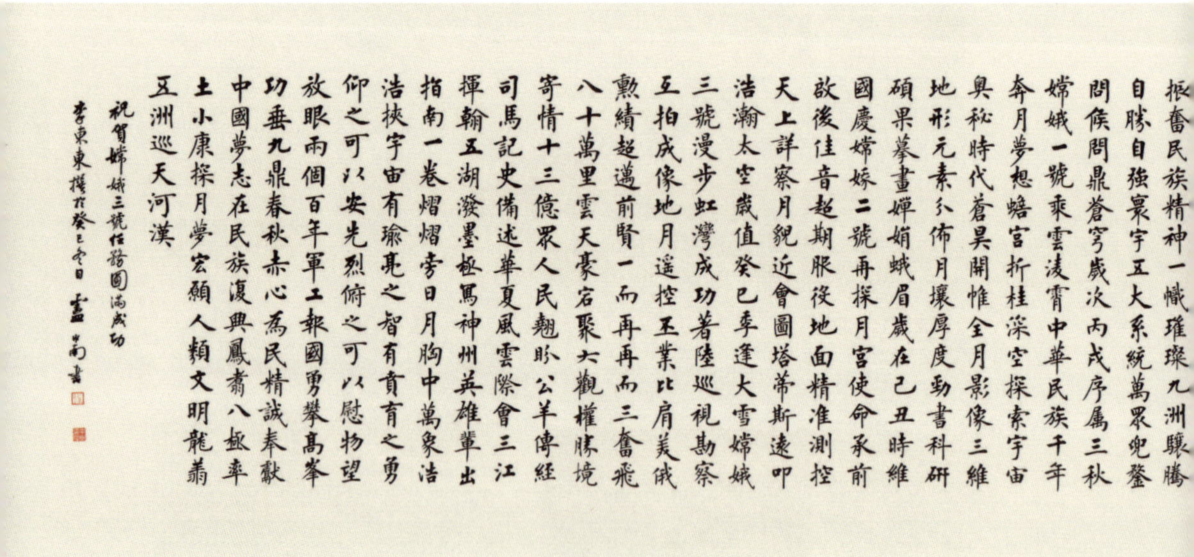
振奮民族精神一幟璀璨九洲驤騰
自勝自強寰宇五大系統萬衆兜鍪
問候問鼎蒼穹歲次丙戌序屬三秋
嫦娥一號乘雲淩霄中華民族千年
奔月夢想蟾宫折桂深空探索宇宙
奥秘時代蒼昊開帷全月影像三維
地形元素分佈月壤厚度勁書科研
碩果摹畫嬋娟蛾眉歲在己丑時維
國慶嫦娥二號再探月宫使命承前
啟後佳音超期服役地面精準測控
天上詳察月貌近會圖塔蒂斯遠叩
浩瀚太空歲值癸巳季逢大雪嫦娥
三號漫步虹灣成功著陸巡視勘察
五柏成像地月遥控至業比肩美俄
勳績超邁前賢一而再再而三奮飛
八十萬里雲天豪宕聚大觀權勝境
寄情十三億衆人民翹盼公羊傳經
司馬記史備述華夏風雲際會三江
揮翰五湖潑墨極寫神州英雄輩出
指南一卷熠熠旁日月胸中萬象浩
浩挾宇宙有瑜亮之智有賁育之勇
仰之可以安先烈俯之可以慰物望
放眼兩個百年軍工報國勇攀高峯
功垂九鼎春秋赤心為民精誠奉獻
中國夢志在民族復興鳳翥八極率
土小康探月夢宏願人類文明龍翥
五洲巡天河漢
祝賀嫦娥三號任務圓滿成功
李東東撰於癸巳冬日　盧中南書

卢中南　书

嫦娥賦

昊昊青天無盡處彈指間金烏西墜
淼淼碧水有窮期顧盼時玉兔東升
女媧補天精衛填海五千載煙雲奔
来眼底羲和馭日常娥奔月八萬里
河山躍上筆端夫明月者天之龜魄
一掬清光萬家憂樂缺而又圓不辭
春往秋来虧而復盈不廢潮起潮落
新月如鉤清暉半環初昇碧水樓臺
弦月如弓曉星相伴斜掛柳梢松間
滿月如輪蟾光照夜輝暎長河大漠
春有元宵火樹銀花南國畫鼓喧街
北地蘭燈滿市秋有月夕飛鏡重磨
海上千颿棹影天涯萬里歸客夫嫦
娥者月之魂魄長袖起舞廣寒寂寞
后羿射日紅弓白箭七尺之軀撼天
九曜之光燭地嫦娥護藥乘風歸去
高處瓊樓玉宇坐看牽牛織女銀燭
霜冷天階露重吳剛伐桂白兔搗藥
年年清幽似昔夜亘霓裳向隅不勝
寒思人間夢裡無邊錦繡靈槎難渡
星河今之嫦娥探月工程扶搖青冥
筆走龍蛇或謂航天事業巍巍三座
豐碑一曰人造衛星二曰載人航天
三曰深空探測或謂探月工程煌煌
三步征途一者繞月探測二者落月
勘察三者地月往返篳路藍縷寧移

2014 年 1 月 17 日，《嫦娥赋》作者李东东和书法作者卢中南在国家国防科工局为探月工程成就展捐赠《嫦娥赋》。

铁道兵赋

铁道兵赋

铁道兵，中国人民解放军原专业技术兵种。1948 年诞生于东北战场，总兵力最多时达 41 万人。1984 年元旦集体转业。1989 年夏，改制为中国铁道建筑总公司。2007 年冬，总公司独家发起设立中国铁建股份有限公司；次年春，中国铁建 A 股、H 股挂牌上市。值此铁道兵组建 65 周年、兵改工 30 周年，继承传统，弘扬英烈，创新事业，开拓未来。追昔抚今，爰缀斯文，谨报春晖，同襄盛举。

造物无言，天地有情，千红万紫绽放处，铁色一枝挺秀；筚路蓝缕，陷坚挫锐，四海五湖云起时，奇兵百战扬烈。烽火春秋，桴鼓鸣号，响穷高山峻岭；建设潮头，风驰电掣，声振天涯海陬。

铁军千秋，昂霄耸壑，旌旗指处，所向披靡。时序丙戌，东北硝烟方炽，护路军一帜高擎，白山黑水；岁次戊子，辽沈转战正酣，铁道兵万众集结，攻坚克难。临峰壑，披荆棘，驱虎豹，斩熊罴，负民族大义不辞蹈危，求人民解放不避履险。挥师入关，鞭指中原，饮马长江，转战西南，大军锋镝所向，铁路驱驰绵延。神州方靖，狼烟复燃，东邻鼙鼓，志愿军兴。雄赳赳，气昂昂，搴旗列阵，仗钺誓师，铁军浩浩出征。辞母别妻，壮士衣不解甲；跋山涉水，英雄战不旋踵。打不烂，炸不断，巍巍钢铁运输线；挺千仞，凌百川，铮铮男儿胜钢铁。破绞杀，保后勤，马革裹尸，生荣死哀；人在桥在，人在路在，国在家在山河在。

铁魂百炼，壮志凌云，建设征程，无往不胜。潮涌东海隅，鹰厦路巩固前线海防；飞雪兴安岭，嫩林路开发千年老林。辟云遮蜀道，成昆线一公里一忠魂；穿雾障峰峦，襄渝线百丈峡百尺幢。哈达迎巨龙，青藏铁路雄踞世界屋脊；手鼓奏通途，南疆铁路造福各族儿女。神州第一条，北京地铁银线贯古都；沽上又一春，引滦工程清泉汇津门。抢险救灾，请缨用命，山崩地裂于前，赴汤蹈火于后。国防战备，戮力同心，宁凿五丁间道，不假邯郸野马。逢山凿路，遇水架桥，铁道兵前无险阻；风餐露宿，沐雨栉风，铁道兵前无困难。舍小家，为大家，艰苦卓绝，志在四方；走小路，修大路，山长水远，胸有三荣。主席挥毫，总理领唱，开国元勋情系子弟兵；山河焕然，人民笑靥，父老乡亲感恩幸福路。

铁流万里，势不可当，云帆直挂，气吞河海。改革开放，和平崛起，裁军百万，经略轘辕。顾大局，守纪律，官兵挥泪别军旗；谋发展，闯市场，战友执手问前路。凤凰涅槃，浴火重生，共和国长子历千磨万击，众志成城。国之动脉，铁路建设砥柱中流。通衢捷径，城市轨道腾蛟起凤。陆地飞行，高速铁路占半壁河山。四通八达，高速公路拥三分天下。隧道逶迤，赫赫乎累贯南北极；桥梁巍峨，煌煌矣积跨太平洋。越阡陌，耕山海，不坠鸿鹄志，永驻奋斗心。举主业，兴多元，品牌企业播名赤县；走出去，拓海外，建筑艨艟破浪五洲。心系民生，铁肩担责，诚信与创新永恒，精品共人品同在。风云卅载，奋进三寻，折桂国企改革；断岸千尺，心雄万丈，问鼎世界百强。

瀚海苍茫，其涌汤汤，不辞涓滴，遂成汪洋；铁路纵横，其势莽莽，不弃尺寸，织就辉煌。敢忘热血浇枕木，筋骨锻钢轨，死生以之，长歌当哭；竞看钲鼓催鸣镝，兜鍪冲矢石，前仆后继，远望当归。殊勋寄青史，撑天拄地，军旗，军歌，军魂；宏愿向未来，步月登云，大志，大勇，大道。有紫电青霜之凛凛，有前波后浪之滔滔，风雨九重，丹心一生，雄师劲旅，是我铁道兵。

（2014 年 1 月 1 日《经济日报》《解放军报》）

【护路军】1945 年 8 月，东北民主联军先后在东满、西满、南满地区及中长等铁路线上组织了武装护路部队。1946 年 6 月，正式成立了东北民主联军铁道司令部，12 月改称护路军司令部。1948 年 1 月 11 日，东北民主联军护路军改称东北人民解放军护路军。

【铁道兵】1948 年 7 月 5 日，中共中央东北局决定以护路军为基础组建东北人民解放军铁道纵队。1949 年 5 月 16 日，中央军委正式发布命令，将第四野战军铁道纵队扩编为中国人民解放军铁道兵团。经中央军委 1953 年、1954 年两次任命指挥员，1954 年 3 月 5 日，中国人民解放军铁道兵司令部在北京正式成立。

【官兵挥泪别军旗】1982 年 12 月，国务院、中央军委正式下达了《国务院、中央军委关于铁道兵并入铁道部的决定》。1984 年 1 月 1 日，铁道兵不再沿用原部队番号、代号，15 万铁道兵干部、战士集体摘下领章、帽徽。

【中国铁建】中国铁道建筑总公司是中国最大的铁路建设集团之一，参与建设了中国几乎所有的大型铁路建设项目。其前身是中国人民解放军铁道兵，曾经创造了名垂史册的辉煌业绩，形成了“逢山凿路，遇水架桥，铁道兵前无险阻，风餐露宿，沐雨栉风，铁道兵前无困难”的铁道兵精神。在新的发展时期，中国铁建继承传统，与时俱进，勇攀高峰，再创新业。

2014 年 1 月 16 日，“纪念铁道兵改工 30 周年暨铁道兵纪念馆开馆视频大会”在中国铁道建筑总公司举行。

【问鼎世界百强】自 2006 年以来，中国铁建连续 7 年进入美国《财富》“世界 500 强”企业排行榜，2012 年排名第 100 位。自 2005 年参加美国《工程新闻记录》（ENR）“最大 225 家全球承包商”的评选，2010 年以来，一直名列前两位，2013 年名列第一位。

与会同志起立齐唱《铁道兵志在四方》。

2014年1月10日，中国铁建前厅，《铁道兵赋》书法作品装框。

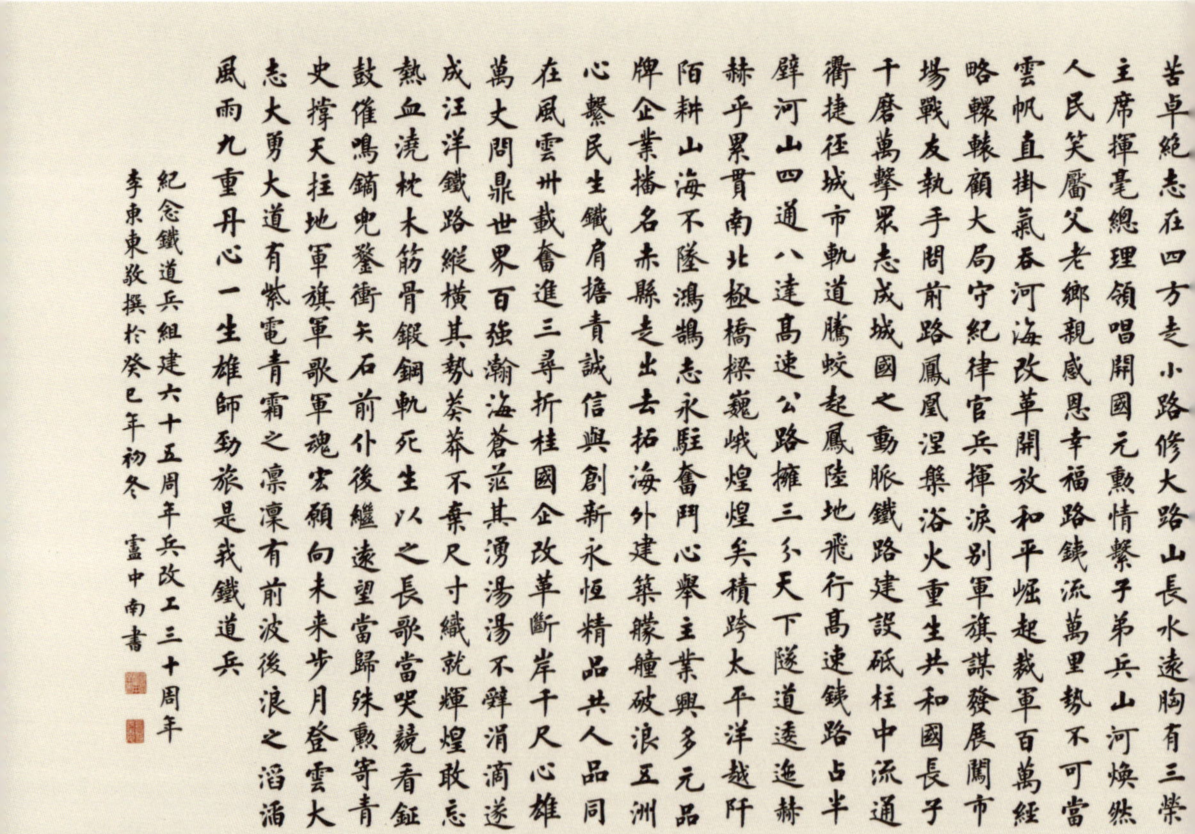

苦卓絶志在四方走小路修大路山長水遠胸有三縈
主席揮毫總理領唱開國元勳情繫子弟兵山河煥然
人民笑靨父老鄉親感恩幸福路鐵流萬里勢不可當
雲帆直掛氣吞河海改革開放和平崛起裁軍百萬經
略轆轆顧大局守紀律官兵揮淚别軍旗謀發展闖市
場戰友執手問前路鳳凰涅槃浴火重生共和國長子
千磨萬擊衆志成城國之動脈鐵路建設砥柱中流通
衢捷徑城市軌道騰蛟起鳳陸地飛行高速鐵路占半
壁河山四通八達高速公路擁三分天下隧道逶迤赫
赫乎累貫南北極橋梁巍峨煌煌矣積跨太平洋越阡
陌耕山海不墜鴻鵠志永駐奮鬥心舉主業興多元品
牌企業播名赤縣走出去拓海外建築艨艟破浪五洲
心繫民生鐵肩擔責誠信與創新永恒精品共人品同
在風雲卅載奮進三尋折桂國企改革斷岸千尺心雄
萬丈問鼎世界百強瀚海蒼茫其湧湯湯不辭涓滴遂
成汪洋鐵路縱横其勢葳蕤不棄尺寸織就輝煌敢忘
熱血澆枕木筋骨鍛鋼軌死生以之長歌當哭鏡看鉦
鼓催鳴鏑兜鍪衝矢石前仆後繼遠望當歸殊勳寄青
史撑天拄地軍旗軍歌軍魂宏願向未来步月登雲大
志大勇大道有紫電青霜之凜凜有前波後浪之滔滔
風雨九重丹心一生雄師勁旅是我鐵道兵
紀念鐵道兵組建六十五周年兵改工三十周年
李東東敬撰於癸巳年初冬　盧中南書

卢中南　书

鐵道兵賦

造物無言天地有情千紅萬紫綻放處鐵色一枝挺秀華路藍縷陷堅挫銳四海五湖雲起時奇兵百戰揚烈烽火春秋桴鼓鳴號響窮高山峻嶺建設潮頭風馳電掣聲振天涯海陬鐵軍千纛昂霄聳鑾旌旗指處所向披靡時序丙戌東北硝煙方熾護路軍一幟高擎白山黑水歲次戊子遼瀋轉戰正酣鐵道兵萬衆集結攻堅克難臨峰登披荊棘驅虎豹斬熊羆負民族大義不辭蹈危求人民解放不避履險揮師入關鞭指中原飲馬長江轉戰西南大軍鋒鏑所向鐵路驅馳綿延神州方靖狼煙復燃東鄰鼙鼓志願軍興雄赳赳氣昂昂搴旗列陣仗鉞誓師鐵軍浩浩出征辭母別妻壯士衣不解甲跋山涉水英雄戰不旋踵打不爛炸不斷巍巍鋼鐵運輸線挺千仞淩百川錚錚男兒勝鋸鐵破絞殺保後勤馬革裹屍生榮死哀人在橋在人在路在國在家在山河在鐵魂百煉壯志淩雲建設征程無往不勝潮湧東海隅鷹廈路鞏固前線海防飛雪興安嶺嫩林路開發千年老林闢雲遮蜀道成昆綫一公里一忠魂穿霧障峰巒襄渝綫百丈峽百尺幢哈達迎巨龍青藏鐵路雄踞世界屋脊手鼓奏通途南疆鐵路造福各族兒女神州第一條北京地鐵銀線貫古都沽上又一春引灤工程清泉匯津門搶險救災請纓用命山崩地裂於前赴湯蹈火於後國防戰備戮力同心寧鑿五丁闢道不

军旅文化 2014年1月1日 星期三 解放军报

新年

“文化节”纪实

铁道兵赋

■李东东

铁道兵，中国人民解放军原专业技术兵种。1948年诞生于东北战场，总兵力最多时达41万人。1984年元旦集体转业。1989年夏，改制为中国铁道建筑总公司。值此铁道兵组建65周年、兵改工30周年，铁道兵纪念馆开馆，追昔抚今，爰缀斯文，谨报春晖，同襄盛举。

造物无言，天地有情，千红万紫绽放处，铁色一枝挺秀；筚路蓝缕，陷坚挫锐，四海五湖云起时，奇兵百战扬烈。烽火春秋，桴鼓鸣号，响穷高山峻岭；建设潮头，风驰电掣，声振天涯海陬。

铁军千秋，昂霄耸壑，旌旗指处，所向披靡。时序丙戌，东北硝烟方炽，护路军一帜高擎，白山黑水；岁次戊子，辽沈转战正酣，铁道兵万众集结，攻坚克难。临峰壑，披荆棘，驱虎豹，斩熊罴，负民族大义不辞蹈危，求人民解放不避履险。挥师入关，剑指中原，饮马长江，转战西南，大军锋镝所向，铁路驱驰绵延。神州方靖，狼烟复燃，东邻鼙鼓，志愿军兴。雄赳赳，气昂昂，摹旗列阵，仗钺誓师，铁军浩浩出征。辞母别妻，壮士衣不解甲；跋山涉水，英雄战不旋踵。打不烂，炸不断，巍巍钢铁运输线；挺千仞，凌百川，铮铮男儿胜钢铁。破敌杀，保后勤，马革裹尸，生荣死哀；人在桥在，人在路在，国在家在山河在。

铁魂百炼，壮志凌云，建设征程，无往不胜。潮涌东海隅，鹰厦路巩固前线海防；飞雪兴安岭，嫩林路开发千年老林。辟云遮蜀道，桥，铁道兵前无险阻；风餐露宿，沐雨栉风，铁道兵前无困难。舍小家，为大家，艰苦卓绝，志在四方；走小路，修大路，山长水远，胸有三荣。主席挥毫，总理领唱，开国元勋情系子弟兵；山河焕然，人民笑靥，父老乡亲感恩幸福路。

铁流万里，势不可当，云帆直挂，气吞河海。改革开放，和平崛起，裁军百万，经略辉煌。顾大局，守纪律，官兵挥泪别军旗；谋发展，闯市场，战友执手问前路。凤凰涅槃，浴火重生，共和国长子历千磨万击，众志成城。国之动脉，铁路建设砥柱中流。通衢捷径，城市轨道腾蛟起凤。陆地飞行，高速铁路占半壁河山。四通八达，高速公路拥三分天下。隧道逶迤，赫赫乎贯南北极；桥梁巍峨，煌煌矣积跨太平洋。越阡陌，耕山海，不坠鸿鹄志，永驻奋斗心。举主业，兴多元，品牌企业播名赤县；走出去，拓海外，建筑艨艟破浪五洲。心系民生，铁肩担责，诚信与创新永恒，精品共人品同在。风云卅载，奋进三寻，折桂国企改革；断岸千尺，心雄万丈，问鼎世界百强。

瀚海苍茫，其涌汤汤，不辞涓滴，遂成汪洋；铁路纵横，其势莽莽，不弃尺寸，织就辉煌。敢忘热血浇枕木，筋骨锻钢轨，死生以之，长歌当哭；竞看钲鼓催鸣镝，兜鍪冲矢石，前仆后继，远望当归。殊勋寄青史，撑天拄地，军旗，军歌，军魂；宏愿向未来，步月登云，大志，大勇，大道。有紫电青霜之凛凛，有前波后浪之滔滔，风雨九重，丹心一生，雄师劲旅，是我铁道兵。

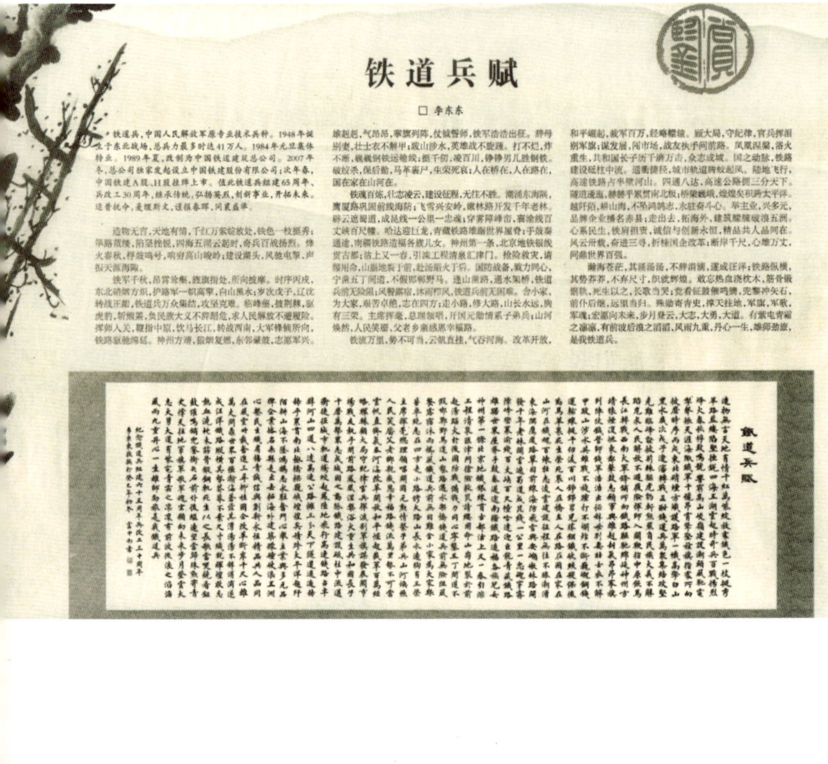

铁道兵赋

□ 李东东

铁道兵，中国人民解放军原专业技术兵种。1948年诞生于东北战场，总兵力最多时达41万人。1984年元旦集体转业。1989年夏，改制为中国铁道建筑总公司。2007年冬，总公司独家发起设立中国铁建股份有限公司；次年春，中国铁建A股、H股挂牌上市。值此铁道兵组建65周年、兵改工30周年，继承传统，弘扬荣誉，创新事业，开拓未来。追昔抚今，爰缀斯文，谨报春晖，同襄盛举。

造物无言，天地有情，千红万紫绽放处，铁色一枝挺秀；筚路蓝缕，陷坚挫锐，四海五湖云起时，奇兵百战扬烈。烽火春秋，桴鼓鸣号，响穷高山峻岭；建设潮头，风驰电掣，声振天涯海陬。

铁军千秋，昂霄耸壑，旌旗指处，所向披靡。时序丙戌，东北硝烟方炽，护路军一帜高擎，白山黑水；岁次戊子，辽沈……

故宫人颂

故宫人颂

——贺故宫博物院九十华诞

2015年10月10日，故宫博物院建院90周年。金风拂琉璃，红墙鉴青史，纪念抗战胜利70周年大阅兵后，天安门迤北的故宫博物院威严、庄重、和谐、喜庆；千五百余故宫人，典首国宝，传承文脉，光大学术，服务公众，殚精竭虑，代代相承。乙未仲秋，谨撰赋文礼赞故宫精神故宫人，并贺故宫博物院九十华诞。

金风起，玉露逢，时维乙未，序属秋中。长河奔浪，滔滔不辞涓滴；岱岳凌霄，赫赫累土成峰。北国南疆，神州河山尽彩；豪情胜迹，京城万人空巷。天安门九三阅雄师，紫电青霜，驷马轩车，军声国威响穷四海；故宫城双十庆九秩，云凝霞蔚，物华天宝，文心雅韵声播五洲。

煌煌矣故宫，紫禁为城，奇珍为藏，皇宫为始，博物院为归。院以城柱基，巍巍然寰宇独尊；宫以院赓续，浩浩然千秋得名。碧波涟漪，金水逶迤西来；芳林叠翠，景山矗屹北屏。太和，保和，文华，武英，白玉砌阶，雕龙堆凤，熠熠乎虹销雨霁；乾清，坤宁，钟粹，储秀，黄瓦覆顶，画栋飞甍，璨璨乎日升月恒。廿四帝龙骧虎步，风云际会五百年，几曾宵旰、几曾垂拱；萃国宝商彝周鼎，旁搜远绍五千载，几多霜雪、几多阴晴。金戈铁马，咏华夏英杰百代雄起；暮鼓晨钟，叹末世君王一朝凋零。

仰苍穹，俯衢壤，典守国宝，传承文脉，壮哉故宫人。岁次辛亥，武昌起义，九州共和，五色旌明。岁次甲子，北京政变，后廷扰攘，逊帝出宫。上都崔巍澹荡，不坏残棋；庭阙景物依旧，换了人间。志士贤达，奔走鼓呼，善后清室，点查旧物，昭信国人，开放禁苑，故宫博物院兴。废唯我独尊私于一姓，开海内公共博览新局。应世界潮流之剧变，成辛亥革命之未竟。永巷踏冰，深宫不火，朔风如刀，寒气入骨。魁儒硕彦，淑质英才，筚路蓝缕，擘画经营。衮延坛庙，挥翰锦绣，葺治内府琳琅，收拾汉唐之美；广接黎庶，韫润华夷，激扬来者壮志，著耀中华文明。

襟星月，披风雨，书生报国，文化抗战，勇哉故宫人。九一八辽东变起，痛失沈阳四库；一二八淞沪烽烟，悲丧南地图书。国家板荡，匪寇相侵，民族危亡，岁月如晦。紫禁瑰伟，迈宋轶唐，文物渊薮，甲于世界。家国任，匹夫责，不教宝器沦落，万箱五批南迁。申江残钩，金陵斜阳，氤氲琼玖朝天宫。七七事变，华北危殆，赤县蒙尘，亿兆拊膺。避敌焰，再启程，走小路，唱大风，关山万里，漫漫三路西行。雾障黔洞，浪涌川途，冰封秦岭，云遮蜀道，历十四载竭蹶，甘苦征程。壮士凯旋，慈母倚扉，琴心、剑胆，东渡、北归。雾峰乡野，断林荒荆幽径；外双溪畔，青山秀水高楼。天涯海陬，遥遥一宫两院；血浓于水，殷殷一脉相承。

觞九曲，登一楼，雄心静气，黄卷青灯，奇哉故宫人。御园绽绿，长街飞白，琼阁耀金，阆厦披银。丹楹刻桷，挥汗于火伞高张；滴漏巡更，屏息于月华初上。口不绝吟，提要钩玄；手不停披，辨伪鉴真。曲尽宫闱秘奥，点染门户春秋。引墨雪泥鸿爪，成篇炫幻无穷。细笔纤毫，洽素心而觉爽；尺缣寸楮，沥肝胆而犹欢。崇文厚德以四季，诚敬和容以经年。青丝，苍髯，鹤髪；学者，匠师，卫士。弱冠期颐，在在酒胆诗肠；新声古趣，衮衮名士流风。不坠青云之志，问津铸梁，精研一业；不移白首之心，展异陈奇，惠泽万姓。

九十载华章，浮翠流丹，千重舒卷在手；故宫人宏愿，黾勉笃实，万象森列于胸。行止无愧天地，褒贬自在汗青。风雨五度，紫禁城六百岁在望；浩歌十载，博物院倏忽百龄。护国之重器，寄民之厚望，登高致远，鉴古开今，同砺复兴志，共圆中国梦。

（2015 年 10 月 10 日《光明日报》）

【紫禁城】明清两朝对北京城内皇家宫殿的旧称。自 1420 年建成至 1911 年清朝统治结束，先后有 24 位皇帝在此居住并执政。依照“择国中之中而立宫”的规划思想，象征最高权力的主体建筑和标志性建筑被有节奏地安排在中轴线上。因袭“象天立宫”的传统理念，营造出体现“君权神授”的礼制空间，人间帝王居住的宫城被命名为“紫禁城”，以对应天上天帝所居住的“紫薇星垣”。

【故宫】顾名思义，即指“故去的皇家宫殿”，可泛指历代宫殿遗址，但一般特指北京城内明清两代的紫禁城宫殿遗址。1911 年，辛亥革命推翻帝制后，紫禁城作为帝王权力空间的地位和功用逐渐消失。1914 年，北洋政府内务部接管紫禁城前廷，设立古物陈列所；根据《清室优待条件》，逊帝溥仪仍暂居于宫禁，帝制礼仪得到部分保留。

【故宫博物院】故宫博物院是保管故宫及其文物的文化机构。1925 年 10 月 10 日，故宫博物院在清室善后委员会接管前清宫殿、古物及财产的基础上建立，其职责是保管、开放及研究紫禁城建筑及清宫文物，管辖空间主要包括紫禁城后廷、太庙、景山等处。1928 年，国民军北伐胜利后，故宫博物院更名为国立北平故宫博物院，直隶于国民政府，后改隶属国民政府行政院。1948 年 3 月，古物陈列所并入故宫博物院，原属于古物陈列所管辖的紫禁城外廷空间纳入故宫博物院的管辖范围。至此，紫禁城、故宫和故宫

2015 年 10 月 10 日，“故宫博物院 90 年暨万寿盛典学术研讨会”在故宫博物院建福宫举行。

博物院，三者在地理空间上逐渐吻合重叠。

故宫文物南迁及“一宫两院”格局的形成——20 世纪中期故宫博物院所藏文物因避战乱自华北往东南、西南地区不断迁徙，大致划分为三个阶段：第一阶段为抗日战争时期的故宫文物南迁、西迁和东归。1933 年山海关沦陷后，故宫文物自北京迁往上海、南京，是为“南迁”；1937 年抗战全面爆发后，故宫文物自南京疏散长沙、宝鸡、贵阳、重庆、汉中、成都、安顺、乐山、峨眉、巴县等地，是为“西迁”（或称“疏散”）；1945 年抗战胜利后，存西南诸省故宫文物集中重庆再迁回南京，是为“东归”。第二阶段为国共内战时期的故宫文物迁台、留京。1948 至 1949 年，2972 箱故宫文物分三批随国民党撤离台湾岛，其余文物留存南京朝天宫保存库。第三阶段为新中国成立后的故宫文物北返。留存南京故宫文物结束迁徙历程，分别于 1950 年、1953 年、1958 年分三批运回紫禁城，是为“北返”。1948 至 1949 年分批陆续抵达台湾岛的故宫文物曾在杨梅、北沟等地迁存近 15 年，直至 1965 年台北故宫博物院大楼在外双溪建成，迁台文物才结束了迁徙历程，并形成了“一宫两院”（一个故宫，两个故宫博物院）的格局。

故宫博物院迄今建院 90 年，是以明清两朝皇宫及其收藏为基础建立起来的综合性国家级博物馆，是中国最大的文化艺术博物馆，也是世界上极少数同时兼具艺术博物馆、建筑博物馆、历史博物馆、宫廷文化博物馆等特色且符合国际公认的“原址保护”“原状陈列”基本原则的博物馆和文化遗产。

作者应邀出席学术研讨会，并将《故宫人颂》赠送故宫博物院。

04 2015年10月10日 星期六 教科文新闻 光明日报

《骆驼祥子》
原创中国歌剧闪耀歌剧故乡

国内首家
造口病房成立

故宫人颂
——贺故宫博物院九十华诞

李东东

2016年1月5日 星期二
编辑/王晓君 wxjjxwhehe@126.com 电话/65380015-1310
作家文摘

故宫人颂 ——贺故宫博物院九十华诞

·李东东·

2015年10月10日，故宫博物院建院90周年。金风拂琉璃，红墙鉴青史，纪念抗战胜利70周年大阅兵后，天安门迤北的故宫博物院威严、庄重、和谐、喜庆；千五百余故宫人，典守国宝，传承文脉，光大学术，服务公众，殚精竭虑，代代相承。乙未仲秋，谨撰赋文礼赞故宫精神故宫人，并贺故宫博物院九十华诞。

金风起，玉露逢，时维乙未，序属秋中。长河奔浪，滔滔不辞涓滴；岱岳凌霄，赫赫累土成峰。北国南疆，神州河山尽彩；豪情胜迹，京城万人空巷。天安门九三阅雄师，紫电青霜，驷马轩车，军声国威响穷四海；故宫城双十庆九秩，云凝霞蔚，物华天宝，文心雅韵声播五洲。

煌煌矣故宫，紫禁为城，奇珍为藏，皇宫为始，博物院为归。院以城柱基，巍巍然寰宇独尊；宫以院赓续，浩浩然千秋得名。碧波涟漪，金水逶迤西来；芳林叠翠，景山矗屹北屏。太和、保和、文华、武英，白玉砌阶，雕龙堆凤，熠熠乎虹销雨霁；乾清、坤宁、钟粹、储秀，黄瓦覆顶，画栋飞甍，璨璨乎日升月恒。廿四帝龙骧虎步，风云际会五百年，几曾宵旰、几曾垂拱；萃国宝商彝周鼎，旁搜远绍五千载，几多霜雪、几多阴晴。金戈铁马，咏华夏英杰百代雄起；暮鼓晨钟，叹末世君王一朝凋零。

仰苍穹，俯阛阓，典守国宝，传承文脉，壮哉故宫人。岁次辛亥，武昌起义，九州共和，五色旌明。岁次甲子，北京政变，后廷扰攘，逊帝出宫。上都崔巍澹荡，不坏残棋；庭阙景物依旧，换了人间。志士贤达，奔走鼓呼，善后清室，点查旧物，昭信国人，开放禁苑，故宫博物院兴。废唯我独尊私于一姓，开海内公共博览新局。应世界潮流之剧变，成辛亥革命之未竟。永巷踏冰，深宫不火，朔风如刀，寒气入骨。魁儒硕彦，淑质英才，筚路蓝缕，擘画经营。袤延坛庙，挥翰锦绣，蒋治内府琳琅，收拾汉唐之美；广接黎庶，锡润华夷，激扬来者壮志，著耀中华文明。

襟星月，披风雨，书生报国，文化抗战，勇哉故宫人。九一八辽东变起，痛失沈阳四库；一二八淞沪烽烟，悲丧南地图书。国家板荡，匪寇相侵，民族危亡，岁月如晦。紫禁瑰伟，迈宋轶唐，文物渊薮，甲于世界。家国任，匹夫责，不教宝器沦落，万箱五批南迁。申江残钩，金陵斜阳，皕簋琼玖朝天宫。七七事变，华北危殆，赤县蒙尘，亿兆捐膺。避敌焰，再启程，走小路，喝大风，关山万里，漫漫三路西行。雾障黔洞，浪涌川途，冰封秦岭，云遮蜀道，历十四载竭蹶，甘苦征程。壮士凯旋，慈母倚扉，琴心、剑胆，东渡、北归。雾峰乡野，断林荒荆幽径；外双溪畔，青山秀水高楼。天涯海陬，遥遥一宫两院；血浓于水，殷殷一脉相承。

觞九曲，登一楼，雄心静气，黄卷青灯，奇哉故宫人。御园绽绿，长街飞白，琼楼耀金，阆厦披银。丹楹刻桷，挥汗于火伞高张；滴漏巡更，屏息于月华初上。口不绝吟，提要钩玄；手不停披，辨伪鉴真。曲尽宫闱秘奥，点染门户春秋。引墨雪泥鸿爪，成篇炫幻无穷。细笔纤毫，洽素心而觉爽；尺缣寸楮，沥肝胆而犹欢。崇文厚德以四季，诚敬和容以纪年。青丝、苍鬓、鹤发；学者、匠师、卫士。弱冠期颐，在酒胆诗肠；新声古趣，衮衮名士流风。不坠青云之志，问津铸梁，精研一业；不移白首之心，展异陈奇，惠泽万姓。

九十载华章，浮翠流丹，千重舒卷在手；故宫人宏愿，黾勉笃实，万象森列于胸。行止无愧天地，褒贬自在汗青。风雨五度，紫禁城六百岁在望；浩歌十载，博物院倏忽百龄。护国之重器，寄民之厚望，登高致远，鉴古开今，同砺复兴志，共圆中国梦。

（摘自2015年10月10日《光明日报》）

这三个90后，有意思

斑斓的日子（剪纸） 赵澄襄作

【第二辑】

诗词曲

银川曲

银川曲

君不见黄河之水天上来，
浩浩北去过银川。
君不见五十里长街华灯放，
坦坦西行到贺兰。
大漠孤烟羌笛远，
草肥水美朔方田。
天下黄河富宁夏，
古来塞北有江南。
君不见，
贺兰山岩画千秋绘，
水洞沟炊烟万载燃。
西夏陵古冢映斜阳，
镇北堡影城奏凯旋。
君不见，
景观水道南北连，
大路通衢东西贯。
唐徕渠畔繁花地，
丽子园中不夜天。
西北腾飞日，
世纪新千年。
后发之势看宁夏，

回汉携手谱新篇。
兴庆彪青史，英风豪气创大业。
金风鸣塞上，羽衣霓裳舞翩跹。
西夏雅古风，独辟蹊径问前路。
永宁汇才俊，慷慨高歌绣河山。
贺兰谋良策，旌旗十万气若虹。
灵武提雄师，铁马金戈战犹酣。
好一似百舸千帆竞大江，
群星璨河汉。
回首半纪风云涌，
前赴后继动长天。
白驹过隙催人老，
只争朝夕后追先。
君不见
塞上湖城今雄起，
千秋业，百姓间。
宁夏不言小，
敢做大银川。

(2004 年 6 月 17 日《人民日报》《宁夏日报》)

【银川】银川市，简称“银”，是宁夏回族自治区首府，辖兴庆区、金凤区、西夏区、永宁县、贺兰县、灵武市。银川是全区军事、政治、经济、文化科研、交通和金融商业中心，地处西北地区宁夏平原中部，西倚贺兰山、东临黄河，是发展中的区域性中心城市，中国－阿拉伯国家博览会的永久举办地。

银川是历史悠久的塞上古城，史上大夏王朝的首都，是国家历史文化名城，民间传说中又称“凤凰城”，古称“兴庆府”“宁夏城”，素有“塞上江南、鱼米之乡”和“塞上明珠”的美誉，城西有著名的国家级风景区西夏王陵。

城市综合竞争力跻身全国百强，荣获全国文明城市、国家节水型城市、国家卫生城市、国家园林城市、国家环保模范城市、中国人居环境范例奖等殊荣，被评为“中国十大新天府”。

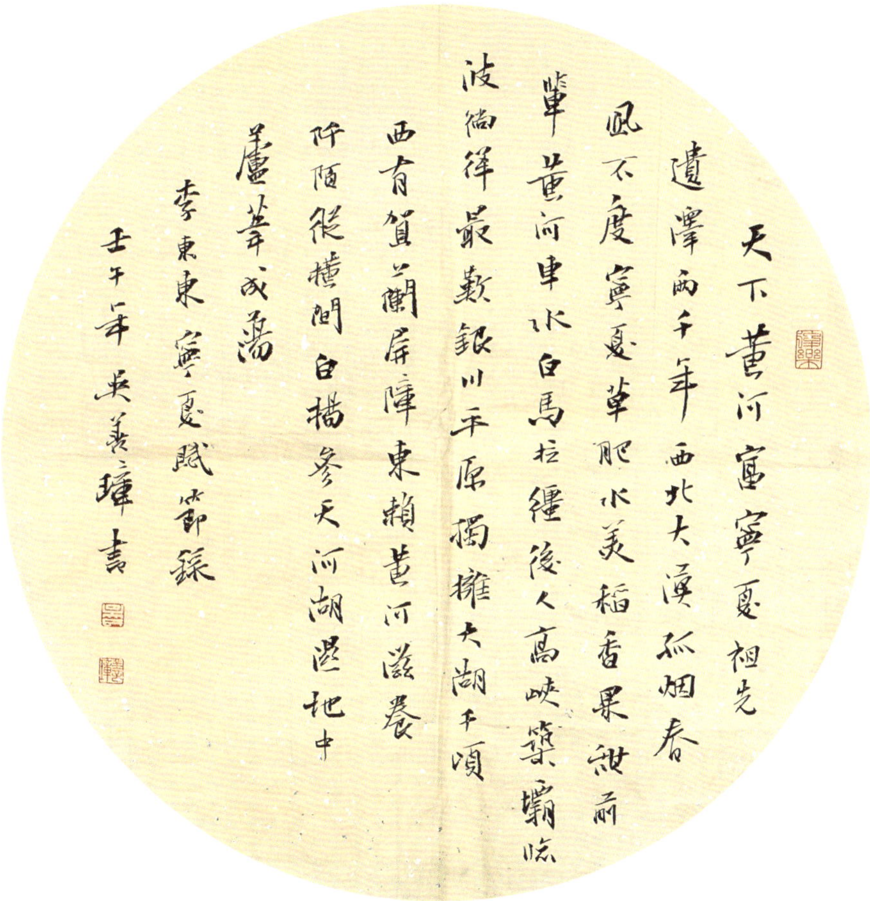

吴善璋　书

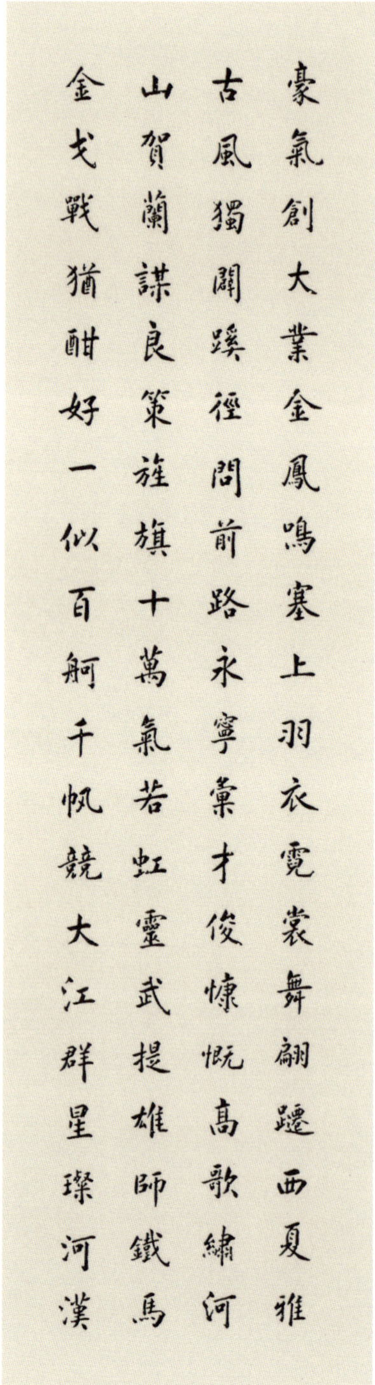
豪氣創大業金鳳鳴塞上羽衣霓裳舞翩躚西夏雅
古風獨闢蹊徑問前路永寧黨才俊慷慨高歌繡河
山賀蘭謀良策旌旗十萬氣若虹靈武提雄師鐵馬
金戈戰猶酣好一似百舸千帆競大江群星璨河漢

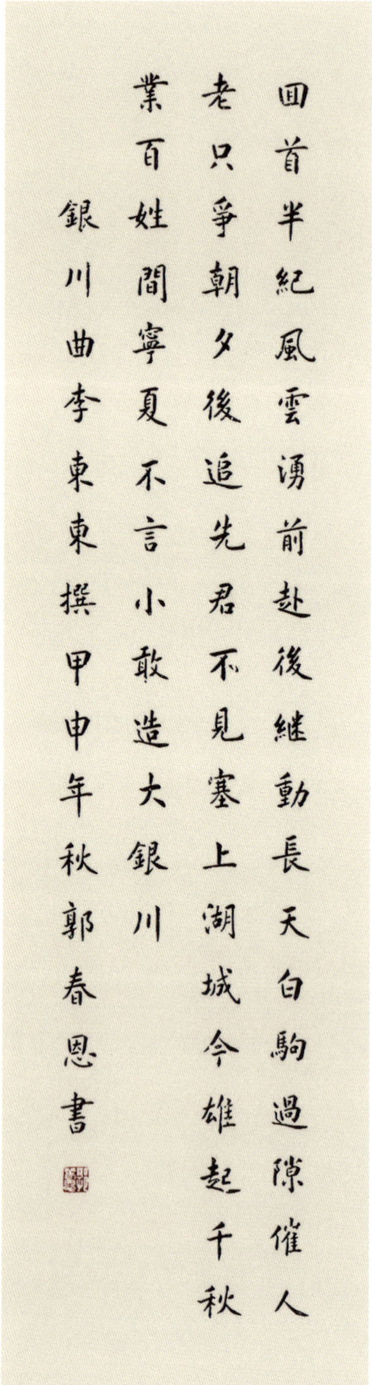
回首半紀風雲湧前赴後繼動長天白駒過隙催人
老只爭朝夕後追先君不見塞上湖城今雄起千秋
業百姓間寧夏不言小敢造大銀川
銀川曲李東東撰甲申年秋郭春恩書

郭春恩 书

君不見黃河之水天上來浩浩北去過銀川君不見
五十里長街華燈放坦坦西行到賀蘭大漠孤煙羌
笛遠草肥水美朔方田天下黃河富寧夏古来塞北
有江南君不見賀蘭山巖畫千秋繪水洞溝炊煙萬
載燃西夏陵古塚映斜陽鎮北堡影城秦凱旋君不
見景觀水道南北連大路通衢東西貫唐徠渠畔繁
花地麗子園中不夜天西北騰飛日世紀新千年後
發之勢看寧夏回漢攜手譜新篇興慶彪青史英風

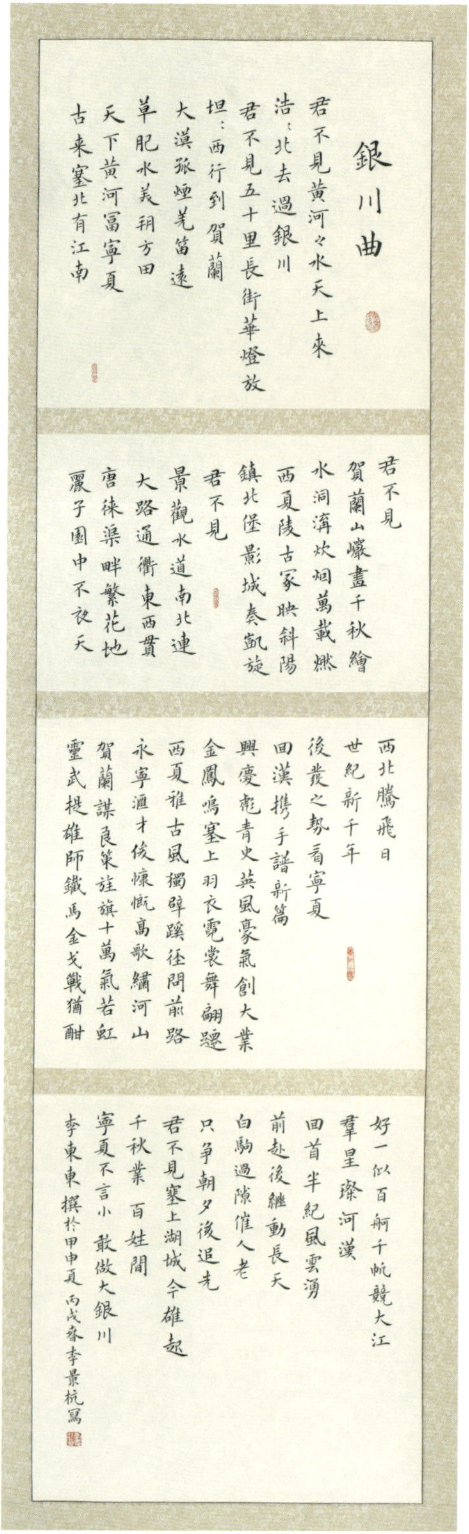
銀川曲
君不見黄河々水天上来
浩々北去過銀川
君不見五十里長街華燈放
坦々西行到賀蘭
大漠孤煙羌笛遠
草肥水美稍方田
天下黄河富寧夏
古来塞北有江南
君不見
賀蘭山巖畫千秋繪
水洞溝炊烟萬載燃
西夏陵古冢映斜陽
鎮北堡影城奏凱旋
君不見
景觀水道南北連
大路通衢東西貫
唐徠渠畔繁花地
麗子園中不夜天
西北騰飛日
世紀新千年
後發之勢看寧夏
回漢携手譜新篇
興慶彪青史英風豪氣創大業
金鳳鳴塞上羽衣霓裳舞翩躚
西夏稚古風獨辟蹊徑問前路
永寧涵才俊慷慨高歌繡河山
賀蘭謀良策旌旗十萬氣若虹
靈武挺雄師鐵馬金戈戰猶酣
好一似百舸千帆競大江
羣星璨河漢
回首半紀風雲湧
前赴後繼動長天
白駒過隙催人老
只争朝夕後追先
君不見塞上湖城今雄起
千秋業百姓間
寧夏不言小敢做大銀川
李東東撰於甲申夏　丙戌春李景杭寫

李景杭　书

固原词

固原词

固原，位于宁夏南部，即西海固地区。左宗棠称之“苦瘠甲天下”，亦为史上兵家征战之地。其南部为主力红军长征会师之六盘山革命老区。干旱少雨，坡大土薄，其五县区均为国家级贫困地区。建地级区划五十年，建市三载，因袭千秋文化源流，继承百年红色传统，搏击半纪建设风涛，戮力同心，艰苦奋斗，乘势发展。放眼前程锦绣，感念创业维艰，为之填词五首。

破阵子

青史

薄伐猃狁大原，
烽火楼台萧关。
秦皇汉武拓边地，
唐蕃宋夏苦征战。
壮士几人还。

长安北望云烟，
原州四易城垣。
一代天骄六盘殒，
不教胡马渡九边。
青史有固原。

【青史有固原】北魏在今固原设原州；历隋、唐、宋、元，几度撤复；明朝景泰年间，又成兵争之地，故原州城被重修，改“故”为“固”，始有固原之名。

南歌子

红旗

万水千山遥，
漫漫长征路。
三军奏凯将台堡。
六盘云淡天高，
红旗舞。

潮涌陕甘宁，
抗日鱼龙怒。
豫海一帜同心树。
回汉铁马金戈，
忠魂赋。

【将台堡】将台堡位于红军长征翻越的最后一座高山六盘山。1936年10月9日，中国工农红军一、四方面军在甘肃会宁会师；10月22日，一、二方面军在宁夏西吉将台堡会师。中共中央将1936年10月22日确定为“红军一、二、四方面军胜利会师之日”。

【豫海】【同心】1936年10月22日，西征红军在同心清真大寺(在今同心县)成立了“陕甘宁省豫海县回民自治政府”，这是中国历史上第一个经选举产生的县级回民自治政府。

山花子

春雨

童山旷野叹天旱，
魂牵梦萦树满山。
千里帷幄左公柳，
绿如烟。

喁喁盼水喊叫水，
涓涓汇川好水川。
万众喜雨逢春雨，
笑开颜。

【左公柳】19 世纪中后期，左宗棠任陕甘总督及进军新疆的十几年间，命令将士种树植柳，栽活几十万株，后人誉为“左公柳”。

【喊叫水】【好水川】均为宁夏南部干旱带地名。其名反映了西北地区缺水、盼水的历史沿革。

南乡子

书香

何处望神州。
不尽风光萧关楼。
欲说塞外荒寒苦，
且休。
胸中锦绣不言愁。

宏图起从头。
雄风重振写春秋。
文脉一缕传今古，
悠悠。
户户书香尽风流。

【萧关】萧关在今宁夏固原东南。六盘山山脉横亘于关中西北，为其西北屏障。自陇上进入关中的通道主要是渭河、泾河等河流穿切成的河谷低地。渭河方向山势较险峻，泾河方向相对较为平易。萧关即在六盘山山口依险而立，扼守自泾河方向进入关中的通道。萧关是关中西北方向的重要关口，屏护关中西北的安全。

汉文帝十四年（公元前 166 年），匈奴曾入萧关，袭扰北地等郡，致使关中震动。汉武帝曾两次出萧关，巡视西北边境，耀兵塞上，威慑匈奴。自北朝后期起，突厥称雄塞外，中原政权频受其扰。唐武则天时，曾任魏元忠为萧关大总管，统重兵镇守萧关，以备突厥。北宋时，党项人建立的大夏称雄西北。在宋夏之间近百年的对抗中，萧关一带为双方对峙前沿。

采桑子

好景

白驹过隙催人老，
岁岁春光。
又逢春光。
风虎云龙意气扬。

锦天绣地众手绘，
织就辉煌。
再创辉煌。
图将好景付前方。

（2005 年 8 月 10 日《人民日报》《宁夏日报》）

【风虎云龙】比喻虎啸生风，龙起生云，指同类事物相互感应，旧时也比喻圣主得贤臣，贤臣遇明君，出自《周易·乾》：“云从龙，风从虎。”此处指各级领导和各族干部群众团结奋斗、意气风发推进固原改革发展。

乙酉年秋

固原詞

李東東　撰

墨寶堂手抄固原詞

固原位於寧夏南部即西海固地區左宗棠稱之苦瘠甲天下亦為史上兵家征戰之地其南部為主力紅軍長征會師之六盤山革命老區干旱少雨坡大土薄其五縣區均為國家級貧困地區建地級區劃五十年建市三載固襲千秋文化源流繼承百年紅色傳統搏擊半紀建設風濤戮力同心艱苦奮鬥乘勢發展放眼前程錦繡感念創業維艱為之填詞五首

墨寶堂手抄固原詞

李景杭　书

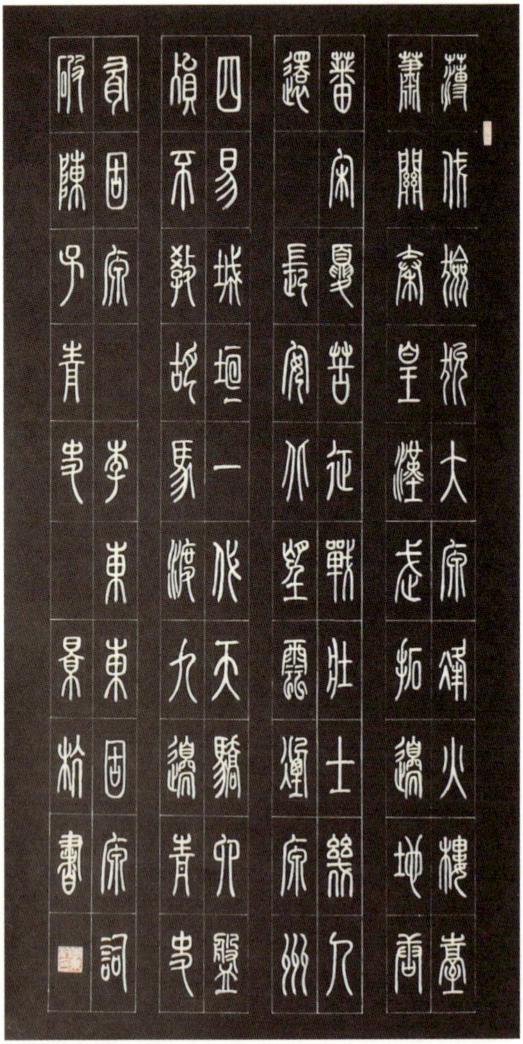

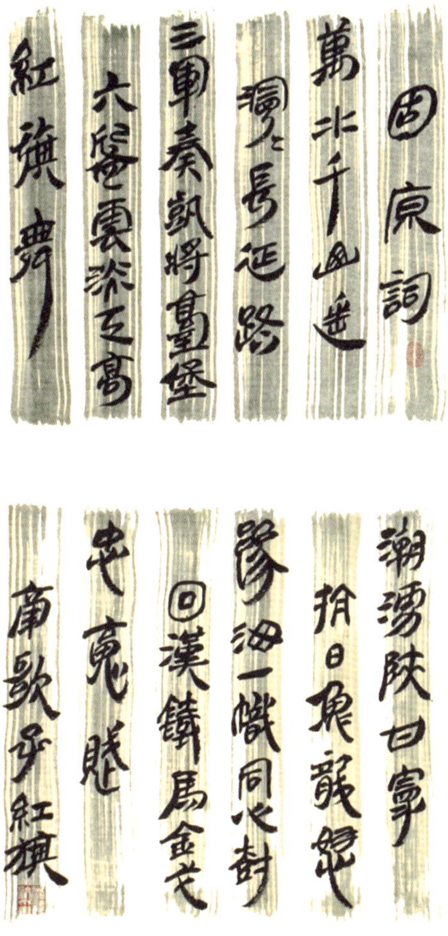
固原詞

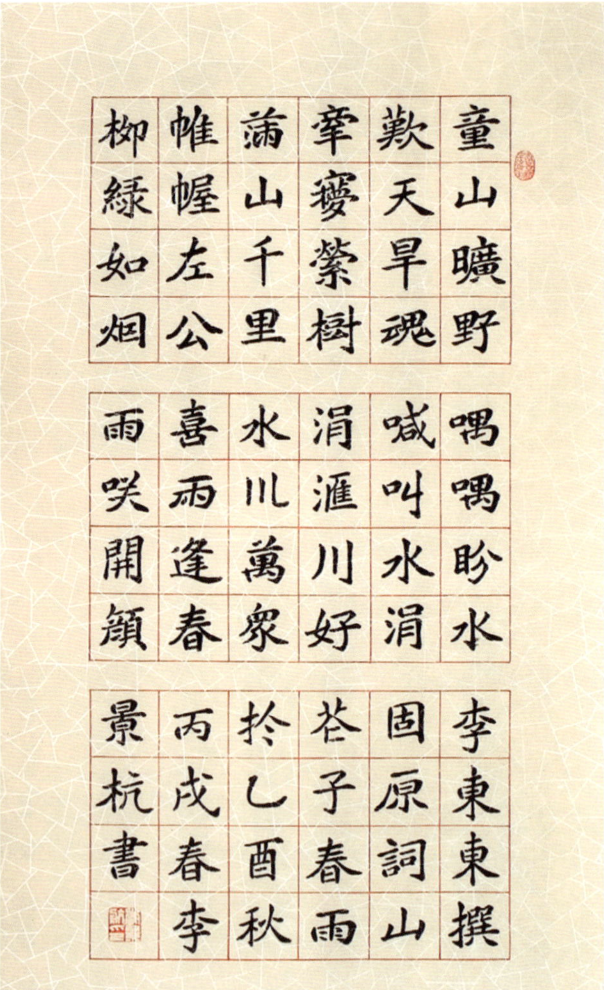
童山曠野
歎天旱魂
窂窶縈樹
蒲山千里
帷幄左公
柳綠如烟
喁喁盼水
喊叫水涓
涓滙川好
水川萬象
喜雨逢春
雨笑開顔
李東東撰
固原詞山
苍子春雨
扵乙酉秋
丙戌春李
景杭書

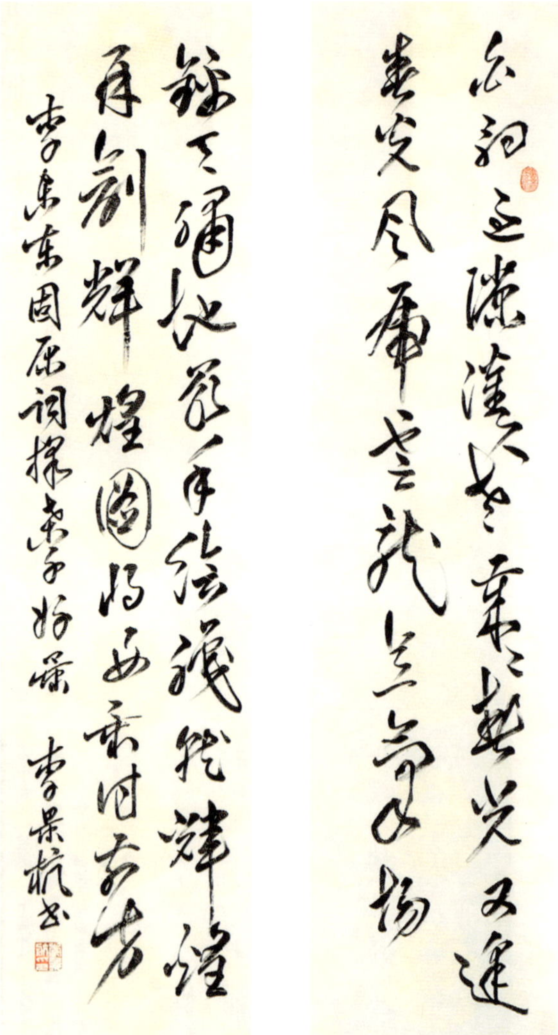

别宁夏

别宁夏

上

春光好，
别故乡。
宁夏川，
西北望。
鹤髪慈颜拜别去，
山高路遥向远方。
六盘巍巍贺兰雪，
黄河滔滔长城长。
峥嵘岁月陕甘宁，
前人旌旗后人扬。
江山红遍复绿染，
万家忧乐在心上。
众望发展方喁喁，
共建和谐已煌煌。
西部开发逢盛世，
回汉携手谱新章。

下

秋意浓，
归故乡。
塞上行，
不相忘。
牵衣执手父老情，
流水高山共话长。
银川金凤凌霄起，
晴空一鸣排云上。
石嘴山前碧波涌，
吴忠四野翻绿浪。
固原妙笔写春秋，
中卫巧手绣辉煌。
后发之势势若虹，
前赴后继奔小康。
再为宁夏歌一曲，
小省区做大文章。

（2006 年 12 月 8 日《宁夏日报》）

2006年冬，作者与宁夏回族自治区党委常委、军区政委杨锦岭话别。背景照片《黄河日出》为自治区党委书记陈建国所摄。

2006年12月9日，在自治区党委院门口，作者与武警官兵道别。

【别宁夏】2002年4月，作者辞别八十余岁的父母，西行塞上，任职宁夏回族自治区党委常委、宣传部长，与宁夏回汉干部群众团结奋斗，在共同建设宁夏的过程中结下深厚友谊，度过五年弥足珍贵的岁月。2006年年底，奉调新闻出版总署副署长、辞别宁夏回京之际，撰此词记述依依惜别之情。

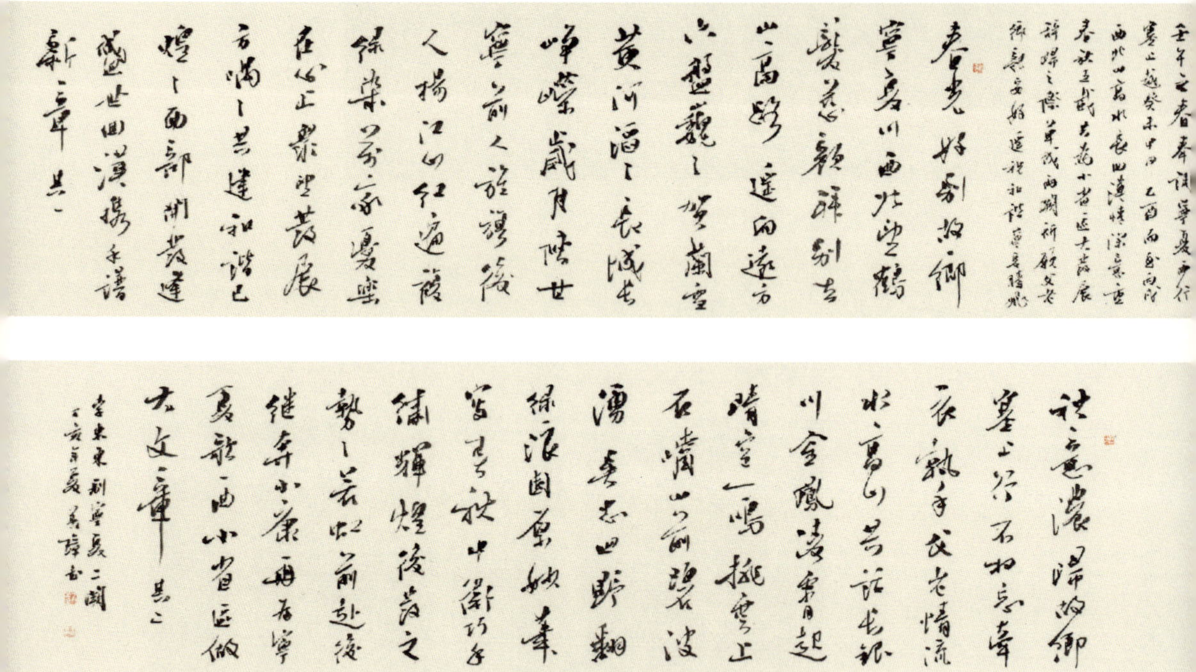

吴善璋　书

忆宁夏

——为宁夏回族自治区成立五十周年作

忆宁夏

——为宁夏回族自治区成立五十周年作

宁夏好，
好景动天下。
绿树红花似江南，
地灵人杰绘新画。
能不忆宁夏。

宁夏忆，
最忆是银川。
黄河九曲湖城绕，
大道通衢上青天。
今朝又新颜。

宁夏奇，
最奇石嘴山。
童山旷野碧波涌，
风虎云龙塑山川。
众手开新天。

宁夏美，
最美在吴忠。
田畴阡陌稻花绿，

牛肥羊壮枸杞红。
回汉颂新风。

宁夏峻，
最峻数固原。
万载千秋萧关路，
云淡天高六盘山。
花儿唱新篇。

宁夏新，
最新看中卫。
新市新城新农村，
和谐和畅和风惠。
新枝绽新蕊。

（2008 年 5 月 10 日《宁夏日报》）

【宁夏回族自治区成立五十周年】新中国成立以来，宁夏发生了三次深刻而广泛的社会变革：走上社会主义道路，为宁夏发展进步奠定了根本政治基础；成立宁夏回族自治区，为宁夏发展进步提供了重要制度保障；实行改革开放，为宁夏发展进步注入了新的强大动力。

2008 年宁夏回族自治区成立五十年，宁夏经济持续快速发展，人民生活水平大幅改善。特别是改革开放和实施西部大开发战略以来，经过各方面共同努力，2007 年宁夏全区生产总值达到 889 亿元，按可比价格计算，比 1958 年增长了 59 倍，人均生产总值超过 1.4 万元。具有地方特色和比较优势的经济体系基本形成，工业对经济发展的带动作用日益明显。基础设施条件极大改善，城乡面貌焕然一新。各族群众生活总体上实现了从贫困到小康的历史性跨越，一个生机勃勃、正在崛起的新宁夏展现在世人面前。

六州歌头

——贺中国人民政治协商会议六十华诞

六州歌头

——贺中国人民政治协商会议六十华诞

人民政协，
六十气如虹。
当年盛，
六合靖，
九州晴，
东方红，
天安门万众。
风云涌，
推中共。
青史颂，
黎民敬，
毛泽东。
帷幄运筹，
周恩来佐领，
众望喁喁。
纵沧海横流，
有射潮雕弓，
举重若轻，
邓小平。

铸强国梦。

辞丹凤，
矜翘勇，
缚苍龙。
明月共，
怀倥偬，
请长缨。
聚高朋，
俊彦英杰众，
肝胆映，
意气雄。
科学用，
和谐重，
变则通。
万里征程，
恰纵马飞鞚，
再乘东风。
似登山临水，
更斩棘披荆，
共赴大同。

（2009 年 9 月 9 日《人民日报》）

【中国人民政治协商会议】中国人民政治协商会议（简称人民政协）是中国人民爱国统一战线的组织，是中国共产党领导的多党合作和政治协商的重要机构，是中国政治生活中发扬社会主义民主的一种重要形式。在新中国成立前夕，由中国共产党和各民主党派、无党派民主人士、各人民团体、各界爱国人士共同创立的。它根据中国共产党同各民主党派和无党派民主人士“长期共存、互相监督、肝胆相照、荣辱与共”的方针，对国家大政方针和群众生活的重要问题进行政治协商，并通过建议和批评发挥参政议政、民主监督的作用。人民政协的建言献策有利于科学、民主决策。人民政协职能的履行有利于协商民主的决策。

中国人民政治协商会议又称“新政协”，以别于1946年1月召开的“旧政协”。1948年4月30日，中共中央发布纪念“五一”国际劳动节的口号，提出召开新的政治协商会议、成立民主联合政府的号召，各民主党派、各人民团体、无党派民主人士及国外华侨积极响应，参加筹备新政治协商会议。

1949年1月30日，北平宣布和平解放。1949年9月21日，中国人民政治协商会议第一届全体会议在北平隆重举行，宣告中国人民政治协商会议正式成立。参加会议的有46个单位的代表共662人。会议通过了《中国人民政治协商会议共同纲领》《中国人民政治协商会议组织法》《中华人民共和国中央人民政府组织法》这三个为新中国奠基的历史性文件。会议还通过了关于国旗、国歌、首都、纪年等决议，选举了中国人民政治协商会议第一届全国委员会的委员。中国人民政治协商会议在当时还不具备召开普选的全国人民代表大会的条件下，肩负起执行全国人民代表大会职权的重任，完成了建立新中国的历史使命，揭开了新中国历史的第一页。

1954年9月，全国人民代表大会第一次会议在北京召开。会议通过并公布了《中华人民共和国宪法》。至此，作为代行全国人民代表大会职权的第一届中国人民政治协商会议，以圆满完成其历史使命而载入史册。全国人民代表大会召开后，人民政协作为中国共产党领导的人民民主统一战线的组织继续存在。在国家政治生活和社会生活以及对外友好交往活动中继续发挥多党合作和政治协商的作用，为推动社会主义革命和建设事业的发展作出了重要贡献。

人民日报　副刊　2009年9月9日 星期三　19

淡定的秋色

理　由

老照片

布口袋

不等价

纸半张

中海滩

工资袋

六州歌头
贺中国人民政治协商会议六十华诞

李东东

『烈士』活着

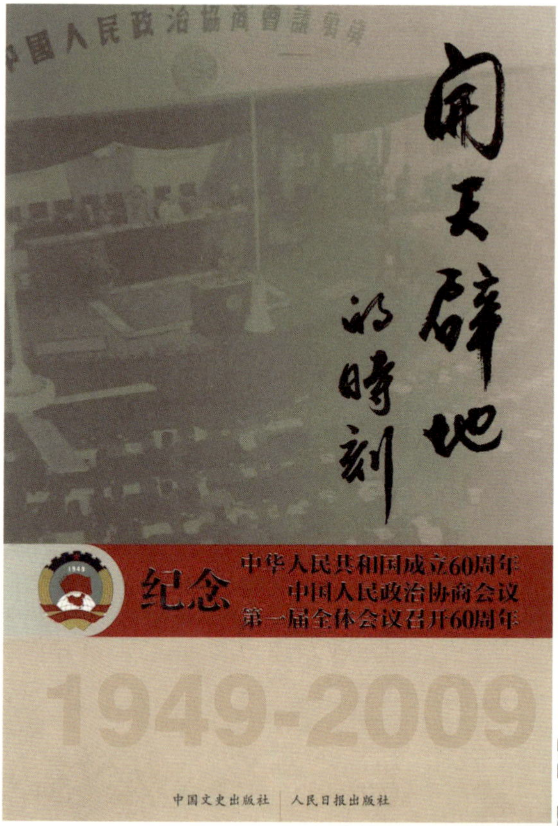

2009年夏，李东东主编、中国文史出版社和人民日报出版社共同出版了《开天辟地的时刻——纪念中华人民共和国成立60周年　中国人民政治协商会议第一届全体会议召开60周年》。

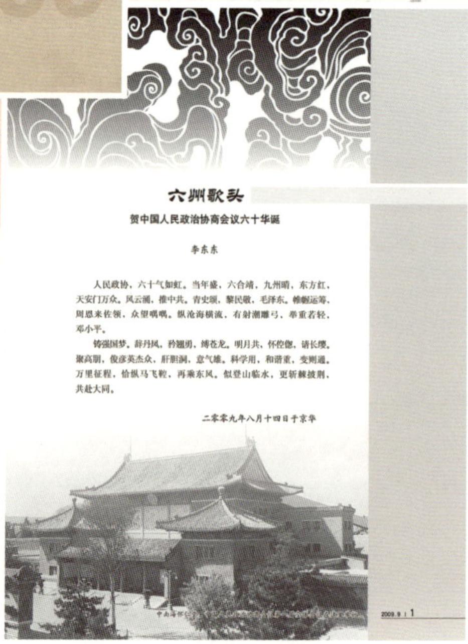

六州歌头

贺中国人民政治协商会议六十华诞

李东东

人民政协，六十气如虹。当年盛，六合靖，九州晴，东方红，天安门万众。风云涌，推中共。青史颂，黎民敬，毛泽东。帷幄运筹，周恩来佐领，众望喁喁。纵沧海横流，有射潮雕弓，举重若轻，邓小平。

铸强国梦。辞丹凤，矜翘勇，缚苍龙。明月共，怀倥偬，请长缨。聚高朋，俊彦英杰众，肝胆洞，意气雄。科学用，和谐重，变则通。万里征程，恰纵马飞鞚，再乘东风。似登山临水，更斩棘披荆，共赴大同。

二零零九年八月十四日于京华

2009.9 | 1

南乡子

——『三高』交响合唱团

南乡子

——“三高”交响合唱团

神州有天骄，
卓荦嵚崎借风涛。
腾蛟起凤今又是，
三高。
云里弦歌奏雄豪。

莫道关山遥，
五律七音谱虹桥。
白鬓黄髫共一曲，
陶陶。
美丽中国尽妖娆。

（2012 年 12 月 23 日《光明日报》）

【“三高”交响合唱团】在李岚清同志倡议下，由高级干部、高级军官、高级知识分子组成的“三高”爱乐业余交响合唱团于 2012 年 7 月 18 日成立。“三高”团旨在通过演奏、演唱经典音乐曲目，弘扬主旋律，提倡高雅文化，营造高素质文化氛围。2012 年 12 月 21 日、22 日，在国家大剧院举行了爱乐之友新年音乐会。

2012年12月22日，“使中国音乐化”高级知识分子、高级干部、高级军官爱乐之友新年音乐会在国家大剧院举行。

2012年11月25日，“三高”交响合唱团在中央党校彩排并演出。

南乡子

——全国政协文史学习工作

南乡子

——全国政协文史学习工作

何处望神州，
不尽春光三月稠。
锦心绣口议发展，
无休。
胸中万象共绸缪。

与民起高楼，
经济筑基文作谋。
一脉悠悠传今古，
千秋。
放眼小康尽风流。

（2013 年 12 月 23 日《光明日报》）

【全国政协文史学习工作】中国人民政治协商会议全国委员会文史和学习委员会，是全国政协的九个专门委员会之一。主要负责组织政协委员及其所联系的社会各界人士撰写“三亲”（亲历、亲见、亲闻）史料，推动近现代重大历史事件和历史人物等史料的征集、整理、研究、编辑，对台湾、香港特别行政区、澳门特别行政区和海外的史料交流工作，为广泛团结海内外各界爱国人士、促进社会主义现代化建设和祖国统一服务。

04　2012年12月23日　星期日　教科文新闻　光明日报

唐山：文化推动城市转型

■唐山市委书记王雪峰：文化是一座城市的灵魂。要把文化建设作为推动科学发展的重要动力。

■唐山市市长陈国鹰：让"无见可比拟，无邦可替代"的唐山文化，推动资源型城市转型升级。

文化强市百城行（78）

第二届中国纪录片学院奖揭晓

江苏省泰州中学成立110周年

低调元勋

——社会各界追思屠守锷

心理健康指导——教会孩子体验幸福

南乡子

"三高"交响合唱团

李东东

南乡子

全国政协文史学习工作

李东东

专栏编辑　杨亮

负责全国政协委员政治思想理论的学习，负责与地方政协、各民主党派中央和无党派人士、各人民团体等组织相关学习工作的联系和交流。

负责组织委员就文史和学习工作开展专题调研、考察，向国家机关和其他有关组织提出建议和批评。积极加强与中央和国家机关、地方政协相关部门的工作联系，通过组织各种活动，为委员知情明政、履行职责创造条件。

2014 年 4 月，作者参加全国政协文史委组织的“推进城镇化过程中传统村落保护”江西、山西调研活动。

2015年5月8日，全国政协文史委“文化体制改革后新闻出版业面临的新情况、新问题及对策”专题调研组与安徽日报报业集团新闻工作者合影留念。

2015年5月9日，专题调研组在安庆参观赵朴初故居后合影留念。

2015年5月13日，在深圳报业集团调研。

难忘五年
十一届全国政协
文史和学习委员会纪念画册

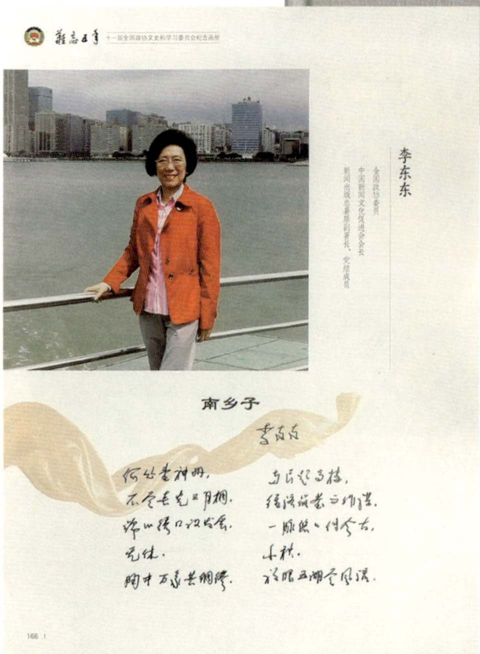
难忘五年　十一届全国政协文史和学习委员会纪念画册
李东东
全国政协委员
中国新闻文化促进会会长
新闻出版总署原副署长、党组成员
南乡子

沁园春

——祝辽宁舰远航

沁园春

——祝辽宁舰远航

赤县神州，
翰墨千秋，
泽被四乡。
叹日升月恒，
天高海阔，
碧波漾漾，
白浪汤汤。
甲午风云，
颐和霜雪，
铁甲坚船一梦长。
东方亮，
洗百年耻辱，
亿兆图强。

艨艟映日出航，
展猎猎红旗向远洋。
寄庙堂殷重，
江湖切望，
三军壮志，
战友衷肠。
执锐雄鹰，

披坚勇士，
力挽雕弓射天狼。
中国梦，
待扬我国威，
固我海疆。

（2013 年 5 月 18 日《解放军报》）

【辽宁舰】辽宁号航空母舰，简称“辽宁舰”，舷号 16，是中国人民解放军海军第一艘可以搭载固定翼飞机的航空母舰。前身是苏联海军的库兹涅佐夫元帅级航空母舰二号舰瓦良格号航空母舰。二十世纪末，瓦良格号于乌克兰建造时遭逢苏联解体，建造工程中断。其间几经周折，1999 年中国购买了瓦良格号，于 2002 年 3 月 4 日抵达大连港。2005 年 4 月 26 日，开始由中国海军继续建造改进，并将其用于科研、实验及训练用途。2012 年 9 月 25 日，正式更名“辽宁号”，交付中国人民解放军海军。

“辽宁舰”是中国的第一艘航空母舰，也是中国海军走向远洋的里程碑。

【祝辽宁舰远航】2013 年初夏，“中国诗书画研究会艺术家万里海疆行”慰问航母辽宁舰官兵，李东东作《沁园春·祝辽宁舰远航》，卢中南书法再创作，赠予辽宁舰。

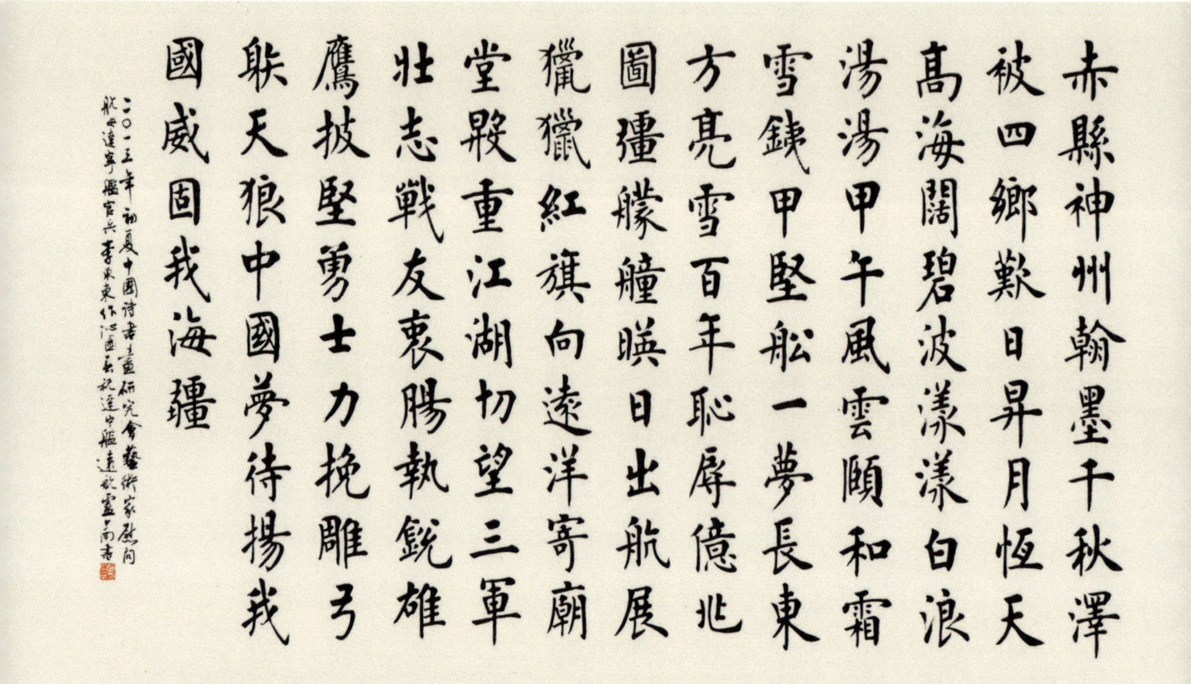
赤縣神州翰墨千秋澤
被四鄉歎日昇月恆天
高海闊碧波漾漾白浪
湯湯甲午風雲頤和霜
雪鐵甲堅船一夢長東
方亮雪百年恥辱億兆
圖彊艨艟暎日出航展
獵獵紅旗向遠洋寄廟
堂殿重江湖切望三軍
壯志戰友衷腸執銳雄
鷹披堅勇士力挽雕弓
射天狼中國夢待揚我
國威固我海疆
二〇一五年初夏中國詩書畫研究會藝術家慰問
航母遼寧艦官兵李東東作沁園春祝遼寧艦遠航盧中南書

卢中南　书

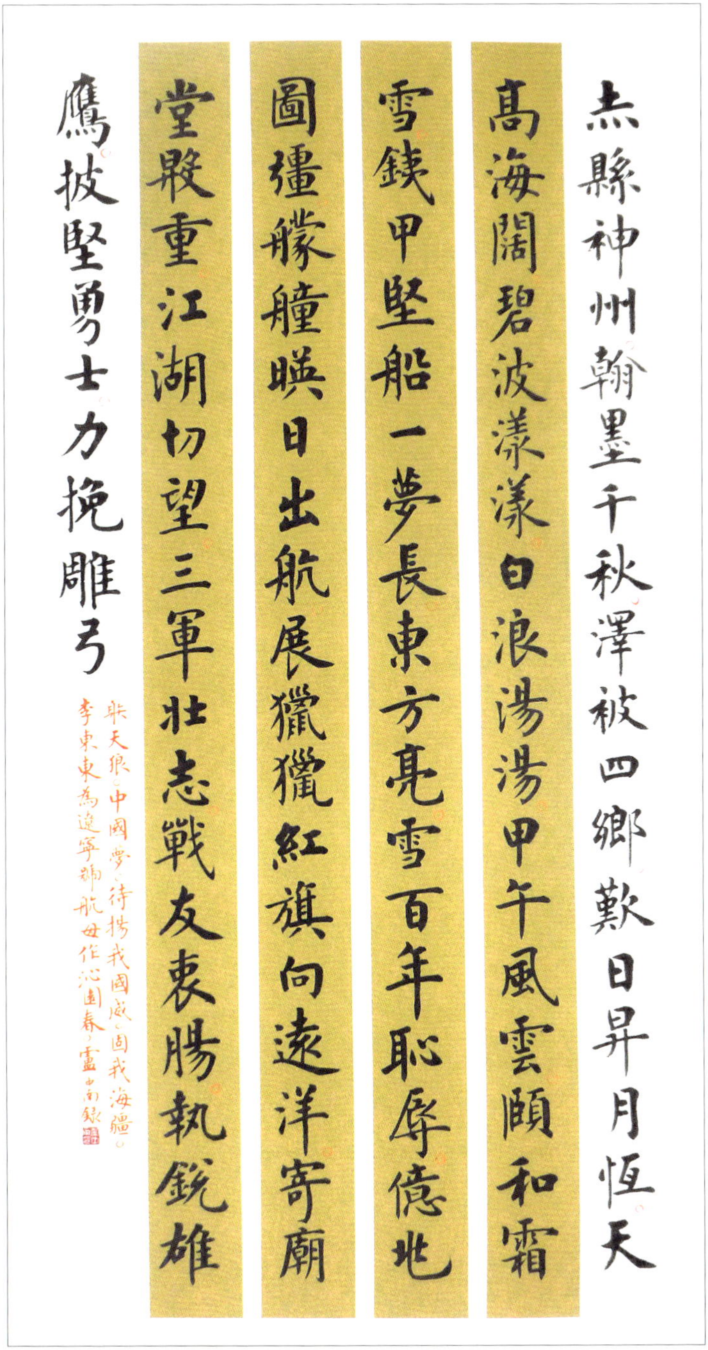
赤縣神州翰墨千秋澤被四鄉歎日昇月恆天
高海闊碧波漾漾白浪湯湯甲午風雲頤和霜
雪鐵甲堅船一夢長東方亮雪百年恥辱億兆
圖彊艨艟瞋日出航展獵獵紅旗向遠洋寄廟
堂殷重江湖切望三軍壯志戰友衷腸執銳雄
鷹披堅勇士力挽雕弓
射天狼。中國夢。待揚我國威。固我海疆。
李東東為遼寧號航母作沁園春。盧中南錄

卢中南　书

中国诗书画研究会艺术家2013年初夏慰问辽宁舰时，与辽宁舰官兵合影留念。李东东、卢中南将《祝辽宁舰远航》诗书赠予舰长。

八声甘州

——铁军天路铸青史

八声甘州

——铁军天路铸青史

莽苍苍铁军筑天路，
卸甲不归鞍。
燦戎装映月，
赤心昭日，
裂土惊天。
十载风霜雨雪，
有勇士万千。
遥指阳关外，
铁色高原。

拉萨凭山临远，
眺长龙北去，
地覆天翻。
叹文成金城，
佳话蕴千年。
路迢迢唐蕃互市，
越重山，
汉藏谊绵绵。
知今岁，
景风长路，
一日驰还。

（2014 年 11 月 28 日《光明日报》）

2014年12月4日　星期四

4

万水千山

词三首

□ 李东东

八声甘州

铁军天路铸青史

念奴娇

贺中国战略与管理研究会成立二十五周年

东风第一枝

题刘振起将军葡萄图

（作者为全国政协委员，原新闻出版总署副署长，中国新闻文化促进会会长、中国报业协会副会长）

三十年坚守，三万米见证

□ 侯艳秋

作者单位：十五局集团四公司

《永远的铁道兵》首映式有感

□ 赵登奋

作者单位：股份公司

小花

□ 闻肃

作者单位：房地产集团合肥公司

“考拉觅食”的启示

□ 白小波

书韵　戴莉 摄

老郭的心愿

□ 敖渝

作者单位：十七局集团四公司

行者的境界

□ 王思宇

作者单位：中土集团

小小摄影家　伍娜 摄

【青藏铁路】青藏铁路由铁道兵、中国铁建和铁道部多个工程局共同修建。一期工程西宁至格尔木，由中国人民解放军铁道兵三上高原，于1979年至1982年施工完成，1984年投入运营。二期工程格尔木至拉萨，由铁道兵兵改工后的十几个局和原铁道部若干个局分段共同施工，完成于2006年，已安全、顺利运营10年。

和谐
青藏
有电危险
禁止攀登
DPZ-440K
西宁工务机械段
18756

那 曲
NA QU
尚秀
安如
海拔：4513m

念奴娇

——贺中国战略与管理研究会成立二十五周年

念奴娇

——贺中国战略与管理研究会成立二十五周年

枕山襟海，
登高处，
一览神州春色。
九曲江流擎砥柱，
天涯万里归客。
赤县红凝，
家山绿染，
治国安邦策。
千秋翰墨，
点染阛阓耕穑。

尝忆廿五风云，
献文韬武略，
胸中丘壑。
宠辱寒温不尽处，
黄卷青灯萧瑟。
四海阴晴，
百年求索，
三代肝肠热。
圆中国梦，
寄情万家忧乐。

（2014 年 11 月 28 日《光明日报》）

2014 年 6 月 18 日，“中国战略与管理研究会建会二十五周年座谈会”在钓鱼台国宾馆举行。

【中国战略与管理研究会】中国战略与管理研究会成立于 1989 年 6 月 17 日，是民政部批准注册的国家一级学术团体，全国综合性战略研究机构。荟萃了经济、政治、文化、社会、军事等各界专家学者及大批富有成果的理论研究者，旨在提供战略性决策咨询和政策建议。四分之一世纪，颇多研究成果为中央和有关方面采纳。

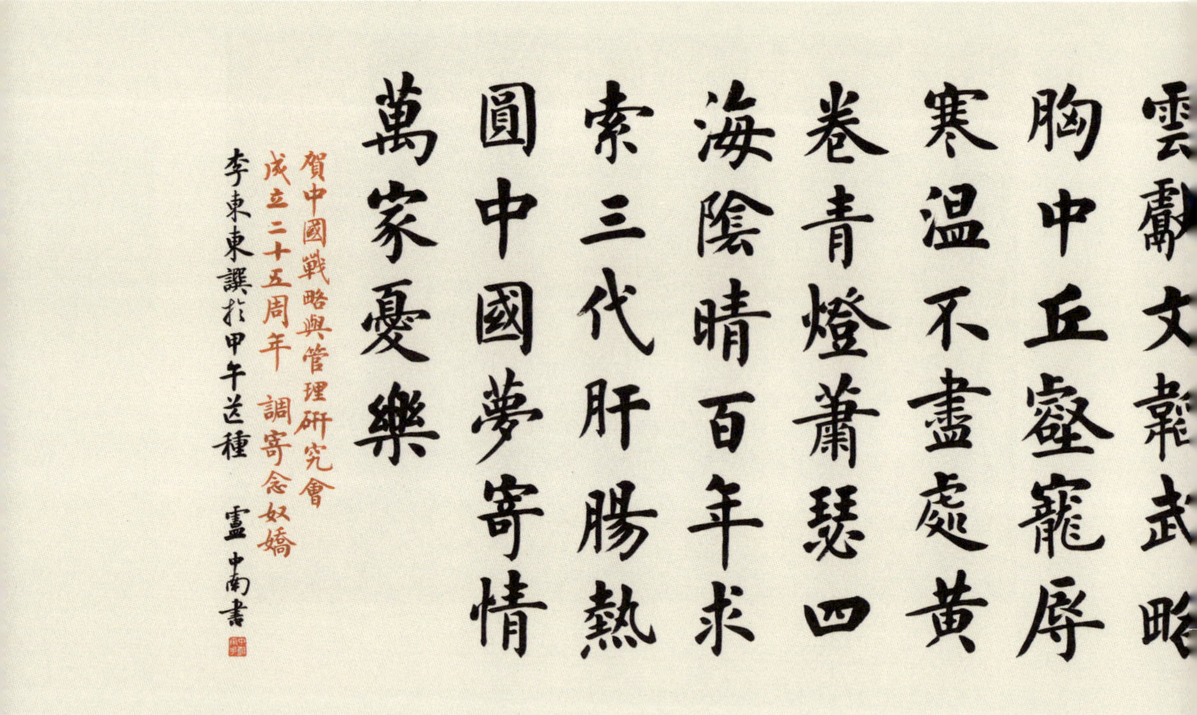
文韜武略
胸中丘壑寵辱
寒温不盡處黃
卷青燈蕭瑟四
海陰晴百年求
索三代肝腸熱
圓中國夢寄情
萬家憂樂
賀中國戰略與管理研究會
成立二十五周年　調寄念奴嬌
李東東譔於甲午芒種
盧中南書

卢中南　书

枕山襟海登高
處一覽神州春
色九曲江流擎
砥柱天涯萬里
歸客赤縣紅凝
家山綠染治國
安邦策千秋翰
墨點染闤闠耕
墻壹意廿五風

16　2014年11月28日　星期五　大观　光明文汇周末

永远的王昆大姐一路走好

□ 莫德格玛（北京，蒙古族）

黑咕隆咚天上出星星

——缅怀王昆奶奶

□ 石彦伟（北京）

作文岂为文人所独擅

□ 郭启宏（北京）

奇异视界

七里海之美

□ 于增会（天津）

大观副刊

词三首

□ 李东东（北京）

八声甘州
铁军天路铸青史

莽苍苍铁军筑天路，卸甲不归鞍。
缘戎装映月，赤心昭日，厚土惊天。
十载风霜雨雪，有勇士万千。
遥指阳关外，铁色高原。

拉萨凭山临远，眺长龙北去，地覆天翻。
叹文成金城，佳话落千年。
路迢迢唐蕃互市，越重山，汉藏谊绵绵。
知今岁，景风长路，一日驰还。

注：青藏铁路由铁道兵、中国铁建和铁道部多个工程局共同修建。一期工程西宁至格尔木，由中国人民解放军铁道兵三上高原，于1979年至1982年施工完成，1984年投入运营。二期工程格尔木至拉萨，由铁道兵兵改工后的十几个局和原铁道部若干个局分段共同施工，完成于2006年，已安全、顺利运营8年。

念奴娇
贺中国战略与管理研究会成立二十五周年

枕山襟海，登高处，一览神州春色。
九曲江流擎砥柱，天涯万里归客。
赤县红凝，家山绿染，治国安邦策。
千秋翰墨，点染闾阎耕织。

尝忆廿五风云，纵文韬武略，胸中丘壑。
宠辱寒温不尽处，黄卷青灯萧瑟。
四海阴晴，百年求索，三代肝肠热。
圆中国梦，寄情万家忧乐。

注：中国战略与管理研究会成立于1989年，是民政部批准注册的国家一级学术团体，荟萃了全国经济、政治、文化、社会、军事等各界专家学者，旨在提供战略性决策咨询和政策建议。

东风第一枝
题刘振起将军葡萄图

不尽春光，无边秋色，四时绿染红簇。
挥毫露重明珠，点墨霜凝马乳。
苍藤入画，东风暖，劲蟠遒舞。
卅载去，笔走龙蛇，梦里几回乡土。

青未了，枝头馨馥；白胜妍，纸边情愫。
独钟守拙藏锋，信知见素抱朴。
心恒求是，历岁岁，神来风骨。
赤心在，翰墨将军，万里气吞如虎。

注：解放军总政治部原副主任刘振起上将以画葡萄著称。

（作者为全国政协委员，原新闻出版总署副署长、中国新闻文化促进会会长、中国报业协会副会长）

乡村情三首

□ 马海盈（郑州）

责任编辑：赵玛　联系电话：010-67078513　电子邮箱：gmwhk@sina.com

东风第一枝

——题刘振起将军葡萄图

东风第一枝

——题刘振起将军葡萄图

不尽春光，
无边秋色，
田畴绿染红簇。
挥毫露重明珠，
点墨霜凝马乳。
苍藤入画，
东风暖，
劲蟠遒舞。
卅载去，
笔走龙蛇，
梦里几回乡土。

青未了，
案头馨馥；
白胜妍，
纸边情愫。
独钟守拙藏锋，
信知见素抱朴。
心旌求是，
愿岁岁，
神来风骨。

赤心在，
翰墨将军，
万里气吞如虎。

（2014 年 11 月 28 日《光明日报》）

【葡萄图】第十一、十二届全国人大常委、解放军总政治部原副主任刘振起上将，以画葡萄著称。三十年来，已臻炉火纯青之境。此词为李东东为刘振起将军参展国庆书画展大幅葡萄图所作，卢中南题写于葡萄图画作上。

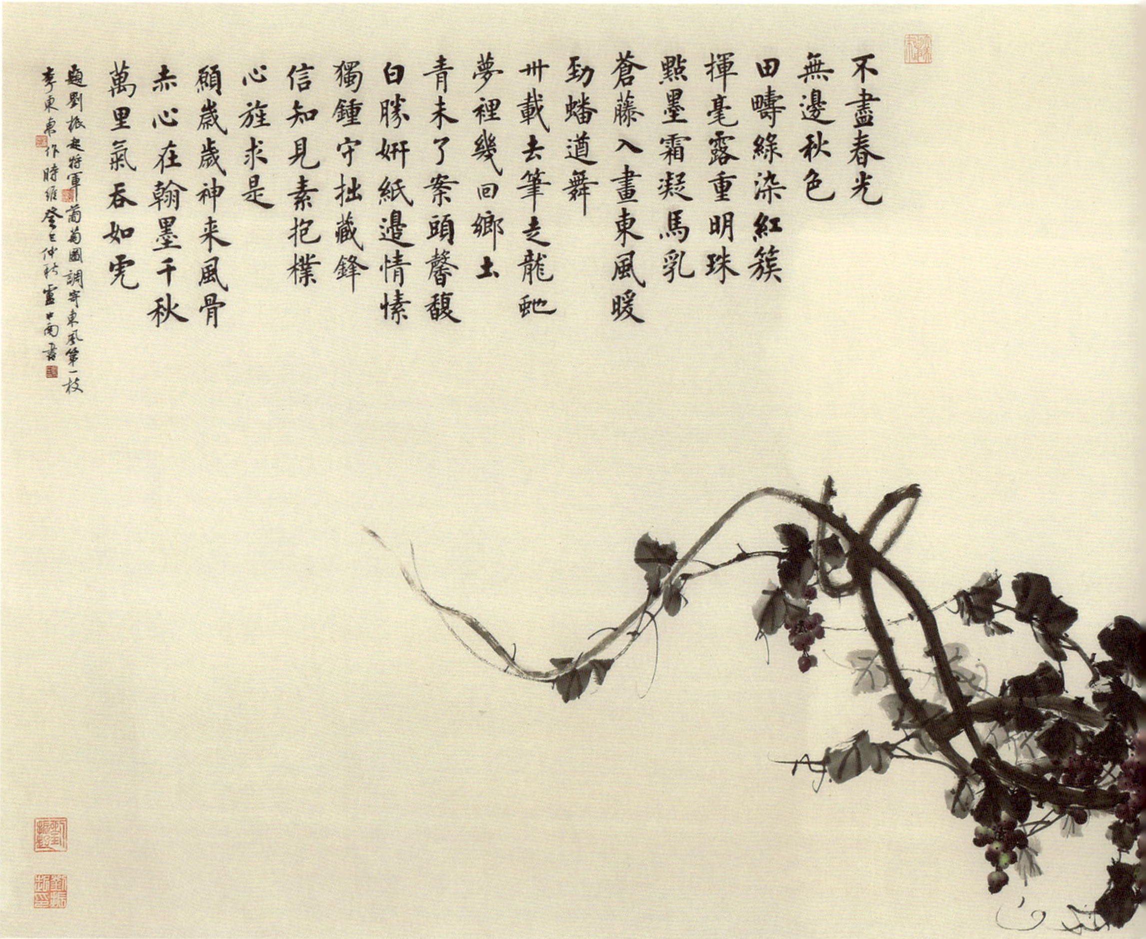

不盡春光
無邊秋色
田疇綠染紅簇
揮毫露重明珠
點墨霜凝馬乳
蒼藤入畫東風暖
勁蟠道舞
卅載去筆走龍虵
夢裡幾回鄉土
青未了案頭馨馥
白勝妍紙邊情愫
獨鍾守拙藏鋒
信知見素抱樸
心旌求是
頌歲歲神來風骨
赤心在翰墨千秋
萬里氣吞如虎
題劉振起將軍葡萄圖調寄東風第一枝
李東東作 時維癸巳仲秋 盧中南書

刘振起　画
李东东　诗
卢中南　书

2013 年 9 月 26 日，由中国诗书画研究会主办的“美丽中国——全国著名诗书画家作品邀请展”在中国人民革命军事博物馆举行。刘振起、李铎、陈士富、李东东、卢中南等出席。

东风第一枝

——为朱程将军一百零五诞辰暨塑像落成作

东风第一枝

——为朱程将军一百零五诞辰暨塑像落成作

翠意矾山，
赤心王厂，
惊天泣血前彦。
出师鞍马千寻，
奏凯雕弓百战。
将出黄埔，
擒敌虏、
气凌霄汉。
卅载路，
大道公行，
铸就汗青一剑。

登高处、
泪飞涯岸，
把酒时、
魂归故苑。
秋霜春露重华，
月入日出复旦。
将军风骨，
寄沧海云舒云卷。
映万里昊昊长天，

化作人民呼唤。

（2015 年 6 月）

【朱程将军】朱程，八路军高级指挥员。1910 年 12 月 20 日出生于浙江省平阳县（今苍南县）矾山镇内山村的一个矿工家庭。1929 年毕业于黄埔军校第六期。华北民军的主要创建人，驰骋沙场的铁军将才。

1943 年 9 月 28 日，在山东曹县西南地区王厂反“扫荡”作战中，为掩护主力突围，冀鲁豫军区第五分区司令员朱程率百余人顽强抗击敌人，与数十倍之敌浴血奋战八小时，英勇牺牲，壮烈殉国。他的英名和光辉业绩将永载中华民族史册。

朱程
烈士铜像揭幕仪式

翠意磐山赤心王厥
驚天泣血前彦出師
鞍馬千尋奏凱雕弓
百戰将出黄埔擒敵
豪氣凌霄漢卅載路
大道公行鑄就汗青
一劍登高處淚飛涯
岸把酒時魂歸故苑
秋霜春露重華月入
日出復旦将軍風骨
滄海雲舒雲卷映
萬里昊昊長天化作
人民呼喚

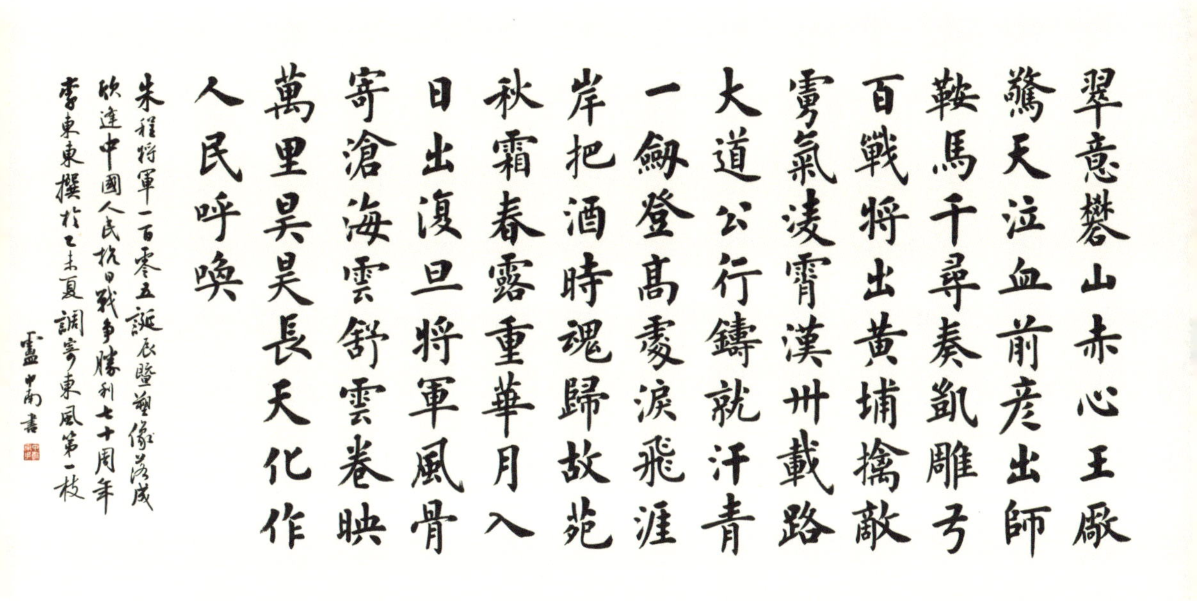
翠意欎山赤心王厰
鷩天泣血前彥出師
鞍馬千尋奏凱雕弓
百戰将出黃埔擒敵
勇氣淩霄漢卅載路
大道公行鑄就汗青
一劍登高處淚飛涯
岸把酒時魂歸故苑
秋霜春露重華月入
日出復旦将軍風骨
寄滄海雲舒雲卷映
萬里昊昊長天化作
人民呼喚
朱程將軍一百零五誕辰暨塑像落成
欣逢中國人民抗日戰爭勝利七十周年
李東東撰於乙未夏 調寄東風第一枝
盧中南書

卢中南　书

【第三辑】

散文

范氏敬宜漫像题记

范氏敬宜漫像题记

范敬宜，北宋名臣范仲淹二十八世孙。一九三一年生于苏州，知天命后立业京都，一九九三年秋任职人民日报。识其人或读其文者皆曰：此公才情激情，均不似年过花甲状。

范敬宜出身书香世家却备尝坎坷，有先祖傲骨终不泯报国之志。初，考入无锡国学专修学校，复毕业于上海圣约翰大学；为抗美援朝北上，未能过江，跻身新闻界。年少气盛才华横溢之际，错划“右派”，近五十岁止，蹉跎二十载。

十一届三中全会后，云开雾散，范敬宜从农村报道做起，只争朝夕。其后任辽宁日报农村部副主任、主任，副总编辑；复调京任国家外文局局长，经济日报总编辑。任职经济日报七年有半，殚精竭虑，团结同仁，改革创新，提出“三贴近”“四意识”等新闻改革思想，带出一支思想活跃、才思敏捷之队伍，使经济日报从草创步入辉煌。

范敬宜家学渊源，多才多艺，学书习画，写诗填词。书法承外祖蔡云笙熏陶。姑苏“五百梅花草堂”蔡公善书，法黄庭坚，嘱外孙临汉张猛龙碑以坚骨骼，临颜真卿多宝塔碑以丰肌肉，后学右军兰亭以得飘逸。十三岁拜沪上画家樊伯炎习中国山水，尤慕石涛上人。就读无锡国专时参加书画竞赛，以画名列第一，名画家王个簃评语曰：“笔力遒劲，绝似廉夫（清末江南大画家陆廉夫）少年时作。此生将来必夺我画人一席地。”

范敬宜受母熏染，幼爱诗词；既入无锡国专，又受业于江南著名诗画家陈小翠、顾佛影。范母蔡佩秋，原名希文，嫁后因避文正公讳，遂改名，盖取《离骚》“纫秋兰以为佩”之意。母出身吴中名门，师从章太炎、吴梅、龙榆生，工诗词，擅音律，然命运多舛，未及中年遭逢战乱、夫丧。一生独立自强，教书育子，重在为人；清贫高洁，毕生所得，悉以助人。一九八四年范调任北京时，母闻之无喜色，曰：“位高坠重，君可休矣。”

范敬宜性情温和而略少刚烈，或因幼年失祖丧父，长于祖母、姑母、母亲之侧。祖父端信，十八岁中举，吴中名士；广交友，重信义，为范氏义庄“主奉”，经管范仲淹所遗义田，终生不仕；思想开明，预见世界潮流为共和，力主子女接受西学。父承达，与邹韬奋同窗南洋公学，上海交大毕业后因父丧未能留学法国；“七七事变”后举家避难，忧病交加，辞世年仅四十。姑母承俊、承杰，均获庚子赔款奖学金赴美学医，归国后分别临床、教学半世纪；献身医学，不问婚嫁。其行医治学严谨，对侄影响颇深。

范敬宜身材中等，容貌敦厚。今番漫画家陈西林为之作漫像，数度嗟叹：前后审视，此公面目难找特点！余戏答：莫非五官周正而非歪瓜裂枣者，君实难下笔？陈兄窃笑。余亦笑。画成，为之作斯文。

（1994 年《中国报纸月报》第一期）

报界名人
□庄 兰
范氏敬宜漫像題記
—19—

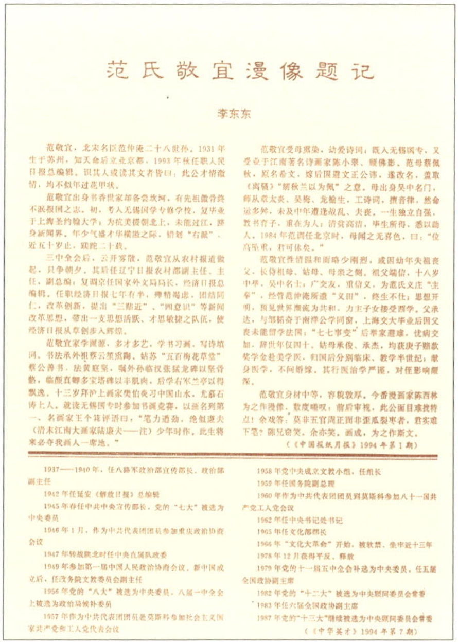

范氏敬宜漫像题记

李东东

范敬宜，北宋名臣范仲淹二十八世孙。1931年生于苏州，知天命后立业京都。1993年秋任职人民日报总编辑。识其人或读其文者皆曰：此公才情激情，均不似年过花甲状。

范敬宜出身书香世家却备尝坎坷，有先祖傲骨终不泯报国之志。初，考入无锡国学专修学校，复毕业于上海圣约翰大学；为抗美援朝北上，未能过江，跻身新闻界。年少气盛才华横溢之际，错划"右派"，近五十岁止，蹉跎二十载。

三中全会后，云开雾散，范敬宜从农村报道做起，只争朝夕。其后任辽宁日报农村部副主任、主任、副总编；复调京任国家外文局局长，经济日报总编辑。任职经济日报七年有半，殚精竭虑，团结同仁，改革创新，提出"三贴近"、"四意识"等新闻改革思想，带出一支思想活跃、才思敏捷之队伍，使经济日报从草创步入辉煌。

范敬宜家学渊源，多才多艺，学书习画，写诗填词。书法承外祖蔡云笙熏陶，姑苏"五百梅花草堂"蔡公善书，法黄庭坚，嘱外孙临汉张猛龙碑以坚骨骼，临颜真卿多宝塔碑以丰肌肉，后学右军兰亭以得飘逸。十三岁拜沪上画家樊伯炎习中国山水，尤慕石涛上人。就读无锡国专时参加书画竞赛，以画名列第一，名画家王个簃评语曰："笔力遒劲，绝似廉夫（清末江南大画家陆廉夫——注）少年时作，此生将来必夺我画人一席地。"

范敬宜受母熏染，幼爱诗词；既入无锡国专，又受业于江南著名诗画家陈小翠、顾佛影。范母蔡佩秋，原名希文，嫁后因避文正公讳，遂改名，盖取《离骚》"纫秋兰以为佩"之意。母出身吴中名门，师从章太炎、吴梅、龙榆生，工诗词，擅音律，然命运多舛，未及中年遭逢战乱、夫丧。一生独立自强，教书育子，重在为人；清贫高洁，毕生所得，悉以助人。1984年范调任北京时，母闻之无喜色，曰："位高坠重，君可休矣。"

范敬宜性情温和而略少刚烈，或因幼年失祖丧父，长侍祖母、姑母、母亲之侧。祖父端信，十八岁中举，吴中名士；广交友，重信义，为范氏义庄"主奉"，经管范仲淹所遗"义田"，终生不仕；思想开明，预见世界潮流为共和，力主子女接受西学。父承达，与邹韬奋于南洋公学同窗，上海交大毕业后因父丧未能留学法国；"七七事变"后举家避难，忧病交加，辞世年仅四十。姑母承俊、承杰，均获庚子赔款奖学金赴美学医，归国后分别临床、教学半世纪；献身医学，不问婚嫁，其行医治学严谨，对侄影响颇深。

范敬宜身材中等，容貌敦厚。今番漫画家陈西林为之作漫像，数度嗟叹，前后审视，此公面目难找特点！余戏答：莫非五官周正而非歪瓜裂枣者，君实难下笔？陈兄窃笑，余亦笑。画成，为之作斯文。

（《中国报纸月报》1994年第1期）

1937——1940年，任八路军政治部宣传部长，政治部副主任

1942年任延安《解放日报》总编辑

1945年春任中共中央宣传部长，党的"七大"被选为中央委员

1946年1月，作为中共代表团团员参加重庆政治协商会议

1947年转战陕北时任中央直属队政委

1949年参加第一届中国人民政治协商会议，新中国成立后，任政务院文教委员会副主任

1956年党的"八大"被选为中央委员，八届一中全会上被选为政治局候补委员

1957年作为中共代表团团员赴莫斯科参加社会主义国家共产党和工人党代表会议

1958年党中央成立文教小组，任组长

1959年任国务院副总理

1960年作为中共代表团团员到莫斯科参加八十一国共产党工人党会议

1962年任中央书记处书记

1965年任文化部部长

1966年"文化大革命"开始，被软禁、坐牢近十三年

1978年12月获得平反，释放

1979年党的十一届五中全会补选为中央委员，任五届全国政协副主席

1982年党的"十二大"被选为中央顾问委员会常委

1983年任六届全国政协副主席

1987年党的"十三大"继续被选为中央顾问委员会常委

（《中华英才》1994年第7期）

如果有来生　还是做记者

如果有来生　还是做记者

范敬宜，北宋名臣范仲淹二十八世孙。一九三一年生于苏州，知天命后立业京都。一九八六年春任职经济日报，一九九三年秋任职人民日报，二零零二年初执教清华大学。

范敬宜出身书香世家却备尝坎坷，有先祖傲骨终不泯报国之志。初，考入无锡国学专修学校，复毕业于上海圣约翰大学；为抗美援朝北上，未能过江，跻身新闻界。年少气盛才华横溢之际，错划“右派”，近五十岁止，蹉跎二十载。

党的十一届三中全会后，云开雾散。范敬宜从农村报道做起，只争朝夕。其后任辽宁日报农村部副主任、主任，副总编辑；复调任国家外文局局长，经济日报总编辑。任职经济日报七年有半，殚精竭虑，团结同仁，改革创新，提出“三贴近”“四意识”等新闻改革思路，带出思想活跃、才思敏捷之队伍，使经济日报草创而步入辉煌。其后任职人民日报总编辑五年。集理论政策功底，倚人民群众期待，揽宇内友朋胸臆，书社稷苍生情怀。庙堂不避其高，江湖不辞其远，笼天地于形内，挫万物于笔端。

后以古稀之年履职清华大学新闻与传播学院院长。凝聚师生，戮力同心，办学八年，成果斐然。素质为本，实践为用，面向主流，培养高手。讲马列，谈新闻，论文化，求实际。博古通今，亦中亦西，紧追世界潮流，深植华夏根本。

范敬宜家学渊源，多才多艺，学书习画，写诗填词。书法承外祖蔡云笙熏陶。姑苏“五百梅花草堂”蔡公善书，法黄庭坚，嘱外孙临汉张猛龙碑以坚骨骼，临颜真卿多宝塔碑以丰肌肉，后学右军兰亭以得飘逸。十三岁拜沪上画家樊伯炎习中国山水，尤慕石涛上人。就读无锡国专时参加书画竞赛，以画名列第一，名画家王个簃评语曰："笔力遒劲，绝似廉夫（清末江南大画家陆廉夫）少年时作。此生将来必夺我画人一席地。"

范敬宜受母熏染，幼爱诗词；既入无锡国专，又受业于江南著名诗画家陈小翠、顾佛影。范母蔡佩秋，原名希文，嫁后因避文正公讳，遂改名，盖取《离骚》"纫秋兰以为佩"之意。母出身吴中名门，师从章太炎、吴梅、龙榆生，工诗词，擅音律，然命运多舛，未及中年遭逢战乱、夫丧。一生独立自强，教书育子，重在为人；清贫高洁，毕生所得，悉以助人。一九八四年范调任北京时，母闻之无喜色，曰："位高坠重，君可休矣。"

范敬宜性情温和而略少刚烈，或因幼年失祖丧父，长于祖母、姑母、母亲之侧。祖父端信，十八岁中举，吴中名士；广交友，重信义，为范氏义庄"主奉"，经管范仲淹所遗义田，终生不仕；思想开明，预见世界潮流为共和，力主子女接受西学。父承达，与邹韬奋同窗南洋公学，上海交大毕业后因父丧未能留学法国；"七七事变"后举家避难，忧病交加，辞世年仅四十。姑母承俊、承杰，均获庚子赔款奖学金赴美学医，归国后分别临床、教学半世纪；献身医学，不问婚嫁。其行医治学严谨，对侄影响颇深。

范敬宜执著新闻事业，赤子情怀，剑胆琴心，写人所不写，写人所不能写，名篇佳作迭出。兼以新闻教育，执鞭鳣帏，呕心沥血，诲人不倦，桃李芬芳，后浪催前。谦称诗书画为余事，而兼领西学，尝以"四绝"为世所重。做新闻，高岸识全局，微言见大义；擅丹青，挥毫泼墨间，夺人一席地。有言存世："如果有来生，还是做记者。"

（2009 年《中国红色记者》下册）

2011 年 6 月 27 日，新闻出版总署组织编写的《中国红色记者》一书由人民出版社出版；新闻出版总署、中华全国新闻工作者协会在京举行红色记者与党的新闻事业暨《中国红色记者》出版座谈会，隆重纪念为革命为人民立言纪事的红色记者。

黄山记游

黄山记游

余喜登山，始于少年。“文革”潮涌，神州劫难；为避尘嚣，东赴泰山。彼时中国大地，“内战”烽烟四起；泰山净土一方，幸得偏安一隅。但见岱宗巍峨，龙潭清丽，烟雨空濛，石怪松奇。遂发宏愿，以此为端，穷毕生之力，攀三山登五岳，游历华夏名山大川。

其后廿年，光阴荏苒，遇公出或私访，凡近水而靠山，皆无虚行，戏效前贤，“五岳寻仙不辞远，一生好入名山游”。甲戌乙亥，余自北京挂职张家界。发展经济，脱贫致富，大兴旅游，开放门户，无不因山而起，以山为柱。悠悠数百日，攀山无其数，遂自谓之：其山也攀足，其景也观足，有缘得识张家界，天下之美尽于斯。

丁丑秋，赴皖南，主人盛情，邀上黄山。早闻自徐霞客以降，有“五岳归来不看山，黄山归来不看岳”之说，仍不免忖度：黄山张家界，中华好河山，其峰其瀑其松其雾，纵然因地而异各有千秋，皆为山高水长奇幽野秀，黄山之行，得无异乎？

孰料，黄山之旅，颇有异处。异不在景，异在行止。从来登山，莫不争先，或攀或爬，汗湿衣衫；途中歇息，憩而再攀，如是多次，终至峰巅；登高望远，气壮云天，纵然豪气，步履蹒跚。今次进山，有同行者倡议，一反登山常规，其大要为，攀峰越岭，贵在徐行，即兴观景，不歇不停。概而括之：游山。

众人附议，晨起上路；计算征途，不无踌躇：似此山脚起步，阶梯数万，不借索道之力，兼以徐徐而行，谈笑风生，随处留连赏景，只恐日落西山，难以“游”至山顶。思量归思量，行行亦行行。此一队果然从容游来。至慈光阁，不停；至半山寺，不歇；至老人峰，更弃坦途，另择险路，直向天都。

天都峰，黄山可登临诸峰中最险者，故称“群仙所都”“天上都会”。唐代诗僧岛云有句：“盘空千万仞，险若上丹梯。通入天都里，回看鸟道低。”日当午，攀天都，过一线天、鲫鱼背，一如既往，不急不缓，不止不休，南坡上而北坡下，至玉屏楼、迎客松，复登光明顶。此时夕照如胭，云霞灿烂，俯看众山小，游兴未稍减。红日西沉，终抵北海，算来游山十小时，行步逾五万。

秋来游黄山，撰写黄山游，不赞怪石、奇松、云海、温泉，非黄山四绝不美，盖因写景者多矣，百年千文，难出其右。唯此番游山之经历，颇为鲜见，恰似龟兔赛跑，兔虽快而频歇，龟虽慢则不舍。是晚，同行者洗却征尘，把盏谈笑，豪情所至，总结三条：一曰目标明确，中途不废；二曰锲而不舍，精神可贵；三曰方法科学，事半功倍。

黄山主人谈及，近年游客登山，多有奋力攀爬筋疲力竭者，辞别之际，留句解嘲：“我看黄山多秀美，黄山看我真狼狈。”今次游山，创意独具且结果迥异，倡议者笑谓，此句可改矣：“我看黄山多秀丽，黄山看我真神气。”

余深然其说，遂为之记。盖力疾则衰，事缓则圆，自然之理，行事之道，岂独登山也哉！

（1997 年 11 月 23 日《人民日报》）

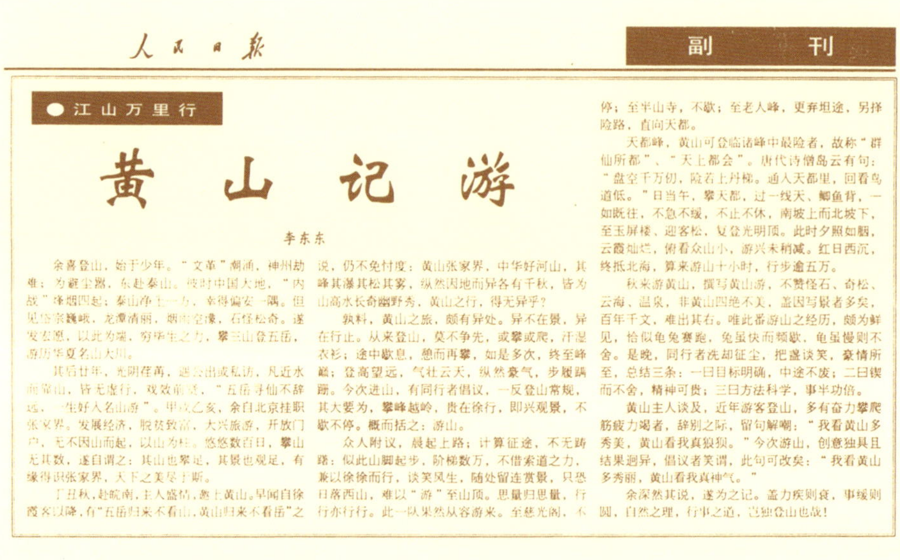

人民日报　副刊

江山万里行

黄山记游

李东东

余喜登山，始于少年。"文革"潮涌，神州劫难；为避尘嚣，东赴泰山。彼时中国大地，"内战"烽烟四起；泰山净土一方，幸得偏安一隅。但见岱宗巍峨，龙潭清丽，烟雨空濛，石怪松奇。遂发宏愿，以此为端，穷毕生之力，攀三山登五岳，游历华夏名山大川。

其后廿年，光阴荏苒，或公出或私访，凡近水而靠山，皆无虚行，戏效前贤，"五岳寻仙不辞远，一生好入名山游"。甲戌乙亥，余自北京挂职张家界。发展经济，脱贫致富，大兴旅游，开放门户，无不因山而起，以山为柱。悠悠数百日，攀山无其数，遂自谓之：其山也攀足，其景也观足，有缘得识张家界，天下之美尽于斯。

丁丑秋，赴皖南，主人盛情，邀上黄山。早闻自徐霞客以降，有"五岳归来不看山，黄山归来不看岳"之说，仍不免忖度：黄山张家界，中华好河山，其峰其瀑其松其雾，纵然因地而异各有千秋，皆为山高水长奇幽野秀，黄山之行，得无异乎？

孰料，黄山之旅，颇有异处。异不在景，异在行止。从来登山，莫不争先，或攀或爬，汗湿衣衫；途中歇息，憩而再攀，如是多次，终至峰巅；登高望远，气壮云天，纵然豪气，步履蹒跚。今次进山，有同行者倡议，一反登山常规，其大要为，攀峰越岭，贵在徐行，即兴观景，不歇不停。概而括之：游山。

众人附议，晨起上路；计算征途，不无踌躇：似此山脚起步，阶梯数万，不借索道之力，兼以徐徐而行，谈笑风生，随处留连赏景，只恐日落西山，难以"游"至山顶。思量归思量，行行亦行行。此一队果然从容游来。至慈光阁，不停；至半山寺，不歇；至老人峰，更弃坦途，另择险路，直向天都。

天都峰，黄山可登临诸峰中最险者，故称"群仙所都"、"天上都会"。唐代诗僧岛云有句："盘空千万仞，险若上丹梯。迥入天都里，回看鸟道低。"日当午，攀天都，过一线天、鲫鱼背，一如既往，不急不缓，不止不休，南坡上而北坡下，至玉屏楼、迎客松，复登光明顶。此时夕照如胭，云霞灿烂，俯看众山小，游兴未稍减。红日西沉，终抵北海，算来游山十小时，行步逾五万。

秋来游黄山，撰写黄山游，不赞怪石、奇松、云海、温泉，非黄山四绝不美，盖因写景者多矣，百年千文，难出其右。唯此番游山之经历，颇为鲜见，恰似龟兔赛跑，兔虽快而频歇，龟虽慢则不舍。是晚，同行者洗却征尘，把盏谈笑，豪情所至，总结三条：一曰目标明确，中途不废；二曰锲而不舍，精神可贵；三曰方法科学，事半功倍。

黄山主人谈及，近年游客登山，多有奋力攀爬筋疲力竭者，辞别之际，留句解嘲："我看黄山多秀美，黄山看我真狼狈。"今次游山，创意独具且结果迥异，倡议者笑谓，此句可改矣："我看黄山多秀丽，黄山看我真神气。"

余深然其说，遂为之记。盖力疾则衰，事缓则圆，自然之理，行事之道，岂独登山也哉！

1996年夏，作者担任国家体改委副秘书长时，陪同体改委主任李铁映同志出席"中国国际经济论坛"，主持新闻发布会。

1997年秋，作者随同李铁映同志率领的国家体改委调研组在黄山考察。

【第四辑】

附录文章

奇山异水张家界

李东东

当年沧海忽腾烟，涌出万峰拄南天。

华夏名山三十六，最奇最幽是此山。

在古往今来状摹张家界的诗文中，范敬宜这首已载入市志的七言绝句，可以说高度概括了张家界的沧海桑田与奇观胜状。

仁者乐山，智者乐水。张家界奇峰三千，秀水八百。数百年来，特别是近三十年来，国内境外，多少人慕名进山，流连忘返。最使人们惊奇的是，这片拔地而起、层峦叠嶂的巍峨石峰，是怎么树立起来的？这幅气势磅礴、雄浑奇峭的水墨丹青，是怎么泼染而成的？

在地质科学尚未发达到可以揭开地球奥秘的时代，人们只能用“天造地设”“鬼斧神工”之类的想象来解释这旷世奇观的成因。今天，我们终于可以依赖科学的巨手，来揭开蒙在它身上的神秘面纱了。

答案就在“当年沧海忽腾烟”。

这“当年”，大约在3亿8千万年前；这“腾烟”，就是天崩地裂的造山运动。而发生在湘西北地区的这场造山运动，其声势，其壮烈，其独特，都是举世罕见的。让我们凭借着散见在不同地质层面的生物遗迹，凭借着著名地质学家的研究成果，来推论那“忽腾烟”的瞬间，来畅想这人间仙境的形成过程吧！

3亿8千万年是一个什么概念呢？如果将地球46亿年的历史比做一天的话，那么人类在地球上200万年的历史只不过三十几秒，张家界则已经见证了地球上两个小时的风霜雨雪。

3亿8千万年前，大自然经历了被地质学家称为泥盆纪的时代。在泥盆纪，伟大的加里东造山运动把这一地区沉降为浩瀚的大海，历数千万年时光，陆地河流带来的大量泥沙在海底沉积，又经过地壳上亿年的缓慢下沉过程，沉积了厚达500米的石英砂岩，经过压实，固结成厚厚的砂岩岩层。这就是孕育张家界地貌的原始胚胎。

距今2亿8千万年的二叠纪初期，随着地壳进一步沉降，滨海变为浅海，沉积了千米以上的浅海相石灰岩层，把石英砂岩层覆盖起来。距今2亿年的三叠纪末，新的造山运动——印支运动，使这片石英砂岩地区上升为陆地。1亿7千万年前，侏罗纪中期末强烈的燕山运动，使石英砂岩层发生断裂和褶皱。又是亿万年的风风雨雨，剥蚀了覆盖在石英砂岩岩层上厚厚的二叠纪、三叠纪等地层，使石英砂岩层裸露出来。

而张家界峰林真正诞生和发展，是从大约300万年前造山运动后期开始的。相继在这里进行创作的，是流水的侵蚀，是重力的崩塌，是植物的根蚀和根劈的作用，是自然的风化，是第四纪冰川期冰冻层的崩裂。也就是说，今天我们看到的最高的石峰的顶端，是当年这片开阔的台地的平面，大自然的阴晴雨雪与数百万年悠悠岁月，镌刻了一部悠长的地质演变史，于是裂缝成为峡谷，台地成为奇峰，形成了后来科学家描述的张家界砂岩峰林的特征："石奇峰秀，寨高台平，壁险峡幽，水碧山青"。来到张家界的人们，攀峰林而壮怀，涉溪涧以探幽，置云海间忘情，入岩洞中绝叹。在黄石寨，在金鞭溪，在天子山，在黄龙洞，信步走来，真可谓步步是景，处处生情。

一方水土养一方人。钟灵毓秀的大自然，造就了一代代开朗、豪迈的湘西张家界人——土家族、汉族、白族、苗族等十多个民族在这里生息、繁衍、融合，世代和谐相处。张家界人也没有辜负大自然的赐予，他们无比珍惜这块天赐宝地，以自己的淳朴、勤劳、智慧，与大自然和谐相处，精心地保护着自己神奇的家园。从二十世纪八十年代开始，他们又做了一件惠及全国、惠及世界的事情，那就是，科学地认识、规划和开发旅游资源，撩起张家界神秘的面纱，捧出这方奇山异水，为奔波在高速运转、钢筋水泥的城市生活中的人们，提供了一处最奇最幽的旅游休闲胜地，同时，也为研究地球变化、研究环境保护的科学家提供了最完整的实物“标本”。

让我们记住这样一些结论吧：1982 年，张家界被命名为中国第一个国家森林公园；1988 年，国务院公布武陵源为国家重点风景名胜区；1992 年，张家界武陵源被联合国教科文组织列为中国首个世界自然遗产；2004 年，被联合国教科文组织批准为首批世界地质公园。《国际自然与自然资源保护联盟技术评价报告》则这样评述：“武陵源在风景上可以和美国西部的几个国家森林公园及纪念物相比。武陵源具有不可否定的自然美。因它拥有壮丽而参差不齐的石峰，郁郁葱葱的植被以及清澈的湖泊、溪流。”

了解了这些背景，当我们步入张家界境内，穿行于千峰万壑之中，徜徉于飞瀑流泉之间，发出的将不再是“念天地之悠悠，独怆然而涕下”“浮生如梦，为欢几何”的浩叹，而会进入一种宏大的精神境界：“自其变者而观之，则天地不能以一瞬；自其不变者而观之，则物与我皆无尽也。”进而深思，对这样一个旷世奇观，将何以敬之，何以宝之，何以探之，何以用之。

（2007 年 9 月）

和谐文化与文学宁夏

李东东

和谐是中国传统文化当中最为重要的思想命题与核心精神之一，其中寄寓着我国古代伟大的思想家们对自然、社会、人生的深切感知和深入思索，是我们智慧的祖先对于人与社会、人与人、人与自然之关系的深刻总结。儒家提倡“中和”，强调“礼之用，和为贵”，注重人与人之间的和睦相处，人与社会的和谐发展。道家追求人与自然的和谐统一，提倡遵道以行，率理而动，因势利导，合乎自然，从而建立起自然和谐的治国秩序。墨家提倡“兼相爱、交相利”，主张实现个体与社会的有序一体，道德与功利的和谐一致。法家主张对个人、社会、国家三者关系正确定位，在大一统的格局内，实现国家主导下的社会和谐。应该说，和谐是中华文化的本质属性。中华民族能够在多变的历史风云和不停涌动的世界潮流中顽强生存，自强不息，中华文化千百年来能够始终居于世界优秀文化之林，与和谐观念和思想的大力提倡、推行有着密不可分的关系。

宁夏回族自治区是地处祖国西部的一个内陆省区，历史上，这里就是一个多民族聚居的地区，也是一个多种文化形态相通共融的地区。秦汉以来，以儒家思想为核心内容的中原农耕文化就在这片土地上扎根；在漫长的民族融合的过程中，带有边地和草原文化特点的西夏文化曾经在这片土地上统治了近二百年；元代以后，伊斯兰文化又逐渐进入宁夏；明、清时代的宁夏，是中央政府用心经营的地方，大批中原人和江南人以移民或被流放的身份进入宁夏。明代洪武年间，一批江南知识分子曾经被驱赶到宁夏，由此带来了江南文化清新的“水气”。客观地说，由于地理环境和历史进程的特殊性，古代的宁夏社会和宁夏文化一直具有多元与杂合的特点。

然而，像祖国其他少数民族聚居地区一样，由于和谐观念的深入人心，在漫长而复杂的历史进程中，生活在这里的各族人民和生长于这片土地上的文化，却并没有形成尖锐的冲突和无法调和的矛盾。相反，由于秉承着中华文化的和谐理念，这里的人民和睦相处，这里的文化因来源广泛而呈现着南北交融、刚柔相济，既有北方之厚重又得南方之灵秀的鲜明特色。而这独特的文化，无疑为以后的宁夏社会和宁夏文化奠定了基本的精神底色。

自宁夏回族自治区成立以来，在党中央、国务院亲切关怀下，宁夏掀开了社会主义建设的新篇章。改革开放特别是十六大以来，自治区党委、政府坚持以邓小平理论和“三个代表”重要思想为指导，全面贯彻科学发展观，带领广大干部群众抢抓机遇，奋力发展。宁夏步入了回汉干部群众公认的民族团结、政通人和、又好又快发展的黄金时期。在宁夏工作的同志都可以明显感觉到和谐文化对宁夏的事业发展和人民生活起到了凝聚人心、营造欢乐祥和的社会氛围的作用。正是在这样的时代背景、社会背景之下，在自治区“小省区要办大文化”的指导思想之下，宁夏的文学事业在近十年间取得了突出的成就。在经济发展水平相对滞后的情况下，宁夏的文学创作却走在了全国的前列。从 1994 年至今，宁夏作家共获得鲁迅文学奖 1 项、全国少数民族文学创作骏马奖 6 项、春天文学奖 1 项；在由中国作协和中华文学基金会主持出版的“21 世纪文学之星丛书”当中，宁夏是全国入选者最多的一个省区。新时期的早期，宁夏作家想要在全国的文学“大刊”上发表作品，常常是一件相当困难的事情。而今天，宁夏青年作家创作的中、短篇小说往往成为北京、上海等地的文学“大刊”的首选。

宁夏作家对土地的深情、对人类高贵而优美的价值情怀的坚守、对理想信念的诗意守望，都使辗转奔波于尘世当中的躁动的人们感觉到了心灵的冲击和精神的清凉。显然，世纪之交的宁夏文学创作已经使处于文化中心地带，并且拥有足够文学话语权的人们大为惊讶。因为事实已经再清楚不过地表明，在宁夏这片神奇的土地上，不知不觉之间已经生机勃勃地集结了一支引人注目的文学军团，文学已经成为宁夏的一个优势领域，成为宁夏的一个响亮品牌。“文学宁夏”的崛起，充分证明：在经济发展水平一时还难与东部发达省区相提并论的情况下，只要政策和措施得当，经过辛勤的富有创造性的劳动，西部文化和文学同样可以有长足的发展。

宁夏的文学创作近些年来取得了令人瞩目的成就，原因是多方面的。但我认为，和谐文化的深刻影响应该说是最重要的原因之一。宁夏是一个多民族聚居的地方，这里历史地形成了“五湖四海之人同吃一口井水”的社会生活局面。因而，宁夏也形成了一支讲和谐、讲宽容、讲团结的作家队伍。在宁夏，无论是汉族作家还是少数民族作家，获得全国文学大奖或是在“大刊”上发表作品了，文学圈里的人们都会感到由衷的喜悦。有时，作家们还会自发地聚集起来，研讨作品得失。从创作心态的角度讲，宁夏作家的内心世界是平和的。平和的心态既带来了写作时应有的“虚静”状态，更带来了看待生活和描写世界的超越性目光。

因此，在宁夏作家所创作的作品之中，鲜见那种因人性的阴暗和不可测所带来的世界的分裂、动荡、破碎以及人生的挫败感，而多山水的清音和人世间的和谐与温暖。在宁夏作家所创作的小说当中，对于动物形象的书写同样显现了作家们对人与自然的和谐关系的倾心追求。在许多作品中，动物的形象如此可爱，不能不使读者们联想到中国传统文化当中的“天人合一”观念和“仁民爱物”思想。宁夏作家的文化心态也是开放的。在全球化背景下，在各种文化观念和文化形态相互碰撞和交融的时代条件下，他们敢于和善于“拿来”别国的优秀文化并熔铸新机，从而达成了更高层次的创作和谐。因此，宁夏文学才呈现出今天的既带有中国气派、中国风格，又洋溢着崭新的时代气息、时代精神的创作风貌。

（2006 年 11 月）

《宁夏赋书画集》序

范敬宜

壬午之春，东君奉调宁夏。赴任四月余，遍访域内山川巷陌、重镇故垒，以其所见、所闻、所感、所思，作《宁夏赋》。余读其赋，才思飞扬，文采烨然，乃击节叹曰："美哉赋也！岂塞下之形胜，假君以灵感；矧燕赵之遗风，出君乎至性者耶！"

吾闻夫赋之为用，乃述德显功，"不歌之颂"。《释名》曰："赋者，敷也，敷布其义谓之赋。"是以其文必极美，其辞必极丽，且因文以寄其志，托理以全其制，非苟尚辞藻而已。故《汉书》曰："登高能赋，可以为大夫。"盖言非感物造端、材智深美不足以为赋也。汉魏以降，描摹一方风物之名赋多矣，其尤者如班固《两都》，张衡《两京》，左思《三都》，皆极状都邑之丰饶，人文之荟萃，可谓登峰造极，令后人垂眉敛手。然今东君不蹑前踪，独辟蹊径，敢以一支纤笔，试为扛鼎之作，论史则上下千年，叙事则纵横万里，旁搜远绍，穷幽极微。如此胆识，如此笔力，岂独灵感、至性使然，实为盛世潮流激荡于胸臆，不得不发之于外也，若拘之于骈四骊六，则谬矣。

《宁夏赋》既出，不胫而走，赞誉鹊起。乃有文苑耆宿、书坛名家欣然缮录，以广传播。现集其中六家力作，成《〈宁夏赋〉书帖》。以期书以文显，文以书传，珠联璧合，相得益彰，亦大有益于宁夏之教化与开发焉。如斯盛举，岂能无辞，爰缀芜词，略表景慕。是为序。

（2002 年 12 月）

宁夏宣传的创新意识

石宗源

在猴年春节这一中国人民传统佳节即将来临之际，在辞旧迎新的时刻，在钓鱼台召开宁夏宣传工作座谈会暨《今我宁夏》大型图书首发式，我感到非常有新意。刚才翻阅了《今我宁夏》这套图书，很有创新意识，今天这个座谈会本身，也体现了宁夏宣传工作的创新意识。

一个值得高度重视的问题

今天这个会，是服从服务于西部大开发战略的。我在西北长期工作过，跑过宁夏大部分地区，感到宁夏起步快，项目多，这些年来在比较好的基础上有了飞跃，政治安定，经济发展，民族团结，宗教祥和。怎么样配合西部大开发战略，做好我们的宣传工作，创造一个良好的社会舆论环境，确实是一个值得宁夏高度重视和需要加以改进的问题。宁夏的宣传工作会议开在北京，同时精品《今我宁夏》出现在我们面前，确实是对西部大开发战略的一个很好互动。

经济和文化必须协调发展

这个座谈会也反映了宁夏对十六大精神的贯彻。十六大提出“五个统筹”，特别强调“经济社会协调发展”。我过去当地方官，往经济上看的多、想的多、干的多。去年的非典，从中央到地方，大家都感到社会必须协调发展，同样经济和文化也必须协调发展。宁夏目前还比较穷，却是一个人文资源非常丰富、文化底蕴非常深厚的民族聚集的地方。兴庆府（今银川）是西夏国的首都，开国者李元昊威风一世，尽管党项民族已无可寻觅，但留下了宝贵的精神文化财富。宁夏现在在抓经济的同时，抓宣传、抓文化、抓教育，经济社会协调发展，确实有着十分重要的意义。我们这个座谈会，本身就是贯彻十六大精神，促进经济社会协调发展的一个很好的举措。

落后地区也能出精品这次座谈会和这个首发式包括《今我宁夏》这套大型图书，也是实施精品战略的一个重要举措。目前，全国每年要出17万种新书，其中新出书8万种，但真正的精品不多。《今我宁夏》这套图书是一个系列工程，有摄影画册，有羊皮书，还有光盘和西夏特色的工艺品，我感到是真正的精品。这说明在经济、文化、教育相对落后的民族地区，只要用心，只要着力去做，也是可以出精品的。

宁夏缺少一首唱响全国的歌

东东同志到宁夏当了宣传部长后，写了一个《宁夏赋》，我拜读了，写得非常好，这就是很好的宣传宁夏。在回族地区工作的同志，用东北话说，你们什么时候还能“整”出一首宣传宁夏的歌来？一首《我们新疆好地方》唱遍了长江南北，提高了新疆的知名度。达坂城是个回族聚集的地方，很小，我1987年去过，经济很落后，男人女人长得也不很漂亮，但是王洛宾的一首《达坂城的姑娘》把达坂城给唱响了。你们能不能创作一首宁夏的歌，在全国唱响“我们宁夏好地方”？我希望把《今我宁夏》首发式作为一个启动式，形成一个文化系统工程，这样对宣传宁夏、提高宁夏的影响力，进一步利用宁夏丰厚的文化底蕴是很有必要的。

我欣喜地看到一个开放的宁夏

宣传工作要坚持“三贴近”：贴近实际、贴近生活、贴近群众；要有“二性”：针对性、时效性。宣传工作在继承传统的良好的方法和手段上，还要有创新。我感到宁夏到北京钓鱼台来开这样一个座谈会，新闻界、出版界方方面面参加，本身就是一个宣传，同时也是对《今我宁夏》这个精品的介绍。对宁夏民族自治地方，一般人们认为比较封闭，比较保守，但是我欣喜地看到一个开放的宁夏，一个不断展现外部新形象的宁夏正在形成，宁夏的宣传意识正在大大增强，我相信宣传工作会为宁夏社会经济发展作出更大的贡献。

（2004 年 1 月）

荡荡之气扑面来

范敬宜

完全没有想到

衷心祝贺宁夏宣传工作座谈会和《今我宁夏》大型图书首发式在北京召开。这件事情对其他地方来说，可能不是那么引人瞩目，但是宁夏在钓鱼台组织这样一个会，过去可能是没有过的，或者是很少有的。这对于促进人们对宁夏的了解，扩大宁夏的影响，无疑会产生重要的影响。

我做一个说明，我不是出版家，也不是艺术家，点评《今我宁夏》这个任务原本是由人民日报副总编辑梁衡同志担任的，今天正好因为有领导同志到人民日报去，他无法来，我就当了个替补队员，桃僵李代，完全是临阵磨枪，可能点评不到位，说些外行话。

宁夏出版这套书，我知道的比较久，说实在话，我没有太在意，因为这类出版物各地很多，大同小异。昨天下午看了《今我宁夏》这套图书后，我感到大吃一惊，完全没有想到，宁夏能够出这样一套可以称为高质量、高水平、高品位的艺术精品。

体现了大家风范

《今我宁夏》给人留下的印象，概括起来有三点，一是大气，一是文气，一是雅气。

什么是大气呢，我觉得从它的内容、设计、文字、摄影、编排一直到装璜，一直追求的是落落大方、恢弘厚重这样一种气度。它非常鲜明地体现了西部大开发战略在宁夏实施的一种气势，体现了一种大家风范。这本书的编撰并没有追求别人所有、自己所无的东西，而是着力反映自己所有、别人所无的特色，这种特色是什么呢？是孕育着中华民族原动力的山川形胜，厚土民风。

塞下秋来风景异

这本书翻起来很小，不像有些书很大，但是打开来以后，一种历史的沧桑感和惊天的自豪感扑面而来。这套丛书打破常规，舍弃了那种小而全的编排格局，破格地大量应用了全景式照片，我大概数了一下，书中共用了 45 个跨页，1 个四拉页，8 个三拉页。我们搞出版的同志都知道，一本丛书里搞 40 余个大跨页，这是很少的。这里头的很多拉页，大家不注意会当单页翻过去了，当单页翻过去就看不出这个气势了。宁夏本来的优势就是气势宏伟，我随便举一个例子，这张为贺兰山阙，基本上看不到葱绿的树木或潺潺的流水，有一股苍茫的气势。这幅照片是宁夏回族自治区党委书记陈建国拍的，也是气势宏伟的贺兰山。这张长河落日图，大家看这个气势，还是陈建国同志拍的。一头一尾，《今我宁夏》以巍巍贺兰山阙开头，以茫茫长河落日结尾，大开大合，气势磅礴。看后，我的脑中印出范仲淹的“塞下秋来风景异，衡阳雁去无留意”和毛泽东的“六盘山上高峰，红旗漫卷西风”，这种意境一下子表现的淋漓尽致，一下就把人抓住了。

淡妆浓抹总相宜

第二是雅气。整套丛书追求的基调是典雅，没有什么花里胡哨、金碧辉煌的东西。它不俗套，不俗气，从画面的选择，到色调的运用以及装饰细节的处理，大家都可以感受到。碑础和镇纸这些东西是西夏文化的证物，设计得雅中有土，土中有雅。我在经济日报工作时曾讲过，土到好处便是雅，雅到极致能返土，雅和土是对立和统一的。《今我宁夏》摈弃了过分的艳丽，追求彩色照片的原色，在当前许多出版物把我们中华文化遗产、窈窕淑女变成了“三陪女郎”的风气下，这套丛书给人以耳目一新的感觉。我们现在把西湖的那座桥也变成三陪女郎了。流光溢彩，霓虹闪烁，完全丢掉了“欲把西湖比西子，淡妆浓抹总相宜”。而这套丛书拒绝了俗气、俗套，使人感到古雅可爱，体现了传统与时尚的完美结合。

文化如同血脉

第三是文气。文气是这套书最主要的特点，它贯穿着一种文化的气息、文化的氛围、文化的底蕴、文化的内涵，非常准确地反映了西夏本身的文化基础。刚才，石宗源署长讲得非常好，他讲了经济与政治的关系、经济与文化的关系，讲到经济和文化协调发展的问题。随着改革开放的深入，这些问题越来越突出地摆到我们面前，是最不容易做到的。文化如同人的血脉，所以古人称它为文脉。孔老夫子一直讲：“言之无文，行而不远。”没有文化底蕴，就走不远，做不成大事。宋代的黄庭坚说：“君子三日不读书，面目可憎，语言无味。”如果说一个人只有骨骼，没有肌肉，没有血脉，就不是一个活生生的人。一个国家、一个社会也是如此，如果只有繁荣的经济、发达的科技，而缺乏文化甚至没有了文化，就会失去了记忆，失去了灵魂。

前天我在电视上看到解放军艺术学院音乐系主任李双江介绍解放军艺术学院如何重视学员综合文化素质，他说，现在拼经济、拼科技、拼嗓子、拼服装，拼到最后要靠拼文化。他要求每个学员必须熟记20万字的教材，这个教材上有音乐、文化等等方面的综合知识，不能熟记就不及格，你唱的再好，也没用。他说，一个歌手的技巧不熟练，长的不怎么好，都可以原谅，唯独丢不起人。一个人穿的漂漂亮亮，长的漂漂亮亮，身材很好，但一被提问，脑子里却一无所有，人家就瞧不起。

文化对人如此，对一个地方同样如此。

传递了一个信息

在这套丛书制作的整个过程中，宁夏的同志们，从上到下，从自治区党委书记到普通编撰人员，一丝不苟、精益求精、殚精竭虑，付出了大量心血，这在全国恐怕也是少有的。

他们的做法，传递了一个信息：一个地方虽然还比较穷，还比较落后，但是有令人肃然起敬的文化及文化背景，凭这点，它就会受到人们的尊敬，它就有腾飞的基础，腾飞的希望。我想，这就是这套丛书所要告诉人们的一切。

（2004年1月）

赋与《宁夏赋》

朱昌平

2002年9月21日的《人民日报》，发表了宁夏回族自治区党委常委、宣传部部长李东东同志的作品《宁夏赋》。其后，许多媒体予以转载，宁夏人民出版社出版了图文并茂的《宁夏赋》书画集，引起了社会各界的广泛关注和一致好评。

一

中国文化与文学十分的发达，诗词曲歌赋，散文小说等文体齐备。

赋这种文体，是战国时兴起的一种文学形式，创始人为楚国的宋玉（宋玉有《登徒子好色赋》），盛行于汉魏六朝。

赋的特点是韵散结合，首尾用散，篇中入韵，句式长短不一（多用三、四、六言），选韵变化无定，行文极其铺张扬厉，语言比较堆砌、华丽。刘勰《文心雕龙·诠赋》中说："赋者，铺也；铺采摛文，体物写志也。"刘熙载《艺概》指出："赋起于情事杂沓，诗不能驭，故为赋以铺陈之。斯于千态万状，层见迭出者，吐无不畅，畅无或竭。"范敬宜在《宁夏赋书画集·序》中则说："吾闻夫赋之为用，乃述德显功，'不歌之颂'。是以其文必极美，其辞必极丽，且因文以寄其志，托理以全其制，非苟尚辞藻而已。"古今名士，对赋作了科学而生动的界定。扬雄在《法言·吾子》中，将赋分为"诗人之赋"和"词人之赋"，说"诗人之赋丽以则，词人之赋丽以淫。"说明古人不但写赋，而且已经开始研究赋。

中国古代有成就的赋家很多，留下的名赋也不少。比如贾谊的《吊屈原赋》《鵩鸟赋》《旱云赋》等；司马相如的《天子游猎赋》《哀二世赋》

《子虚赋》《上林赋》《长门赋》《美人赋》等；董仲舒的《士不遇赋》；司马迁的《悲士不遇赋》；扬雄的《蜀都赋》《甘泉赋》《逐贫赋》《长杨赋》《羽猎赋》；班固的《西都赋》《东都赋》；张衡的《南都赋》《西京赋》《东京赋》《归田赋》；蔡邕的《述行赋》等等。今人比较了解的，恐怕要算杜牧的《阿房宫赋》和苏轼的《前赤壁赋》《后赤壁赋》了。

古之文人雅士和慷慨悲歌之士所写的思想性、艺术性俱佳的赋，为中国的文学史留下了浓墨重彩的一笔，也为后人留下了丰富而宝贵的精神财富。

客观地看，律诗、赋等文体，本质上属于古代。一个时代有一个时代的文学和文体，比如汉赋、唐诗、宋词、元曲等等。离开了特定的时代，就缺乏特定文体生存发展的土壤与空气。后人的仿制，总觉得比较“隔”，总难以达到已有的高度，总显得有些稚嫩或者说变种。作为今人，对于古文体，除了发自内心的景仰与赞叹，大多高山仰止，望而却步。也有少数不畏艰难者，以古文体写景叙事状物抒情，排解抑郁与愤懑。在诸多的古文体中，今人愿意沿用且比较能玩得转的是律诗。赋这种文体，人们却少有运用，它难以把握，在民众中的普及率极低，受众面不广。此番李东东同志《宁夏赋》的发表，在一定范围，特别是在宁夏地区，起到了尝试和引领的作用。在《宁夏赋》之后，宁夏的张东生先生在媒体上先后发表了《沙湖赋》和《退休赋》，引来一片赞誉。

改革开放之后的中国，建设市场经济体制的中国，人民富裕起来、文化起来、自由起来的中国，有许多的事可记，有许多的景可描，有许多的情可抒。诗词歌赋等十八般武艺全上，也难以让中国人，特别是有志有思有情有义的中国人尽诉其情，尽书其志，尽释其怀。赋的被运用，赋的某种程度的复兴，是自然而然的事。从这个意义上讲，李东东同志《宁夏赋》以及其前的《张家界赋》和其后的《党校小赋》的发表，不但有状描时代、引领导向、凝聚人心、鼓舞士气的作用，而且有复兴古文体的作用。

二

《宁夏赋》是一篇全景式状描宁夏山川、名胜、物产、历史、文化、风土、民情的赋，是勾画现状、憧憬未来、抒发情怀的赋，与今人、与古人和后人情感情思情怀对接的赋。

《宁夏赋》充满了激情。赋中共用了四个大排比段，四个“今我宁夏”：今我宁夏，虎踞龙蟠；今我宁夏，塞北江南；今我宁夏，地灵人杰；今我宁夏，奋起登攀。写历史：“长忆岳武穆，驾长车踏破贺兰山阙，壮怀激烈；仰止毛泽东，提雄师攀越六盘峰巅，天高云淡。”写地理物产：“天下黄河富宁夏，祖先遗泽两千年。”“西北大漠孤烟，春风不度；宁夏草肥水美，稻香果甜。”写人文：“君可见，塞北代有才人出，风流不让东南方。”写前景：“上承古人，不废千年夏都盛名；下惠子孙，更筑现代高原湖城。”“宁夏远处江湖心怀庙堂，宁夏偏居内陆眼观八方。”

宁夏是一个古老而又神秘的地方，是一个有激情的地方，是能够引发人们激情的地方。宁夏在秦朝时为北地郡，汉朝时为安定郡，南北朝时为灵州和原州。汉武帝曾两度巡视此地；唐朝平定安史之乱中，太子李亨在灵武登基。宋朝时，党项元昊在此建立大夏国，其疆界“东尽黄河，西界玉门，南接萧关，北控大漠。”立国189年，先后与宋辽金呈三足鼎立局面。元代之后开始称宁夏，取息事宁人、夏地安宁之意。

宁夏有着悠久的历史，有着古老而丰富的文明。古老的丝路文化、诡异的西夏文化、璀璨的伊斯兰文化、苍凉的边塞文化、朴拙的大漠文化、悠久的黄河文化、神奇的移民文化，在这里交会、碰撞、裂变、升华。站在宁夏这片神秘神奇的土地上，不由得令人激情澎湃。

俗话说，至亲无文，推而广之，至熟大约也不易为文。何也？激情消失了。而李东东同志自京城调任宁夏后，接触的多是新事物，在短短的几个月时间里，所见、所闻、所感、所思，使她激情充盈。面对这片神秘又平实、贫瘠又富饶、富有厚重历史和美好未来的土地，面对生存与奋斗在这片土地上，为建设小康社会而务实苦干、充满理想与智慧的580万回汉人民，她以一篇《宁夏赋》畅抒情怀，慷慨陈词：“深化改革，觉今是而昨非；扩大开放，知来者之可追。更历春秋五度，西部崛起，宁夏腾飞。”

《宁夏赋》内容丰富，历史的回顾，现实的描摹，未来的展望，着墨不多，尽收眼底。比如对宁夏的总体介绍，对宁夏沿革的陈述，对重大历史事件、山川名胜物产，对宁夏现状的描述，特别是对新一届党委政府带领回汉人民改革开放、改变面貌的讴歌，尽在其中。区区九百多字，可以说是一部宁夏简明发展史，一部宁夏文化小百科，一部对古之有为之士的颂词，一篇承前启后，迈向新世纪、新境界的宣示。

《宁夏赋》具有高度的概括力。我们常常叹服《阿房宫赋》的简约：“六王毕，四海一；蜀山兀，阿房出。”在《宁夏赋》中，我们同样能够感觉到什么是惜墨如金，什么是微言大义。比如写宁夏："地小物博而山河壮美，回汉共处其风情迥异。"写宋夏关系："大宋征夏，虽遣良将名臣，然以多败少，终未奏凯。"写宁夏地理："天下黄河富宁夏，祖先遗泽两千年。"评价宁夏文化："西夏文化神秘，黄河文明古老，回乡风情浓郁，移民观念开放。"写宁夏干部群众的精神境界与理想追求："富民兴邦，志存高远。"赋更接近诗而有别于散文，简炼、高度概括是其内在的必然要求，《宁夏赋》在此方面极为出色。

《宁夏赋》大致遵循了古赋关于用韵、句式、修辞等方面的要求，四言、六言的句子较多，排比对偶铺陈，呈现出汉语句式的华美、瑰丽，音韵的抑扬铿锵，具有诗之魂。张弛自如，开合天然，读来朗朗上口，余韵四溢，给人以美的咀嚼与享受。

《宁夏赋》语句优美流畅，文风极为平实。有些句子明白如话。比如"塞北江南，得益黄河赐予""至蒙古铁骑横扫，元灭西夏，夏地安宁，遂称宁夏"等等。

《宁夏赋》虽也用事用典，但极为必需与自然，为大众所知晓。赋中也用了一些熟语和成语，用得极为巧妙。作者文风的朴实是一贯的，一如她的《远离北京的地方》。在要求华美瑰丽的文体中追求平实自然，也许是今人写赋的必然。今人所写的赋要想有市场，要想赢得读者的关注与共鸣，就必须以当今时代的情感、境界及思维与用语习惯去写。太阳春白雪了，太像古赋了，只能留给少数人去玩赏。从这个角度看，《宁夏赋》是今人的赋，是写给当今时代大众的赋，是深入浅出的赋，是经世致用的赋。

三

《宁夏赋》一经发表，便在社会上引起了广泛的关注与强烈的反响。区内外很多读者给作者和报社写信；区内的一些老干部将赋书写下来，赠给作者，同时挂了起来；一些书画家以赋的内容创作了书画作品；西部影视城还立了一块书写赋全文的汉白玉石碑。

宁夏以外的读者反应强烈，是因为《宁夏赋》满足了他们认识宁夏、了解宁夏的需求。宁夏虽然是省级建制，但因地处偏远，经济落后，信息相对闭塞，所以知名度较低。许多人将宁夏视为甘肃省的一个地区。《宁夏赋》则以不足千字的篇幅，对宁夏进行了全面的介绍。这种介绍概括、简约，富有思想，富有文采，便于了解，便于记忆，因此大受欢迎。有许多人，就是通过《宁夏赋》开始认识宁夏，或开始全面而深刻地认识宁夏的。正如郑绪岚的一曲《太阳岛上》让人们认识并向往哈尔滨的太阳岛一样。文学艺术的作用有时就是如此巨大。

宁夏本区的读者反应强烈，是因为《宁夏赋》让人们跳出宁夏看宁夏，在制高点上看宁夏，回顾历史看宁夏，面向未来看宁夏。古诗说："不识庐山真面目，只缘身在此山中。"在宁夏生活了几十年甚至几辈子的宁夏人，因为太熟，所以懒得去全面地审视宁夏。一篇《宁夏赋》，让宁夏人更深刻地了解自我。它唤起了宁夏人的自豪感，让宁夏人为生活在这样一块有历史积淀、有文化内涵的土地上而自豪。它增强了宁夏人的发展意识，让人们认识到了宁夏的优势和发展机遇，让宁夏人反省宁夏，反思自身，查找自身的不足，从而为团结协作、开拓进取、改变落后面貌注入了更多的活力。

《宁夏赋》之所以反响强烈，在文学上，便是某种程度上迎合和满足了文风上的复古意识和复古倾向。马克思主义认为，物质决定精神。经济的发展，必然冲击和带动文学的发展变化。在经济发展达到一定水平之后的中国，文学艺术也呈更加繁荣态势。这些年，楹联、诗词、赋等文学形式被越来越多的人们尝试和运用，说明中国人的精神境界在提高，精神世界在丰富，人们运用多种文学形式，通过多种渠道来叙事、抒情、言志，来歌颂美好生活，鞭笞社会丑恶，探索生命真谛，勾画未来蓝图。人们操起了几乎所有的文体。这是一种复古，一种螺旋式上升中的高层次高品位高境界的复古，是一种复古表象下的复兴与创新。《宁夏赋》的发表，对人们更好地认识和运用赋这种文体，提供了便利。

不论人们从哪个角度、以什么理由对《宁夏赋》予以反响，都是令人高兴与欣慰的。我为作者高兴，也为宁夏这片热土高兴。作者做了一件宣传宁夏的好事实事，宁夏因此而更加闻名。《宁夏赋》的发表，具有政治意义，也具有文学意义；具有现实意义，也具有历史意义。这一点，相信大家都是认同的。

想起宁夏，就会想起《宁夏赋》；想起《宁夏赋》，就会想起宁夏！

（2004 年 12 月）

西部深情寄华章

刘建武　李建华

远足为人生的常课。古往今来一直是吟咏不衰的对象，言志抒情的题材。求学、交游、征战、仕宦，羁旅，揽山川形胜，睹人文景观；感人生之百味，念天下之苍生。诸多的吟咏，“或取诸怀抱，晤言一室之内；或因寄所托，放浪形骸之外”，揽物之情有别，格调风味各异。屈子《离骚》情志高洁，放翁《书愤》荡气回肠，岳武穆《满江红》壮怀激烈，毛泽东《忆秦娥》豪气贯云，皆为文采斐然而流传天下的杰作。李东东同志饱含对西部深情的《宁夏三题》，则是一组追步前贤的佳作。

这是李东东同志在宁夏任职期间所作的抒情遣怀之旧体诗赋。自2002年4月起至2006年12月调任国家新闻出版总署副署长之前，她任宁夏回族自治区党委常委兼宣传部长，历时四载有余。众所周知，这个南起黄土高原、北至贺兰山脉的狭长省区，既有草肥水美的辽阔沃野，也有苍凉贫瘠的大漠荒原，自然条件恶劣，发展相对滞后。然而，她怀着建设祖国西部的热忱而来，自踏入宁夏，就爱上了这片热土，心谋宁夏发展，情系万家欢乐，并将其情愫付诸辞章，写下了《宁夏赋》《银川曲》与《固原词》，合称《宁夏三题》。

《宁夏赋》是东东同志任职宁夏不到半年所写的一篇骈赋。作者目光超越时空，思维贯穿古今，探历史沿革，论古今人物；彰显地方物产，描绘山水人文；礼赞历代人民所创造的宁夏文明，讴歌红军长征建立的伟绩丰功。意在激励全区人民“上承古人，不废千年夏都盛名；下惠子孙，更筑现代高原湖城”，也吸引八方有志之士，前来开发西部，创业立功。作者深谙赋体长于铺陈之功，高度概括而笔墨凝炼，把一个文明悠远而充满时代精神的宁夏呈现在读者面前。其主体部分以“今我宁夏，虎踞龙蟠”“今我宁夏，塞北江南”“今我宁夏，地灵人杰”“今我宁夏，奋起登攀”四联发其端，形成一种诗歌的复沓，不仅令全篇纲举目张，更增添了抒情韵致。

《银川曲》是一阕银川市的颂歌。银川为宁夏回族自治区首府，辖三区两县，滚滚黄河从这里逶迤北去，似母亲的乳汁滋润着两岸；勤劳智慧的人民承前启后，造就了今天银川的繁荣，使之有“塞北江南”“塞上湖城”的美誉。诗中对银川的美景人文、文物古迹、老城新貌、明天前景，一一道来，如数家珍。诗人坚信，在西部大开发总体战略的指导下，回汉人民携手，以银川为辐射，城市拉动农村，宁夏定有“后发之势势若虹”的明天。发展蓝图催人奋发，豪迈之情溢于言表。在形式上，此诗属汉乐府短箫铙歌。唐代大诗人李白曾以此曲调而作《将进酒》，以狂放的外在形式，表达他被朝廷“赐金放还”内心的激愤。诗歌以“君不见黄河之水天上来，奔流到海不复回”为起兴，形成一种裹挟天风海雨而来的气势。《银川曲》亦以“黄河之水天上来”起唱，却是就眼前之景道来，同样有高屋建瓴、大气磅礴之势。全篇以七言为主，杂以三言、五言、十言，散句中间以偶句，节奏徐疾有致，文意流转自然。仿古而不泥古，可谓深得诗中三昧。

《固原词》是吟唱固原地区的一组曲子。固原即西海固，位于宁夏南端，“干旱少雨，坡大土薄”，所属五县皆为国家级贫困县。词家面对苍凉雄奇的自然环境，站在历史与现实的交汇点上，以《破阵子》《南歌子》《山花子》《南乡子》《采桑子》五个词牌，表达对固原的情愫。主题分别为“青史”“红旗”“春雨”“书香”“好景”，形成一历史的链条，就固原源远流长的历史，红军气壮山河的长征，童山荒原对雨水的祈盼，广大人民改天换地的雄心一一写来。思接古今，情系万民，声韵和谐，文情并茂。

作为现代诗坛大家的一代伟人毛泽东，作诗填词，强调“诗格”与“诗味”。所谓“诗格”，主要指诗词的格调，即“读之使人感发奋起”。所谓“诗味”，则指诗词蕴含的韵味、品味，即作品有寄托诗人情志、给予读者美感享受的生动形象。以这一标准来评价，说东东同志的《宁夏三题》皆为诗赋上品，并非溢美。

（2004 年 9 月）

“大女人散文”的恢宏气度

——李东东部分文赋诗词作品读后

辜晓进

前不久赴京公干，拜见新任新闻出版总署副署长李东东同志，蒙赐新著一册，曰《宁夏三题》，甚喜。

所喜有因：一是东东大姐本为新闻同仁，业界早有才名，近年著作丰盈，得有题签惠赠，自然高兴。二是此书不仅汇集作者文赋诗词精品，更由萧允中、吴善璋、朱其善、李景杭等十多位书法名家精心书录，字体包罗行、草、楷、隶、篆，形式囊括横幅、中堂、条屏、对联、扇面，读来赏心悦目。三是此书装帧独特，借鉴中国古代册页形式，每帧横幅无论多长，均能展于一纸而无需翻页，匠心独具，设计典雅，翻阅把玩，爱不释手。

李东东出身世家，父亲李庄是《人民日报》创始人之一，后任总编辑。“文革”期间，父亲“靠边”，东东上山下乡，历陕北高坡艰苦岁月，经内蒙草原雨雪风霜；又跻身解放军大学校，青春女兵，英姿飒爽。改革开放后，毕业于中国社会科学院研究生院新闻系，获硕士学位，从此“女”承父业，由《经济日报》入新闻大门，十年后从政，历任湖南省张家界市委副书记、国家体改委副秘书长，并曾任《中国改革报》社长。2002 年奉调宁夏回族自治区党委常委、宣传部长，去年底任现职。如此丰富经历，也算新中国出生一代之典型了。

《宁夏三题》，包含《宁夏赋》《银川曲》《固原词》外加《党校小赋》共四篇（组）诗词歌赋，均曾在《人民日报》刊载。粗览全书，虽内容都很“现实”且紧扣“主旋律”，但作者文史修养、辞章功力已跃然纸上。及至细读，妙语佳句时时可得，有些看似直白，却也有回味咀嚼余地。

书中有赋两篇，虽不像古代律赋那样严格地骈四俪六、对仗押韵，却也用句讲究，遣词华美，读来气势磅礴，字字铿锵。例如《宁夏赋》，开篇这样概括宁夏："地小物博而山河壮美，回汉共处其风情迥异。历史悠远，沐千载风雨；文化蕴藉，有雄才济济。"后面讲到宁夏资源，作者豪壮情怀溢于言表："今我宁夏，塞北江南。北原染绿，南山雄险。天下黄河富宁夏，祖先遗泽两千年。西北大漠孤烟，春风不度；宁夏草肥水美，稻香果甜。前辈黄河车水，白马拉缰；后人高峡筑坝，临波徜徉。最叹银川平原，独拥大湖千顷，西有贺兰屏障，东赖黄河滋养。阡陌纵横间，白杨参天；河湖湿地中，芦苇成荡。"

最奇是党校学习，也能成赋。2003年春，东东赴中央党校省部级干部进修班学习，适遇"非典"肆虐，遭遇封闭，足不出校，感触愈深。《党校小赋》描写学校环境："苑内绿树繁花，湖光山色，有桃源之胜，无金谷之奢。巍巍黉舍，鳣帏天成。"形容在校用功："同窗攻读，焚膏继晷，求证旁搜远绍，问典穷幽极微。讲堂穆穆，论坛侃侃，朝夕思辨，时时间作，教学相长，学学相长。"介绍学员队伍："休言身居庙堂，位列封疆，至此恂恂学子，求师绛帐。有枢要，有疆吏，有学贤，有将星。无官气，无霸气，无戾气，无娇气。出则同行同止，入则循规蹈矩。"果然有声有色，意气风发。

晋陆机云："诗缘情而绮靡，赋体物而浏亮。"意指诗常为抒发主观感情，用词绮丽细腻，赋多用以描写客观事物，文章宜爽朗通畅。其实，历代名赋，也宣泄感情，只不过隐于叙事之中，并不直言，多靠意会。如欧阳修《秋声赋》："盖夫秋之为状也，其色惨淡，烟霏云敛；其容清明，天高日晶；其气栗冽，砭人肌骨；其意萧条，山川寂寥。故其为声也，凄凄切切，呼号愤发。”看似咏秋，实已流露当时郁闷心情。

应该说，李东东是深得文赋要义的。其作品不仅文气贯通、爽朗流畅，而且立意高远，感情澎湃。特别是她作为女性，为文雍容大度，不拘小节，用词果敢，气势恢宏，很容易给人留下深刻印象。难怪作家张贤亮也对其作品赞叹有加，并将其文章归为“大女人散文”之列，以区别柔情似水、小家碧玉、家长里短、无病呻吟（仅指某些作品）的“小女人散文”。当然，张贤亮也说了，“小女人散文”也不是不好，这类散文中也有写得相当不错的。只不过，在一片“小女人”中，寥寥“大女人”便显得格外突出，也更为难得。

东东文赋，也获新闻同行喜爱。如范敬宜老师，乃新闻界著名才子，诗词书画兼长，先后任《经济日报》《人民日报》总编辑，退休后被聘任清华大学新闻与传播学院院长。范老四年前为东东《宁夏赋书画集》作序云：“余读其赋，才思飞扬，文采烨然，乃击节叹曰：‘美哉赋也！岂塞下之形胜，假君以灵感；矧燕赵之遗风，出君乎至性者耶！’”

东东之“大”，同样体现在她的诗歌作品中。也许祖籍为“多慷慨悲歌之士”的燕赵之地，也许广袤西北的四年锤炼，使作者青年时期在陕北和内蒙古孕育的豪放情愫得以发扬光大，故其诗词字里行间，也是器宇轩昂。

《宁夏三题》中有《银川曲》，开首借李白名句，仰天吟唱，曰：“君不见黄河之水天上来，浩浩北去过银川。君不见五十里长街华灯放，坦坦西行到贺兰。”中间讲究格式，对仗工整，道：“兴庆彪青史，英风豪气创大业。金凤鸣塞上，羽衣霓裳舞翩跹。西夏雅古风，独辟蹊径问前路。永宁汇才俊，慷慨高歌绣河山。贺兰谋良策，旌旗十万气若虹。灵武提雄师，铁马金戈战犹酣。好一似百舸千帆竞大江，群星璨河汉。”结尾化繁为简，一语道破，云：“宁夏不言小，敢做大银川。”全诗三十八行，以凝练词句概括银川古今风貌，当代才情，可以轻诵，更宜高歌，据悉在宁夏当地已不胫而走，广为传诵。

《固原词》填词五阕，分别为《破阵子・青史》《南歌子・红旗》《山花子・春雨》《南乡子・书香》和《采桑子・好景》，多处用典，格式严谨。《春雨》将当地干旱盼水地名“喊叫水”“好水川”巧妙嵌入，云：“童山旷野叹天旱，魂牵梦萦树满山。千里帷幄左公柳，绿如烟。喁喁盼水喊叫水，涓涓汇川好水川。万众喜雨逢春雨，笑开颜。”笔者更喜《书香》一词：“何处望神州。不尽风光萧关楼。欲说塞外荒寒苦，且休。胸中锦绣不言愁。宏图起从头。雄风重振写春秋。文脉一缕传今古，悠悠。户户书香尽风流。”这些词由众书法家一一书来，愈显豪放。

此书还收有范敬宜书写横幅、中堂各一幅。范老师书法在新闻界也堪称一流，功力不让书界名家。这回书写千言长卷，飘逸潇洒，雄浑圆熟。范敬宜与李东东在诗文方面也是志同道合文友，他称东东为宁夏作赋是“敢以一支纤笔，试为扛鼎之作”；在为东东散文集《远离北京的地方》填词《念奴娇》代跋时，称其“豪情似海，胸中万象罗列”。

（2007 年 3 月）

我眼中的女作家李东东

张贤亮

认识东东，还是在北京她任职于《中国改革报》的时候。历次全国人大、政协大会即通常说的“两会”期间，人大代表和政协委员除了在大会堂及驻地开会讨论，还有频繁的会外活动：交流信息、交换意见、联络关系、建立友谊，当然这一切都是为各自所代表的地方争取“名利”。

我已连任了五届全国政协委员，我以为将“两会”称之为“名利场”不算错。随着我国社会主义民主政治体制改革的逐步深入，这个“名利场”的特点越来越显著，如果来自全国各地的代表委员们不趁此机会运用自己的能量为自己的选区扬名，为自己选区的人民群众谋取利益，反而算失职了。而要能扬名获利，就离不开传媒。于是，各大媒体的记者就活跃在“两会”的会内会外。东东虽是《中国改革报》的负责人，不是驻会记者，但我在好几处小型聚会都见过她的身影。她善于倾听，也就是说她会和蔼可亲地、机敏地用一两句话引导谈话对象的话题，并能敏锐地把握谈话者的谈话要点。她的话不多，而我从她的微笑中可以看出她每次与谈话对象的交谈都有所收获。那时她给我的印象是“这个女人不寻常”，但我还不知道她能写。

后来，她调到宁夏工作，却成了我的领导，我们两人见面相视一笑，大概都觉得这个世界太小了。既然是我的领导就须到宁夏文联机关及各个艺术协会讲话，她同样是和蔼可亲的，同样是机敏的，没有官话套话，既说且听，经过几次会议，我又发现她不仅会听还会说。尤其是有一次我随她到北京为宁夏做宣传，在中央电视台、北京大学这种高层次文化场合，面对主持人、记者和教师学生的发问，她也能即席侃侃而谈，展示出作为一个宣传官员的干练。

虽然这也需要有较高的知识素养，但我仍然没有发现她还能写。发现她的文学创作才华，已是读到她的《宁夏赋》的时候。现在的作家都不愿用骈赋的形式写散文，字少，稿酬既少难度又大。尽管现代化了的文赋已不像古代律赋那样要求严格，用韵比较自由，可是它总是从古代俳赋、骈赋发展而成的一种文体，基本上要继承一定的格式：参差的句式要以四、六言为主，字词要精炼，意象要高度浓缩，因而必须反复推敲，惜字如金，同时音调要铿锵，通篇语言文字须有节奏感和韵律。而在《宁夏赋》中，东东表现了她对汉语驾轻就熟的功力，掌握了文赋夹议述理、叙事写景融为一体的特点。这就不禁让我投之青眼了。

不久，我又读到东东的白话体散文。应该说，能让我读下去并且感觉到阅读的愉快的是她的文笔。东东没有像今天众多时尚散文家那样，去媚俗地追求唯美主义，她不用华丽的词藻刻意把文章打扮得炫然闪烁。她显然走的是平实的路子，如涓涓细流，雨打芭蕉，如泣如诉，玉盘倾珠，推心置腹。当我读到这样的话：“人们都说时间会磨平一切，这种意思，也没少记述在古今中外的圣贤之书里。但是对此要有真正的体会，则一定是自己经历了，并且在很久以后，心情平复的时候。今天，当我回忆当年的一切，感到那么幼稚、有趣、有意思，可这轻轻的‘有意思’三个字，所涵盖的那五年岁月，对于‘大革命’中一个父亲受冲击的地方干部子女，当时，却常常感到生命中不能承受之重。”（《我也曾是一个兵》）我就感到从文字中有扑面而来的沧桑。她文章中几乎所有的词都没有意象，而是直指，但词组合成句，再组合成篇时，就能让读者觉得有言外之意。和她的文赋体的散文一样，引杜牧在《答庄充书》中的话为标准：“意全胜者，辞愈朴而文愈高；意不胜者，辞愈华而文愈鄙。”因为她的“意全胜”，所以她的“辞愈朴”。

文学作品除了作者力图表达的思想感情，更应表现出语言文字的节奏感和韵律。文学创作者应该在遣词造句时注意整个句子、乃至整个段落、乃至整篇文章的乐感。书本上的语言看似无声无色，而这无声无色的文字因汉语词汇的丰富是完全可以铺排出鲜活灵动、流光溢彩的文章的。读者感受到阅读的愉快，正在于此。东东大概特别钟爱古文，或说是受的古文教育较深，提起笔来就自然而然地从笔端流露出古文的可朗诵性，即语言自身的乐感。所以，我读东东的白话体散文，和读她的文赋体散文同样会感受到听觉的享受，她文章中的乐感不是花腔女高音式的，她总是娓娓道来，让读者像在暑日的凉棚下伴着一壶绿茶听朗诵，沁人心脾。

当今文坛女性作家异军突起。其实，自古以来女性诗人作家就占有很重要的地位，中国文学正因为有这些女诗人女作家才多姿多彩。可是现在因媒体的炒作，女诗人女作家的作品似乎除其内容外还有另一层意义，并冠以种种“雅称”。我读东东的散文时，恰巧有家报纸的文学副刊要我谈谈对“小女人散文”的看法，我不由得就将她的散文与目前流行的其他女作家的散文做了比较。这种比较没有一点贬抑其他女作家的意思，我只是想说，同为女人，东东在她的散文中表现了其他女作家的作品里少见的一种气度。当然，同为女作家，各有各的气度，所以我这里用了“一种”。

这是一种什么气度呢？不是通常我们读到的旖旎，不是细如髮丝，不是柔情似水，更不是拿家常琐事来大做文章（诚然，这类散文中也有写得相当不错的），我一时还找不到恰当的词语给予定位，姑且按“小女人散文”的说法来说，我觉得东东的散文就应该算是一种“大女人散文”吧。这个“大”不是“强”的意思，正如写“小女人散文”的女作家也不“弱”。其“大”，大在她的视野和心胸，大在描述上有历史的纵深感。从收在这部集子（李东东散文集《远离北京的地方》）中的篇章来看，她当过兵，上过学，编过报纸，如今从政，应该说她的经历和中国一般的中年男女相仿，并无特别出奇之处，但她表现了其他人少有的敏感，也表现出一般人没有的勤于思考及善于思考。

（2003 年 8 月）

云淡风轻镇北堡

李东东

2014年8月27日，“民族团结宁夏行”全国媒体大型宣传报道活动启动仪式在银川举行。这个活动是由中国报业协会、宁夏党委宣传部、自治区民委、宁夏日报报业集团共同举办的，我代表中国报协出席了会议。这是我调任北京离开宁夏七年多时间里，第五次回宁夏参加活动。宁夏的同志们在安排我的行程时，告诉我很多朋友想见我，问我要见谁？我也说了不少朋友的名字，有的想一起聚聚，有的准备前去看望。其中之一是宁夏文联原主席、著名作家张贤亮。但贤亮同志当时不在银川，家人告知正在北京治病，这次就见不到了……岂料，一个月后的9月27日，张贤亮同志因病逝世。

当日，参与治丧工作的宁夏文联副主席哈若蕙同志即与我通信通话；次日，我与正在殡仪馆守灵的贤亮夫人冯剑华同志通了电话。我们回顾了我在宁夏工作五年间团结共事、亲切交往的历程；因从事宁夏的宣传文化工作相识并共同奋斗，因奋斗和相知建立友谊；斯人已去，长风浩荡，宁夏文学事业长在，我们的真挚友谊长在。

《朔方》杂志要组织编写关于张贤亮同志的纪念专号，约我写文章，这就勾连起了我的一段思绪、一本已有构思尚未提笔的小书——《我的宁夏岁月》。其中，与宁夏老中青几代文化人的交往与友谊，与宁夏文学和文化代表性人物、著名作家张贤亮的工作交流，应该是其中的重要情节。眼下这篇文章，就算是书中一小段未及铺展的片段吧！

一份事业

我之所以从“云淡风轻镇北堡”谈起，是因为我和时任宁夏文联主席张贤亮同志的工作交往，主要是在宁夏文学事业、文化工作、大而至于宣传思想战线，而那期间与贤亮同志有交集的许多活动、许多交谈，又常常是在镇北堡西部影城——宁夏文化和旅游的重要标志点进行。2002 年 5 月中旬，我在履任宁夏党委常委、宣传部长不到一个月时，陪同自治区党委书记陈建国同志赴镇北堡调研，看望张贤亮同志；之后数年，开会、办活动、陪客人参观考察、年节探访，来来往往难以记叙，但贺兰山前阴晴雨雪，堡子内外生气勃勃，却是深深留存于记忆中的。

我任职宁夏的前半段，张贤亮同志任宁夏文联主席；后半段，任名誉主席。不论当现职主席还是名誉主席，贤亮同志都不在银川城里办公，而是住在办得有声有色的镇北堡西部影城，精雕细琢着事业，有滋有味地生活。而我，除了在自治区其他会议场合共同出席活动，很少在自治区党委自己的办公室约见张贤亮主席，一般情况下多是我去镇北堡。那两个明清时代的堡子在银川市区西北、贺兰山前，地势比城区稍高。他要找我谈工作或我有事与他商讨，他往往会在电话中这样问：你上来，还是我下去？多数时候我会说，我上去吧！一方面，这是对老同志、对文化名人的尊重，同时，在云淡风轻的贺兰山前，在地阔天高的堡子说说话，心情也变得地阔天高。

因为张贤亮同志对宁夏文学、对中国文学的重大影响，也因为我对宁夏老中青几代文化人的尊重，我们之间始终不以领导被领导的感觉相处。

我在宁夏工作两周时到文联调研座谈，一个月时到镇北堡调研，两个月时与贤亮同志一道在央视做节目宣传宁夏旅游……那时我总是提醒自己，我到宁夏才几十天，而张主席在宁夏已几十年，无论从阅历、经验还是学识，我都有太多需要虚心请教之处。由是，无论是在清堡小院书房里喝茶，还是在堡子里散步，我们的交流绝大多数时间是听他睿智、幽默间或犀利的侃侃而谈——谈宁夏文化事业发展，谈扭转不良社会风气，谈文学创作，谈经营堡子，谈过去的苦难，谈未来的打算……

他对自己人生经历的坦诚回顾，优渥的童年，多舛的青年，奋斗而成功的中年，那种种苦中有乐的细节，总是很吸引我陷入沉思；他的不断发展镇北堡的宏图大计，是当时他最乐于最长于谈及的话题，而他请我帮助协调银川市拆除堡子外一处影响西部“荒凉”景观的现代建筑的要求，很遗憾最终没能实现；他说他虽然是中国作家中经商最成功的，但最终不会放下作家的笔，忙过这几年，他还要继续自己的写作计划，我说我等着看你人生最厚积薄发的璀璨之笔……

终于有一次，我忍不住就我俩的现实状况发表了八个字的感慨：你是神仙高卧，我是俗务缠身啊！是的，作为党委常委、宣传部长，我必须恪尽职守、完成好上级交给我的诸般任务：组织指挥协调运作，上山下乡深入基层，发展宁夏文化事业，爱护宣传战线干部……在宁夏负重爬坡、加速发展的关键时期，自治区党委书记对每个常委分管的那摊事，都是丝毫不能讲条件的“抓落实，拿结果”！就是再羡慕主席的“神仙高卧”，我也得一天十几小时、一周七天不容懈怠地埋首公务。

理论教育、社会宣传、新闻出版、文学艺术、精神文明建设……宁夏宣传文化战线抖擞精神推进事业发展，许多过去不敢想的思路想到了，过去没条件做的事情做成了。宁夏文联、作协坚守西部情结又走出西部内陆，进京、出区办活动的同时，也大力吸引国家级和跨省区活动办到宁夏、办到银川，其中有些活动就办到了镇北堡、办进了百花堂，中国作协六届八次会议，第十三届中国金鸡百花电影节——中国电影论坛学术研讨会，镇北堡西部影城文学艺术奖颁奖会，等等活动，相继在西部影城举办。

一篇文章

地方工作的繁忙、辛劳与同志间的亲近、温暖，我是在张家界当市委副书记时就体验过的；在宁夏，赶上西部挟后发优势追赶全国、加速发展时期，更是时不我待，争先恐后。每天“两眼一睁，忙到熄灯”，我那点儿文人习气再度被修理掉了但也还保留了点儿，按我爸爸要求的，做领导工作时也不要放下手中的笔——于是在调任宁夏工作四个月左右时，焚膏继晷地找了一个多月辛苦，夜深人静爬罗剔抉，写了《宁夏赋》。《宁夏赋》于壬午中秋也就是2002年9月21日在《人民日报》《宁夏日报》发表后，张贤亮及其夫人冯剑华同志，以及宁夏许多同志都很明确地向我表示，原来李常委除了做党政领导工作，还是我们文化界的人。

其后的2003年春夏，我出了一本散文集《远离北京的地方》，贤亮同志为之作序，也就是后来收入他的散文集《中国文人的另一种思路》一书中的《我眼中的女作家李东东》一文，文中这样写道——

我已连任了五届全国政协委员，我以为将“两会”称之为“名利场”不算错。随着我国社会主义民主政治体制改革的逐步深入，这个“名利场”的特点越来越显著，如果来自全国各地的代表委员们不趁此机会运用自己的能量为自己的选区扬名，为自己选区的人民群众谋取利益，反而算失职了。而要能扬名获利，就离不开传媒。于是，各大媒体的记者就活跃在“两会”的会内会外。东东虽是《中国改革报》的负责人，不是驻会记者，但我在好几处小型聚会都见过她的身影。她善于倾听，也就是说她会和蔼可亲地、机敏地用一两句话引导谈话对象的话题，并能敏锐地把握谈话者的谈话要点。她的话不多，而我从她的微笑中可以看出她每次与谈话对象的交谈都有所收获。那时她给我的印象是“这个女人不寻常”，但我还不知道她能写。

后来，她调到宁夏工作，却成了我的领导，我们两人见面相视一笑，大概都觉得这个世界太小了。既然是我的领导就须到宁夏文联机关及各个艺术协会讲话，她同样是和蔼可亲的，同样是机敏的，没有官话套话，既说且听，经过几次会议，我又发现她不仅会听还会说。尤其是有一次我随她到北京为宁夏做宣传，在中央电视台、北京大学这种高层次文化场合，面对主持人、记者和教师学生的发问，她也能即席侃侃而谈，展示出作为一个宣传官员的干练。

虽然这也需要有较高的知识素养，但我仍然没有发现她还能写。发现她的文学创作才华，已是读到她的《宁夏赋》的时候。现在的作家都不愿用骈赋的形式写散文，字少，稿酬既少难度又大。尽管现代化了的文赋已不像古代律赋那样要求严格，用韵比较自由，可是它总是从古代俳赋、骈赋发展而成的一种文体，基本上要继承一定的格式：参差的句式要以四、六言为主，字词要精炼，意象要高度浓缩，因而必须反复推敲，惜字如金，同时音调要铿锵，通篇语言文字须有节奏感和韵律。而在《宁夏赋》中，东东表现了她对汉语驾轻就熟的功力，掌握了文赋夹议述理、叙事写景融为一体的特点。这就不禁让我投之青眼了。

不久，我又读到东东的白话体散文。应该说，能让我读下去并且感觉到阅读的愉快的是她的文笔。东东没有像今天众多时尚散文家那样，去媚俗地追求唯美主义，她不用华丽的词藻刻意把文章打扮得炫然闪烁。她显然走的是平实的路子，如涓涓细流，雨打芭蕉，如泣如诉，玉盘倾珠，推心置腹。当我读到这样的话："人们都说时间会磨平一切，这种意思，也没少记述在古今中外的圣贤之书里。但是对此要有真正的体会，则一定是自己经历了，并且在很久以后，心情平复的时候。今天，当我回忆当年的一切，感到那么幼稚、有趣、有意思，可这轻轻的'有意思'三个字，所涵盖的那五年岁月，对于'大革命'中一个父亲受冲击的地方干部子女，当时，却常常感到生命中不能承受之重。"(《我也曾是一个兵》)我就感到从文字中有扑面而来的沧桑。她文章中几乎所有的词都没有意象，而是直指，但词组合成句，再组合成篇时，就能让读者觉得有言外之意。和她的文赋体的散文一样，引杜牧在《答庄充书》中的话为标准："意全胜者，辞愈朴而文愈高；意不胜者，辞愈华而文愈鄙。"因为她的"意全胜"，所以她的"辞愈朴"。

我想，这几段文字已经清楚地表明了贤亮同志对我写文章的鼓励和指点，我感谢他的心意和妙笔。但我另外想到的是，读者可能会问，地方党政工作忙都忙不过来，写篇赋也罢了，怎么还有时间有精力写文章、出书？说起来那还真是个意外、一个小小的“机遇”。

2002年2月底到5月上旬，我有幸参加了此生第一次党校学习——中央党校第34期省部班，也就是空前绝后戴着口罩毕业的“非典”班。5月的宁夏，正因防治非典工作严防死守成效显著受到中央表扬，对我这等从北京“疫区”回来的个别份子更是严阵以待，卫生厅保健局给出三条道路选择，在机场落地、测试过体温后立即执行——住医院，住宾馆，住党委宿舍院中自家小院儿不得出院门半步，一天数次记录体温，完全隔离12天。我毫不犹豫地选择了回我的小院儿，由司机小马一天三次打开院门、隔着楼门送饭。我心安理得地享受着组织上给予的空前绝后的待遇，悠闲地看了两天书后，突感有点儿不对头，大好时光不能闲抛虚掷，于是一惊而起，开始了十天的爬格子奋斗……

以这十天奋斗的成果为基础，又加上其后月余的夜深人静爬罗剔抉，无意中成就了行政工作忙忙碌碌多年来难以做成的事情，也无意中使张贤亮、冯剑华等许多同志朋友认了我这个文友。

一番探讨

而另一次，我孜孜以求做宁夏文学界“后勤部长”的辛勤劳动成果，却没有得到张主席的积极肯定。我兴致勃勃地告诉他，正在如何报告自治区党委书记、协调相关组织人事部门，调整和加强自治区文联特别是作协的工作机构和领导力量；如何费尽周折，正在把获得春天文学奖和其他多种文学奖项的一位少数民族青年作家从西吉调银川，调入《朔方》杂志当编辑，我把这种调动视为对文化战线优秀人才进一步培养、向优秀人才提供更好的发展环境的导向性行为来看待。

作为老一代作家代表，张贤亮同志不完全同意我的做法，甚至半开玩笑地对我说，东东常委，你是苦心做了不少工作，可要小心别把宁夏的文学事业砸在你手上！我说此话怎讲？他说，高尔基有句名言：苦难是一所最好的大学，我就上的是这所大学；你太过呵护年轻作家了，为他们创造的条件太好了，温室里的花朵不经风雨，没有了艰难困苦的锤炼，怎么写得出生活呢？

是的，他说得对，“艰难困苦，玉汝于成”，贤亮同志本人就是惨烈的政治环境和生活境遇催迫出的思想大家和文学奇才，而我对宁夏文学的认识，对西北大漠高天的憧憬，对人生命途多舛的瞠目，就是从上世纪八十年代读他的小说开始的，《灵与肉》《肖尔布拉克》《绿化树》和《男人的一半是女人》……但怎么也不会想到的是，二十年后会坐在小说中的“镇南堡”——现实中的镇北堡里，听他讲那过去的故事：当年在银川西北有两个农场，西湖农场是劳改农场，南梁农场是普通农场，一路之隔，西湖农场在南，南梁在北。运动来了，政治风声紧了，他就被发往路南，在西湖农场监控改造；运动过去了，风声缓和了，他又被送过路北，在南梁农场劳动、生活。

他曾问我，你能想到是什么原因使我写出这些人性的极致吗？我试着回答，政治上极度苦难？他笑了：不对，是饥饿，极度饥饿！他说，在你那个家庭、你那个年纪，再怎么说和全国人民一样经历过三年困难时期，也不会有多大饿肚子的体会；可你看看我写的，人为了吃到一根黄萝卜动的心思，就知道什么是困窘的卑微的人生；而再穷再苦，人也不愿放弃人生……

我真的太过惊异于他的经历和见解，可我还是很难想象，在新的历史时期，如何再用艰难与惨烈的生活体验来造就文学人才，至少我认为这已很不现实。于是，我坚持把曾在天山草原放过马、在巴颜喀拉山淘过金、揣着本《新华字典》浪迹大西北的了一容调进了银川，因为，银川不仅生活条件好得多，子女教育环境好得多，更重要的是，这"世界"毕竟大得多了。

石舒清、陈继明、金瓯、张学东、郭文斌、了一容……张贤亮这棵大树之后成长起来的"三棵树"和一片文学林，已经形成新的历史时期的新的文学宁夏现象，当时我认定，我所应当做的，是与宣传文化战线的各级领导干部一道，珍视当今快节奏、比较浮躁的生活中西北大地这片清新宁静的文学林，把爱惜宁夏文学人才作为事业来坚守，时时为之浇水、培土、遮风、挡雨。记不得这是不是我们交换意见中的唯一一次观点不大相同，但我知道，作为深深热爱并倾心回报宁夏这片故土的文学家、企业家，从爱护人才、发展文学事业的根本来讲，张贤亮同志与我的观点是一致的。

一次治疗

宁夏有着西北内陆地区气候上的明显特点，6、7、8、9 月是最好的季节，故而也是我们各级干部在工作、会议、接待等几方面任务叠加之下，最为繁忙的时候。2005 年夏末的一天，我陪着北京来的一位部长参观考察镇北堡西部影城，因为客人提出想拜望、结识著名作家张贤亮，宣传部便与贤亮同志约了 11 点到他家拜访。

镇北堡分南北两堡，是中国重要的影视基地之一，《牧马人》《红高粱》《黄河谣》等一批中国电影从这里走向了世界，也留下了“黄金月亮门”“新龙门客栈”“都督府”等经典场景，还有惟妙惟肖的老银川一条街，以及展示北方民俗、收藏古董级家具的院落，吸引着来自海内外的大量游客。建于明朝的明城堡在南，建于清朝的清城堡在北，贤亮同志家小院就建在清堡北端。我们安排客人参观路线，特别是客人提出想拜访著名作家张贤亮时，便经常是先南堡后北堡，最后到达张主席家。

或许是连日太累，或许是早上天凉，那天正在明堡参观，不到 10 点，我突感腹痛，迅速加剧，一时疼得浑身冷汗，眼看要走不动了。实在不想使客人扫兴，我说部里临时有个事情需要处理一下，由副部长陪着在两个堡子多走走多看看，11 点我们在北边的清堡、张贤亮主席家院子会合。

望着客人一行渐远的背影，办公室主任扶着我慢慢向城门挪动，一边开始给贤亮同志打电话。我问他眼下在堡子什么地方？我马上就过北堡，到他家去。贤亮同志接起电话说，我不在堡子里，咱们约的是 11 点我没记错吧？刚好有个事今早我下来到党委来了，现在正往回走，肯定提前到家不误接待。又问我要提前到，是不是发生什么事了？知道他正在开车，我就简要说了说眼下我的突发情况，告诉他我得到他那儿先缓缓，我没有让客人觉察，客人仍是 11 点到……

张主席开车，在银川是出了名的绝对安全，因为他开着配置、性能俱佳的宝马，却从不超车，哪怕在车迹稀少的沿山公路，哪怕长时间耐心地慢慢跟在一辆晃晃悠悠的大货车后——这是我曾坐他的车倍觉放心的实地体验。如此，他就从容地边开车边同我讲，你这是累着了凉着了，让他们马上送你过来北堡，我这就告诉家里开院门等着；给你准备一杯热水，你进屋喝了热水就在那个软和的长沙发上躺下蜷一会儿，一定蜷起来千万别挺着；我这会儿已经开过军区了，很快就回来，我回来给你吃药，家里治胃肠痉挛、急腹痛的药好多种，吃对了药不用半小时就能缓过来……

就这样，在一个小时时间里，我经历了喝热水、蜷缩休息、正确用药的民间科学治疗过程，在客人 11 点到来之时，就像什么都没有发生一样，与张主席一道在小院儿的庭园里迎接客人，聚会欢谈。

在明堡的百花堂开会，在清堡的小院叙谈，在春光里，在雪影中……岁月悠悠，当年在镇北堡的一次次活动、一次次聚会，转眼间是距今十年上下的事情了。贤亮同志驾鹤，是在镇北堡；他后半生的事业和牵念，也是在镇北堡。这一曾因“出卖荒凉”而著名的文化现象，岂知不是创作者对西北热土的无限情怀。不论后世如何评价这位作家里最成功的商人、商人里最成功的作家，都应当记得他是“宁夏的名片”，都不会忘记他对宁夏山川大地父老乡亲的热爱，对宁夏文学和文化建设的巨大贡献，以及在中国文学史上的独树一帜、浓墨重彩。

（2014 年 10 月）

红笔蓝笔两从容

李东东

乙未腊八，三九最后一日。北风呼啸，艳阳高照，多年未遇的酷寒天气。过午，当我放下与《纵横》杂志主编通电话的话筒，晴窗之下铺开稿纸、提笔写下“红笔蓝笔两从容”的文章标题时，心中一时竟充满暖意。

这是因为，半个多月前我答应了杂志的约稿，但允诺在先而纠结在后，迟迟未能动笔；经多次梳理、探讨、商榷，终于有了比较明确和可行的思路，差可免我爽约之虞。

杂志约稿的初衷，是想反映党的一代代新闻工作者是如何继承前辈优良传统，担当光荣历史使命，把党的新闻事业不断推向前进的。正如习近平总书记强调的那样，新闻工作者要有强烈的社会责任感，新闻机构和新闻工作者都是为党和人民工作的，不论何时何地，都要对党和人民负责。我的父亲李庄是党培养教育的老一代新闻工作者，《人民日报》创始人之一，终生做新闻工作，一直笔耕不辍，创作、编改出大量的优秀作品；而我基本上一辈子在党的宣传文化、新闻出版战线工作，又由于有一个关于我父亲的“红笔蓝笔”的习惯说法，于是，杂志编辑约我讲几件关于父辈或父亲的往事，从继承的角度写写两代人的“红笔蓝笔”。

理论联系实际，后人继业前人，当下赓续传统——认真回顾我对父辈、对父亲精神的继承，如果完全从新闻工作和新闻写作的角度看，我因工作经历的后半段近二十年离开新闻岗位任职党政机关，除了上世纪八十年代至九十年代在《经济日报》的十年新闻采编、写作外，实在有些言之寥寥。踌躇之际，恰有朋友建议我谈谈我的辞赋写作。思忖之下，这倒应该是个于我而言比较实事求是的选择。于是就这么合二为一、两相结合地梳理

"红""蓝"赓续，写就了这篇文章。

由来"红笔"与"蓝笔"

将我父亲李庄的新闻生涯和为文特色归结提炼为"红笔蓝笔"，并成为一个标志性提法，有十多年了。最初在报章上出现，见于人民日报社原副总编辑李仁臣同志发表于2002年9月12日的《享受新闻》，文中第二个小标题为"红笔蓝笔"。其后，《李庄文集》于2004年出版时，时任人民日报社社长王晨同志、总编辑张研农同志又饱含深情地提到了这一说法。父亲辞世一年后，2007年春出版的《红蓝记忆——怀念李庄》，则直接把这一提法用作书名。2011年夏，庆祝中国共产党成立90周年重点图书《中国红色记者》中，54位传主中第43位传主李庄的评介文章，题目为"红笔蓝笔两从容"。目前正在编纂、陆续出版的国家出版基金项目《中国名记者》丛书中，评介李庄的文章被编委会定名为"红蓝两支笔　一曲正气歌"。

时至今日，当我伏案翻检这些文章、书籍时，仍深深感受到这些我视若兄长、学长、朋友的同行们对父亲那一代新闻工作者的崇敬、追念之情。

人民日报社原副总编辑李仁臣同志在《享受新闻》中这样写道：我于1978年5月30日进人民日报社，人保处处长冯保同志领我到评论部，由此开始评论员生涯。稿子写成，送范荣康或钱湜辛同志阅改签发夜班。不少评论最后是经当时值夜班的副总编辑李庄同志红笔改定。后来，李庄同志升任总编辑，依然青灯相伴，朱笔夜批，常以"国文先生"自嘲。李庄同志上夜班，几十年如一日，一丝不苟，勤勉清醒，备受敬重。1986 年 3 月 22 日，我在毫无思想准备的情况下，由评论部副主任提为副总编辑。为做好这份工作，我向李庄同志请教，他谦词连连，却在不经意间给了我重要的点拨，其中有一条就是“既要用红笔，也要用蓝笔”，我牢记不忘。用红笔者，改他人的文稿，审看大样；用蓝笔者，自己动手写文章，不要搁笔。这十几年来，我遵照办理，一有懈怠便用这句话警策自己，总不忘自己是个编辑，自己是个记者，用红笔，也用蓝笔，这才有这本书（注：指的是李仁臣同志的《我在现场》一书）的出版。

十二届全国人大常委会副委员长兼秘书长、时任人民日报社社长王晨同志 2004 年《“红笔”“蓝笔”两辉映——读〈李庄文集〉有感》一文，是这样开的篇：李庄同志是人民日报社的老领导，是党的新闻战线德高望重的老前辈。他年轻时即投身革命，长期从事党的新闻宣传工作，从 1946 年参与创建《人民日报》时起，扎根人民日报近 60 年，将火热的年华全部奉献给了《人民日报》，奉献给了光荣而神圣的党的新闻宣传事业。在长期的新闻宣传工作中，李庄同志既善于用“红笔”，修改审定稿件，积累了丰富的新闻宣传工作领导经验；又长于用“蓝笔”，自己动手写文章，创作了大量脍炙人口、影响很大的作品。即使从人民日报总编辑岗位上离休之后，他仍然笔耕不辍，不断有新的作品问世。

十二届全国政协常委、文史和学习委员会副主任，时任人民日报社总编辑的张研农同志，在《人民日报历史的画卷和财富》中，对父亲的评价同样提到了红笔蓝笔——

一部《李庄文集》，……犹如漫步走进党领导的我国新闻事业发展的历史长廊，犹如侧耳倾听人民日报的进行曲乐章。文集中展现的那艰苦的岁月、澎湃的激情，那光辉的历程、成功的欢乐，那痛苦的曲折、难得的清醒，令人思绪涌动，心潮难平。

……李庄同志从旧式家庭步入革命队伍，在党的培养下，融入时代潮流，坚定理想信念，点燃生命豪情，又保持着知识分子率性淡泊、谦冲自牧的品质，这就注定他一生同党和人民同呼吸、共命运，忘我工作，负重前行。李庄同志是《人民日报》的创始人之一，默默耕耘人民日报直至超期服役，自请离休。他长期执蓝笔，做记者；又长期握红笔，当编辑。这使他对做好党的新闻工作有丰富的体验和精辟的见解。

这些饱含深情的回忆，这样精准、中肯的归纳，应该就是父亲红笔蓝笔办报生涯的口碑和写照。父亲的新闻历程，前半段主要用“蓝笔”，以记者的眼光和笔触采写新闻和通讯；后半段侧重执“红笔”，以编辑的视角和思维编排新闻和版面。几十年来，他都做得有声有色、可圈可点。而关于他的“红笔蓝笔”，除了包含自己写文章用蓝笔，编改他人的稿子用红笔这一层意思外，还有一层，就是退出现职领导岗位后，要放得平心态、拿得起蓝笔，继续做有益事业、有益后人的事。这些看法和思想，父亲生前对家人、对同事朋友讲过，更重要的是他坚持做了，一直到重病住院拿不动笔为止。

红蓝笔下正气歌

父亲的新闻工作经历，从阶段性来看，是先握蓝笔，后握红笔，然后又拿起了蓝笔。从抗战初期参加革命、加入党的新闻工作队伍开始，历经抗日战争、解放战争和新中国建立初期、抗美援朝时期，他握蓝笔、做记者、写消息写通讯，采写发表了大量新闻作品。上世纪六十年代初，完成组织上交付的《苏中友好》杂志顾问、专家组组长任务，从莫斯科回国后，基本上就拿起了红笔，值起了夜班，不论做副总编辑、总编辑，都以“为人作嫁”的编辑和评论为主，多年如一日，乐此不疲。八十年代中期退居二线后的晚年，重拾蓝笔，先后撰写了八十多万字回忆文章，《我在人民日报四十年》《人民日报风雨四十年》《晚耕集》《难得清醒》等，就是放下红笔、拿起蓝笔的成果。

当我准备梳理、回顾一下父亲的“红笔蓝笔”时，益发感到当年王晨同志在《“红笔”“蓝笔”两辉映》中，对父亲一生心血成果所作的归纳和评价，殊为全面准确——

《李庄文集》是一部沉甸甸的文集。文集中作品的时间跨度之长，所历所闻之丰富，思想分量之厚重，语言运用之精当，都是不多见的。这是一位党的新闻老战士一生心血的结晶，也从一个方面记录了我们党的新闻工作不平凡的发展历程。

《李庄文集》中的作品，按题材共分为三个部分，分别是《新闻作品编》《散文论文编》和《回忆录编（上、下）》。

《新闻作品编》展现给读者的是一幅幅生动难忘的历史画面。从抗日战争时期写作的《在保卫大武汉的紧急声中纪念鲁迅先生》到解放战争时期发表的《为七百万人民请命》，从解放初期的《中国人从此站立起来了——中国人民政协第一届会议特写》到抗美援朝时期采写的《被人们欢呼“万岁”的部队》《战斗十日》等等，都是主题鲜明、内容重大、语言生动、影响深远的名篇。今日读来，仍然令人心潮起伏，像是被带回到一个个或热烈、或紧张、或振奋、或忧患的历史场景。《新闻作品编》中的作品，都是作者在艰苦卓绝的革命战争年代，在中国历史发展的重大关头，用饱蘸激情的笔，对党和人民的奋斗历程所作的真实、生动的记录，展现了中国共产党人的光辉形象和崇高品质，展现出中国人民自强不息的伟大民族精神。作品也充分体现了作者鲜明的立场，敏锐的笔触，驾驭题材和运用语言的高超能力，为广大新闻工作者留下了许多珍贵的新闻写作范例。

围绕如何办报，如何做好编辑、记者工作的主题，作者在长期的新闻宣传工作实践中，从多个角度进行了思考和总结。这一主题的文章收录在《散文论文编》中，如《党报传统与新闻改革》《关键在于少而精》《向青年编辑建议》《入门不难，提高不易——我从事新闻工作的一点体会》等等。此部分收录的文章观点明晰、论述有力、态度诚恳、言辞平实，很有启发性，富有说服力。阅读这些文章，既能感受到作者勇于坚持新闻工作的党性原则，坚持正确的导向，珍惜新闻工作的优良传统，又能感觉到作者思想解放，实事求是，善于与读者进行思想上的交流、观点上的辨析、业务上的探讨。对于新闻工作者来说，《散文论文编》是不可多得的良师益友。

《回忆录编（上、下）》收录的是作者对他从青年时期就投身的、几十年来亲身经历的新闻宣传工作的记录和思考。在这一部分，读者能够比较清晰地看到作者投身革命、投身党的新闻宣传事业的工作轨迹。当阅读着一篇篇作者对于编辑记者工作和办报实践中所经历的各种事件或故事的记述，所引发的多种思考和启示时——读者将更多地了解作者的人生历程和高风亮节，更多地体会到党的新闻宣传工作的光荣传统和宝贵经验。毫无疑义，这将有助于提高新闻工作者的政治意识、大局意识、责任意识，激励他们永远忠诚于党的新闻事业，胸怀理想，坚定信仰，为党的新闻事业不懈奋斗。

而李仁臣同志对父亲在人民日报长期值夜班、改稿子、签大样的“红笔”，是这样评论的：经李庄朱笔点石成金的稿子不计其数。有的稿子在见报前退到部里，大家看了笔迹才知道是李庄改的。有的稿子是在夜班上了版以后，李庄在大样上改的，第二天见报了，作者看到有改动，但不知道是谁改的。不过，有经验的编辑、记者知道是李庄在上夜班，凡是出彩的标题，十有八九都出自“老李”之手。

人民日报社原国内政治部主任吴昊同志，以《道不尽许多情》怀念李庄同志——

有人曾说：“《人民日报》优势在评论，评论优势在李庄。”这话的确有一定道理。李庄同志确实是个新闻评论的专家，或者说是对评论进行修改、创议、把关的专家。那些年，他主持夜班工作，每天报上的评论，从“社论”“评论员文章”到“今日谈”“编者按”几乎都经过他的手。看着李庄同志改过的样子，让人叹服他那精益求精、严肃认真、妙笔生花、一丝不苟的作风和文风。李庄同志从不放过对任何一个字的推敲，也不放过对任何一个标点符号的订正。在我的记忆里，不知有多少次，都是文章已经上版了，李庄同志还是打电话来，叫把某个字或某个标点改过来。每当我说他改得好时，他总是自谦地说："雕虫小技！雕虫小技！"……李庄同志所谓的"雕虫小技"，对任何一个报刊来说，对任何一个编采人员来说，都是"雕虫大技"，都是不可或缺的硬功夫！像李庄同志这样的才人，永远是我们这些文字工作者的楷模。

拙笔一支红蓝继

我儿时的记忆中，对父亲最深刻的印象是他在书房伏案写作，时不时站起来，双臂环抱胸前，在屋里来回踱着步子……这样的时候为数不多，一定是因为某种原因，父亲偶尔倒班或是开会、采访后，在家里赶稿子。一次是在夏天的午后，淅淅沥沥下着雨，还有一次是夜深人静，满天星斗。我睡不着，悄悄爬起来，站在客厅兼书房的门口，看着父亲宽厚的背影遮住台灯橙色的光芒，我说我睡不着，可以在这儿坐坐吗？父亲慈爱地摸摸我的头，笑着答应了。于是，我坐在沙发上，静静地看着他时而奋笔疾书，时而颌首沉思，时而来回踱步。原来写作这样美好，原来写作这样辛苦——认真和努力这两个词，新闻与写作这两件事，父亲就是这样教我的吧！

从半个多世纪前七八岁的孩子开始，看着三十多岁的父亲从风华正茂写到白髮苍苍，若不是自己后来的人生经历恰也走了同样的道路，这支笔也写过了花甲之年，恐怕真难以体味这红蓝生涯的艰辛与幸福。而对父亲这样一位被视为新闻工作和文字工作楷模的新闻前辈，我这个做了十年新闻工作就转了战线的女儿，是怎样"红蓝"相继的呢?

我的十年新闻生涯，是在二十世纪八十年代改革开放热气腾腾的年代。在经济日报农村部工作时，以"蓝笔"写稿子，报道农村改革发展和农民生活，大处写到中央一号文件的贯彻落实，小处写到农家过年的小院、炕头；到了总编室、特刊部，则基本上与父亲相同，黄卷青灯，为人作嫁，改稿子、做标题、编排版面，便是我编辑工作的"红笔"了。特别是八十年代中期到九十年代初，亲身参与了报业"告别铅与火"的激光照排革命，在那激情燃烧的岁月里，经历了新闻内容与编排形式结合的创新、创造、创业的艰辛与收获……

2011 年春，在新闻出版总署副署长岗位上，我曾在率队督导地方新闻机构专项教育、整理情况也整理思想后，撰写了《讲传统谈新闻》专栏文章，共二十讲。人民网在发表时作了"开栏的话"：

真实，是新闻的生命，是新闻工作之"魂"。然而，在实际工作中，虚假报道现象时有发生。目前，按照中央要求，全国新闻界正在开展"杜绝虚假报道、增强社会责任、加强新闻职业道德建设"专项教育。国家新闻出版总署副署长李东东近期率中央督导组深入四川、重庆等地，检查指导专项教育开展情况，并多次赴上海、浙江、安徽、陕西、河北、辽宁等地新闻单位和部分高等院校，讲党的新闻工作优良传统，谈新闻工作者历史使命，尤其是针对新时期新阶段，在社会环境深刻变化、媒体格局走向多元的态势下，新闻工作者如何继承优良传统、增强社会责任、担当历史使命，进行了深入思考、全面分析、系统阐释，史论结合、谈古论今，观点新颖、案例生动，针对性、实用性很强，在新闻界引起强烈反响。为此，人民网从2011年2月22日起开辟“李东东讲传统谈新闻”专栏，陆续刊发其主要观点、案例与思考，对于提升新闻工作者的政治素质、业务素养，进行思想和业务交流，相信将起到积极作用。

时光飞逝，转眼五年过去，我离开新闻出版行政领导岗位也有四年了。尽管是新闻出版界的全国政协委员，也尽管始终关注着新闻出版战线的改革发展，但毕竟，不在一线，不直接掌握情况，与各方面同志接触少了，讲新闻传承的“红笔蓝笔”，较之当年也多少疏离。而实事求是地讲，撰写辞赋和散文，倒可以说是我谨遵父亲“做领导也不能放下手中笔”的教诲，多年来一直坚持从政之时不忘写作、退出领导岗位仍要拿得起笔的实践。

1994年春，我在湖南省张家界市任市委副书记时，为了向国内外推介刚刚成功更名的年轻的张家界市，清明谷雨之交，点灯熬油写了《张家界赋——为湖南省大庸市更名张家界市作》，算是在履行副书记岗位职责的同时，不忘像父亲那样终生不放下“蓝笔”，随时写下讴歌时代的大小文章。

2002年春，我被调任宁夏回族自治区党委常委、宣传部长。许多人都觉得，作为中央新调任来的自治区党委常委，光是掌握情况、迅速融入、守土有责再加上创新工作，就忙得不遑暇食，哪还有精力去写作？说实在的，组织指挥协调运作，上山下乡深入基层，每天“两眼一睁忙到熄灯”，我那点儿“文人习气”的确被磨掉不少，所幸还保留了点儿。盛夏之际、夜静之时，焚膏继晷地找了一个多月辛苦，爬罗剔抉，搜索枯肠，忙中作乐，写成《宁夏赋》。2002年9月21日，恰逢中秋，在《人民日报》和《宁夏日报》刊发——

宁夏，祖国西北腹地，民族自治区域。地小物博而山河壮美，回汉共处其风情迥异。历史悠远，沐千载风雨；文化蕴藉，有雄才济济。

宁夏得名，始于西夏平定；塞北江南，得益黄河赐予。秦皇一统，设郡北地，斥兵屯垦，兴修水利；汉武两巡，大举移民，引黄相济，成于汉渠。……大宋征夏，虽遣良将名臣，然以多败少，终未奏凯。至蒙古铁骑横扫，元灭西夏，夏地安宁，遂称宁夏。

今我宁夏，虎踞龙蟠。北有贺兰，南有六盘。长忆岳武穆，驾长车踏破贺兰山阙，壮怀激烈；仰止毛泽东，提雄师攀越六盘峰巅，天高云淡。塞下秋来风景异，宁夏自古征战地。……

今我宁夏，塞北江南。北原染绿，南山雄险。天下黄河富宁夏，祖先遗泽两千年。西北大漠孤烟，春风不度；宁夏草肥水美，稻香果甜。前辈黄河车水，白马拉缰，后人高峡筑坝，临波徜徉。……

今我宁夏，地灵人杰。前有俊彦，后有栋梁。廿世纪，抗日英烈抛颅洒血拯民族危亡；新千年，市场卫士肝脑涂地护家园安康。建设者，前仆后继五十春秋，赢来塞上锦天绣地；文化人，各领风骚诗文书画，高歌时代华彩乐章。宁夏虽小不自小，小而要办大文化。……

今我宁夏，奋起登攀。富民兴邦，志存高远。宁夏有其志，建设大银川。上承古人，不废千年夏都盛名；下惠子孙，更筑现代高原湖城。……宁夏远处江湖心怀庙堂，宁夏偏居内陆眼观八方。深化改革，觉今是而昨非；扩大开放，知来者之可追。更历春秋五度，西部崛起，宁夏腾飞。

从宁夏调任新闻出版总署后，原先的“我要写”基本上变成了“要我写”。从2007年到2015年，我相继应国家机关、部队、教育机构、医疗机构、科研机构之邀，撰写了《国家行政学院小赋》《社科院研究生院赋》《北戴河赋》《八一赋》《铁道大学赋》《清华赋》《协和赋》《廉洁奥运赋》《国家开放大学赋》《北斗赋》《军事外交赋》《嫦娥赋》《铁道兵赋》和《故宫人颂》。

提笔赋写大时代

每一代党的宣传干部和新闻工作者都有自己的历史使命。在党政系统工作的十余年间，边忙着批文件改报告撰讲稿，间或也写着词赋、散文。为此不时接受媒体采访，常常要回答一个问题，就是为什么写赋、写赋有多难？也有许多老友新朋问过我，从宁夏到总署，工作那么忙，担子已很重，干嘛还写、写、写，把自己搞得挺累？回想起来，应当说是党性使然、责任使然，是弘扬老一辈新闻工作者优良传统使然。在张家界当副书记和在宁夏当宣传部长时，深感不能因为任职领导岗位就当成个“行政官僚”，其中一个重要的办法是不要放下手中的笔。当然，写什么体裁，写的水平高下，每个人情况不同，那是另一回事。

2011年秋，著名文化学者于丹在《李东东词赋辑》序《大赋东姐》中阐发了她对词赋特别是赋作的精辟见解——

文体这种形式本身是有气质的，很多时候无关于内容，而相关于时代。比如乱世流年可以出曲折小词，但恢宏大赋，自泱泱汉魏始，一定出在盛世。

即使盛世里，爱读赋的居多，能写赋的为少。原因是作赋的分寸极难拿捏，文采须壮美而不靡丽，气象要磅礴而不骄矜。文胜于质则流于浮夸，质重于文而不得风发扬厉。倘若以一介文心，铺排出一个时代的尊严与自信，能耐不在乎骈四骊六的对仗功夫，而在于心量性情的格局。扬雄称"赋家之心，包括宇宙，总览人物"，技巧这种东西，"壮夫不为"。此言一出，写赋的门槛就成了生命气场的试金石。……

孟子称善养天地浩然之气，庄子称独与天地精神往来，东姐这番仪态万方的生命气度非经岁月陶冶不能养成。世家出身，新闻事业在于她是一种执守的信仰，北方大漠风烟的历练让她成为柔而不弱的女子，担得起道义，抒得起豪情。文如其人，也许赋这种文体一直冥冥之中在等待着一段相逢。较之于诗，赋更疏朗开放，较之于文，赋更浪漫华美。既不至于拘宥着对仗平仄，也不至于质实素朴到没了节律。赋的妙处，恰恰介乎规矩的遵循与破除之间。……

也在此时，著名古典文学专家袁行霈先生为我的词赋辑所作序中指出："窃谓赋之迹在辞在藻；赋之心在义在情。赋有大小，辞有新旧，心则古今一也。今之人不可复得长卿、子云之赋才，然可追长卿、子云之赋心。物换星移，万象更新，赋之复兴，良有以也。"先生又鼓励道："东东女史，于案牍之暇，吟咏不辍。胸怀社稷，情系民生；其心拳拳，其文切切；无靡丽之辞，有儒雅之风；去意浮之患，求旨深之境；诚可谓得赋心者也。”

我的写赋，确是以古为今用的体裁，真诚地想着为今服务，接着“地气”的。也谢谢袁先生的指教，提笔之下，最要者当为胸怀社稷、情系民生的“赋之心在义在情”；勇于发扬敬宜所言“不蹑前踪，独辟蹊径，敢以一支纤笔，试为扛鼎之作”的精神，把事物描述清楚、把情怀抒发充分为上；不求“赋才”了，能保有和把握先生所肯定的“赋心”，就算与时俱进、古为今用的成长进步了。

以“敷布其义”“不歌之颂”的繁复文体形式，古为今用歌咏今人今事，抒写一个地方、一个机构、一个事物的赋，恐怕最大的要旨是须概括得了这个事物。你得上下千年、纵横万里地搜罗查找，仰视俯瞰、苦心孤诣地体味归结，还得边写边问着机构领导专家学者们，这“挂一漏万”该挂的是不是都挂上了？ 2013 年秋冬，我应国家科工局之邀，撰写反映我国航天和探月事业伟大成就的《嫦娥赋》。为此，曾先后与两位院士和科工局新闻发言人数次交流、请教、探讨。在与绕月探测工程、嫦娥一号卫星系统总指挥兼总设计师叶培建院士交谈时，我问了许多航天科技历史、现状、知识包括有关嫦娥一号、嫦娥二号、嫦娥三号卫星的问题。叶院士不解地问：“李署长，您费这么大劲儿了解这些做什么？”我说：“您总得先‘科普’了我，我才能往下琢磨怎么把这么现代的、高科技的事物写成赋吧？”“您自己写啊？”叶院士一脸的意外。我也很惊奇地回答：“当然是我自己写呀，所以我得努力先学。”旁边的新闻发言人笑了，说：“就是因为李署长写赋的名声，所以我们专门相邀为探月工程写赋。”叶院士说：“我还以为你们当宣传部长的都是出个题目、讲讲思路，组织队伍去写呢！”这下，我和新闻发言人都笑了。

2013 年 12 月 15 日夜，我国探月工程二期嫦娥三号任务取得圆满成功。人民网次日晨发的消息里有这样一则：

《人民日报》《解放军报》12 月 16 日发表李东东《嫦娥赋》，以词赋作品形式歌颂和祝贺探月工程的卓越成就。……全国政协委员、原新闻出版总署副署长、中国新闻文化促进会会长李东东同志应邀精心创作的《嫦娥赋》，以质朴典雅的文字为笔，饱蘸中国传统文化与民族感情的墨汁，对嫦娥工程进行了浓墨重彩的书写摹画。文章将望月景、追月梦与探月情次第融合，再现了中国探月工程璀璨的历程，细数了嫦娥三姐妹令世界赞叹的辉煌成就。作者联想引申、妙笔生花，将艰涩难懂的科技语言化为诗情画意的文白词赋；旁征博引、化用典故，上至女娲炼石补天传说，下至军工报国累累硕果，显示出坚实的文字功底和深厚的历史积淀。全文如行云流水，鲜明晓畅，实现了我国科技创新的最新成果与中国词赋文学的完美结合。

历史潮流浩浩汤汤。在以习近平同志为总书记的党中央坚强领导下，中华民族站到了实现两个一百年奋斗目标的关键时期。红笔蓝笔总相依。作为党的宣传和新闻工作者，就要自觉响应党中央号召，以习近平总书记系列重要讲话为指导，心怀大局，把握大势，着眼大事，紧握时代脉搏，顺应党和国家事业发展新要求，把传承光荣作为一种责任，把弘扬正气作为一种担当，讲好中国故事，传递好中国声音，动员和组织广大群众按照“四个全面”战略布局，牢固树立“五大发展理念”，积极投身实现中国梦的伟大实践。

（2016 年 3 月）